친애하는 나의 앤,
우리의 계절에게

일러두기

1. 루시 모드 몽고메리가 집필한 앤 시리즈(8권)에서 인상 깊었던 문장을 골라 원문과 함께 실었습니다.

2. 초판본과 Bantam Books(1991) Hachette(2019)에서 출간한 책을 저본底本으로 했습니다.

3. 각주는 독자의 이해를 돕기 위해 모두 작가가 달았습니다.

4. 우리말과 원어는 병기하면서 본문에서는 글자 크기를 줄였지만, 각주에서는 가독성을 위해 본문과 같은 크기로 표기했습니다.

5. 외국인명, 지명, 작품명 등 외국어는 국립국어원 외래어 표기법을 따랐습니다.

6. 국내에 소개된 작품은 번역된 제목을 따르고, 국내에 소개되지 않은 작품은 원어 제목을 소리 나는 대로 적거나 우리말로 옮겼습니다.

7. 책 제목·신문 이름은 『』, 시·뉴스레터는 「」, TV 프로그램명·영화는 〈〉로 표기했습니다.

8. 제목의 '계절에게'에서 '계절'은 친밀한 대화 상대인 독자를 의인화한 표현입니다.

친애하는 나의 앤,
우리의 계절에게

김은아 지음

들어가는 말

    종일 책을 벗 삼아 감동과 치유의 기능에 나를 맡긴 채 단어 하나하나, 문장 하나하나에 울고 웃고 감탄한다. 20년 남짓 그림책에 빠져 지내면서도 사람들이 문학을 매개로 아름다운 자신의 모습을 찾을 수 있기를 바라며 문학치료사로서의 길을 조용히 걸었다. "위대한 작품은 우리를 가르치지 않고 변화시킬 뿐이다"라고 했던 요한 볼프강 폰 괴테Johann Wolfgang von Goethe(1749~1832)의 말은 내게 경구警句와도 같다. 그런 나에게 '침묵의 상담사'는 여덟 권의 앤 이야기다. 그 속의 삶을 노래하는 언어들이 문학치료사라는 정체성을 잊지 않게 했고 나를 도전으로 이끌었다.

    끝에 'e'자가 붙은 앤Anne을 창조한 루시 모드 몽고메리Lucy Maud Montgomery 작가의 수많은 인생 조언 중에서 나는 "Keep On Trying!"을 가장 좋아한다. 1874년 11월 30일에 태어나 1942년 4월 24일, 68세의 나이로 생을 마감하기까지 모드의 곡절 많은 삶은 쉼 없는 도전과 노력의 연속이었다.

    서른일곱 살에 결혼한 이후 아내로, 두 아들의 어머니로, 남편을 대신한 가장으로, 작가로서 1인 4역을 하며 평생에 걸쳐 21편의 장편 소설과 500여 편의 단편 소설, 시 500여 편을 썼다. 삶의 발목을 붙잡는 크고 작은 걸림돌이 있었음에도 몽고메리는 핑계 없이 나아갔고, 자신의 의무에 최선을 다했다. '부지런함'과 '끈기'라는 수식어가 떠오른다. 생전에도 작가로서의 영예를 누렸으나 그의 생애와 작품 세계는 사후에 더 크게 조명되어 세계의 수많은 팬들이 그녀를 기리고 작품을 읽으며 캐나다의 프린스에드워드섬으로 날아간다.

2016·2017년 그리고 2023년 여름, 앤 시리즈의 주요 무대이자 몽고메리가 나고 자란 프린스에드워드섬 곳곳을 천천히 걷는 행운을 누린 사람으로서 "Keep on trying!"을 떠올릴 때마다 가슴이 뭉클해진다. 올해 1월, 오랜 세월 앤을 좋아해온 독자로서 팬심을 담아 『앤과 함께 프린스에드워드섬을 걷다』를 썼다. 그리고 한 해를 마무리하는 지금은 지구에 살고 있는 모든 이가 '일·사랑·우정'이라는 인생 3대 과업을 멋지게 성취해내기를 바라며, 우리의 삶이 저마다 얼마나 소중하고 아름다운지를 앤의 문장을 빌려 말한다. 나이 오십에 이르러 생긴 자신감인지, 마음의 여유인지, 그 둘의 조합에서 나온 용기인지 모르겠으나 이제는 '삶'을 조금 얘기해도 밉지 않은 나이라는 생각이 든다.

이십 대 때만 해도 오십 살이 되면 죽는 줄 알았다. 까마득히 멀게 느껴지는 나이가 내게는 오지 않을 거라는 착각 속에서 살았다. 믿고 싶지 않은데 거짓말처럼 그 나이에 이르니 육십 대, 칠십 대의 인생 선배들이 뭐든 할 수 있는 나이라며 부러워한다. 그들 앞에서 어깨를 으쓱해 보이지만 정작 나는 이십 대, 삼십 대의 젊음이 부럽다. 그 시절로 돌아가고 싶은 마음은 없지만 젊음의 유쾌함을 즐기지 못한 아쉬움은 있다. 앤은 쾌활한 정신의 소유자로 이십 대에 젊음의 흥거움을 누릴 줄 알았으나, 앤을 좋아하면서도 나는 그렇지 않았다. 그때는 긍정적인 마인드로 내일을 기다리고 미래를 기대하지 못했으니 문학치료학을 공부하고도 자기 적용에는 실패한 셈이다.

공자는 '불혹'이라고 했건만 유독 흔들림이 많았던 사십 대를 지나 평온이 찾아왔다. 앞으로의 인생을 어떻게 꾸려가야 할지, 나와 가족의 행복, 이웃과 나라 그리고 지구에 어떤 기여를 하면서 살지를 생각한다. 이제야 사람이 보이고 삶을 읽어낸다. 여전히 헛다리 짚고 오류를 일으키지만 세상만사를 대하는 태도와 이해의 폭은 확실히 넓고 깊어진 것 같다. 2년 전부터 마음을 다잡고 다시 읽은 여덟 권의 앤 이야기는 나의 인생 경험과 결부되어 다가왔고, 지금까지 인연을 맺은 이들의 녹록지 않은 삶과 이어져 재해석되었다.

고백하자면 어릴 적에는 한 권만 있는 줄 알고 그것만 읽었으니 나의 감상은 그저 명랑한 고아 소녀의 '성공기'에 머물러 있었다. TV만화영화로 본 〈빨강머리 앤〉의 강렬함이 청소년기와 이십 대의 기억을 지배했다. 그러다 세월이 훌쩍 지나 완역본과 원서를 탐독하면서 천천히 그리고 정직하게 만난 앤 이야기의 감동은 사뭇 달랐다. 주인공인 앤과 길버트의 성장 외에도 수많은 조연들의 삶이 보이기 시작했다. 나의 시선과 마음의 동선이 사연 많고 애달픈 서사를 지닌 인물들을 향하면서 이들에게 주어지는 보상을 기대하는 마음이 컸다. '고생 끝에 낙이 온다'라는 옛말이 틀리지 않기를 바랐다고 할까.

그래서인지 글을 다 써놓고 보니 곳곳에서 발견되는 '보상'이라는 단어가 손거스러미처럼 까끌하다. 아무리 마음을 숨기고 방어하려 해도 결국 들켜버린 무의식의 한 자락임을 고백하지 않으면 거짓말한 사람처럼 내내 찝찝할 것 같다. 나라는 사람도 노력에 대한 인정과 존중 또는 물질적인 보상을 바라는 속물이라는 사실을 다시 한번 확인했다. 그러나 운 좋게도 원하는 바를 어느 정도 이루고 나니, 다른 이들이 기울인 노력에 대한 보상도 적극적으로 나서 챙기게 된 것은 좋은 변화라고 스스로를 합리화한다.

앤을 정독하고 완독하면서 고전을 읽어야 하는 이유도 더 분명해졌다. 1800년대 후반 캐나다의 프린스에드워드섬에서 공동체를 이루며 살아간 이들의 삶의 방식은 비단 그 나라와 그 시대에 국한되지 않는다. 시공간과 문화를 초월한 세상 사는 모두의 이야기로 오늘날에도 이어지고 있다는 점에서 지속성과 공통점을 찾을 수 있었다. 그때는 당연하게 여겨지고 통용되던 여러 관습들이 지금은 사라졌거나 발전과 계승이라는 방향으로 이어지고 있는 부분에서는 다양성을 재해석하는 힘이 생겼다. 또 수많은 등장인물들 간의 갈등과 화해를 통해 인간관계의 미학을 배웠다.

몽고메리 작가가 자아낸 수많은 문장에는 삶과 사랑, 우정이라는 메시지가 녹아 있다. 마음을 울린 문장에 밑줄 긋고 메모하며 읽는 동안 여러 종류의 완역본과 원서들이 알록달록한 색깔로 뒤덮였고, 그것은 내게 정서적 포만감이라는 선물을 안겼다. 동일시되는 인물이나 사건이 나오는 장면에서는 나의 경험과 지인들의 삶이 떠올랐으며 반성과 사과, 감사로 이어졌다. 그 통찰의 결과를 앤의 문장들을 빌려 풀어놓는다. 밝고 유쾌하고 긍정적인 내용 외에도 인간의 본성을 가감없이 드러내는 문장 또한 문학치료사들은 중요하게 다루기에 다수 포함시켰다.

앤이 열한 살 때 초록지붕집에 온 이후 길버트와 결혼해서 53세까지 한 남자의 아내이자 여섯 남매의 어머니로 사는 동안의 인생 이야기는 사계절처럼 구분되고 강물처럼 자연스럽게 흘러간다. 3권 『레드먼드의 앤Anne of the Island』에서 앤이 제비꽃을 꽃병에 꽂으며 마릴라에게 "한 해는 마치 한 권의 책과 같다"라고 했기에 이 책의 구성을 '봄여름가을겨울'이라는 네 개의 장으로 구분하고, 제1차 세계 대전이라는 시련을 겪은 후 앤과 그녀의 가족에게 다시 찾아온 봄으로 글을 마무리했다. 앤을 모르는 독자도 문장들과 함께 따라갈 수 있도록 여덟 권의 내용을 짧게 요약해서 실었으며 주요 인물 소개도 곁들였다.

나아가 추려 뽑은 문장들을 우리말로 옮기는 작업에도 도전했다. 그림책 세 권을 번역한 이력이 전부여서 이 작업을 하면서 느낀 두려움과 고통은 감히 전문 번역가들의 고뇌에 비할 바가 못 되기에 부끄럽기도 하고 소심해진다. 그러나 문학을 사랑하는 사람으로서, 오랜 세월 몽고메리 작가와 앤 이야기에 빠져 지낸 독자로서, 프린스에드워드섬을 여러 번 찾아간 열정을 다시 끌어내어 단어 하나하나를 놓치지 않으려 노력했고, 문장의 소리에 귀를 기울였다.

『앤과 함께 프린스에드워드섬을 걷다』의 김희준 공저자가 우리말로 옮기는 작업에 함께했다. 몽고메리 탄생 150주년 기념 주화를 사고, 혼자 프린스에드워드섬을 찾아가 무언가 비밀리에 탐색하는 걸로 보아 앤에게 진심이다. 그런 애정이 참 고맙다. 부족하지만 두 사람의 정성이 독자들에게 가닿기를 바란다.

꿈이 있든 없든, 가난하든 부자든, 과거를 어떻게 살았든, 지금 행복하든 불행하든, 혼자 살든 함께 살든 모든 삶은 나름의 가치가 있으니 앤의 말을 빌려 외쳐본다. "독자님들, 삶을 가로막으면 언젠가는 삶이 당신을 가로막아버린답니다. 인생의 문을 활짝 열어 삶이 그 안으로 들어오게 하세요. 우리 같이 노력해봐요."

2024년 11월
몽고메리 탄생 150주년을 기리며 김은아

차례

1권 『그린 게이블스의 앤 *Anne of Green Gables*』(1908)
보육원에서 지내던 앤 셜리가 초록지붕집에 와서 커스버트 남매의
새로운 가족이 되고, 에이번리 마을에서 자신의 자리를 찾아가는
과정이 그려진다. 앤은 크고 작은 실수로 주위 사람들을 놀라게
하지만 늘 잘못을 반성하고 배우며 성장해나간다. 다이애나와
우정을 쌓고, 길버트 블라이드와는 공부로 선의의 경쟁을 한다.
퀸즈 아카데미를 1등으로 졸업하면서 대학에 진학할 수 있게
되지만, 매슈의 죽음과 마릴라의 시력 문제로 에이번리에 남기로
결심한다.

2권 『에이번리의 앤 *Anne of Avonlea*』(1909)
앤이 초록지붕집의 가족으로서, 교사로서, 마을의 구성원으로서
자신의 역할을 충실히 해내며 성장해간다. 앤은 에이번리
학교에서 아이들을 가르치기 시작한다. 여전히 상상하는 일을
즐기고 시적 감수성을 유지하는 한편, 자신의 교육철학과 현실
사이에서 갈등하며 참된 교사로서의 자질을 갖추어나간다.
마릴라의 먼 친척인 여섯 살 쌍둥이 남매 데이비와 도라를 돌본다.
길버트, 다이애나와 함께 마을개선회를 결성해 더 나은 지역
사회를 만드는 일에도 힘쓴다.

3권 『레드먼드의 앤 *Anne of the Island*』(1915)
앤이 레드먼드 대학교를 다니면서 즐긴 젊음의 낭만이 펼쳐진다.
프린스에드워드섬을 떠나 킹스포트라는 대도시에서 4년 동안
지내며 영문학을 공부한다. 새 친구들과의 우정, 로맨스, 시골
학교에서의 기간제 교사, '패티의 집'에서의 하숙 생활 등 폭넓은
경험을 통해 인생을 배워나간다. 킹스포트 명문가의 아들인 로이
가드너로부터 청혼을 받지만 자신이 진정으로 사랑하는 사람은
길버트라는 사실을 깨닫고 그의 청혼을 받아들인다.

4권 『바람 부는 포플러나무집의 앤 *Anne of Windy Poplars*』(1936)
레드먼드 대학교 졸업 후 서머사이드 고등학교 교장으로 지낸
3년간의 이야기다. 앤은 '바람 부는 포플러나무집'에 머물며
다양한 사람들과 교류한다. 보수적인 지역 사회에서 자신을
괴롭히는 프링글 가문과의 갈등, 왜곡된 사고로 사사건건
까다롭게 구는 교사 캐서린의 비상식적인 행동에도 굴하지 않고
당당히 맞선다. 그리고 이해와 관용으로 갈등을 극복하고 그들을
변화시킨다. 앤은 길버트가 의대 공부를 마칠 때까지 기다리는
동안 편지로 사랑을 키워나간다.

5권 『앤의 꿈의 집 *Anne's House of Dreams*』(1917)
초록지붕집에서 100km 떨어진 바닷가 마을 포윈즈의 '꿈의
집'에서 길버트와 신혼생활을 시작한다. 앤은 70대 중반의 짐
선장과 말은 신랄하게 하지만 인정 많은 독신녀 코닐리어와
친구가 된다. 이웃에 사는 젊은 여인 레슬리 무어의 불행한 과거와
현재를 알고 그녀를 돕는다. 첫아이가 태어나자마자 죽는 아픔을
겪지만 마릴라의 극진한 보살핌과 주위 사람들의 따뜻한 관심
덕분에 빨리 회복하고, 이후 건강한 아들을 낳으며 엄마로서의
삶을 시작한다.

6권 『잉글사이드의 앤 *Anne of Ingleside*』(1939)
앤과 길버트가 글렌세인트메리 마을로 이사한 후 잉글사이드에서
여섯 명(젬, 월터, 낸, 다이, 셜리, 릴라)의 자녀와 살아가는
이야기가 펼쳐진다. 앤은 아이들의 상상력을 지켜주는
다정한 엄마이자 여섯 남매가 벌이는 모험과 실수를 귀엽게
바라보면서도, 옳고 그름을 구별할 줄 아는 사람으로 키우려고
노력한다. 길버트의 아내이자 엄마로서, 지역 사회의 한
구성원으로서 책임을 다한다. 집과 가족이라는 울타리가 있기에
앤은 인생에서 최고로 행복한 시간을 보낸다.

7권 『무지개 골짜기 *Rainbow Valley*』(1919)
블라이드 부부의 여섯 남매와 마을에 새로 부임해 온 존 녹스
메르디스 목사의 아이들(제리, 페이스, 우나, 칼)이 벌이는
소동으로 가득하다. 엄마가 죽은 후, 목회 일로 바쁜 아빠를
대신해 스스로를 돌보며 지내는 아이들은 쉴 새 없이 말썽을
일으킨다. 마을 사람들은 네 아이를 걱정하고 비난하지만
블라이드 가족은 이들을 편견없이 대한다. 아이들은 그들만의
공간인 '무지개 골짜기'에서 고민을 나누면서 즐겁게 어울려 논다.

8권 『잉글사이드 릴라 *Rilla of Ingleside*』(1921)
제1차 세계 대전에 세 아들이 참전함으로써 잉글사이드에
불어닥친 시련이 막내딸 릴라의 시선으로 전개된다. 열다섯 살의
릴라는 이기적이고 허영심이 강하다. 오직 즐거운 일만 추구한다.
그러나 전쟁이 시작되면서 가장 큰 변화를 보인다. 청소년
적십자단을 결성하는가 하면, 전쟁 고아를 데려다 직접 키운다.
전쟁이 개인과 지역 사회에 미치는 영향을 생생하게 묘사하는
동시에 희망과 사랑, 인간이 지닌 회복력을 강조한다. 또한 릴라의
성장 과정을 통해 새로운 세대의 힘과 가능성을 보여준다.

Anne's
Spring

1장 봄

주요 인물

1권 『그린 게이블스의 앤*Anne of Green Gables*』(1908)
앤 셜리 고아 소녀. 자주 실수를 저지르고 수다스럽지만 상상력이 풍부하며 긍정적이다.
매슈 커스버트 초록지붕집 주인. 내성적이고 부끄러움이 많으나 앤에게 깊은 관심과 애정을 쏟는다.
마릴라 커스버트 매슈의 여동생. 매사에 깐깐하지만 정의롭고 규율과 도덕을 중시한다.
레이첼 린드 커스버트 남매의 오랜 이웃. 수다스럽고 참견을 잘하지만 선한 마음을 지녔다.
다이애나 배리 앤의 단짝이자 영혼의 벗. 다정하며 앤이 하는 일이라면 무엇이든 함께한다.
길버트 블라이드 빨간 머리를 놀린 일로 앤의 증오를 샀으나 에이번리 학교 교사 자리를 양보하면서 친구가 된다.
앨런 부인 앨런 목사의 부인. 앤에게 사려 깊은 조언으로 힘을 준다.
스테이시 에이번리 학교에 새로 온 교사. 훌륭한 인품과 실력을 갖췄다.
조지핀 할머니 다이애나의 고모할머니. 성격이 까다롭지만 앤의 솔직하고 명랑한 모습에 빠져든다.

2권 『에이번리의 앤*Anne of Avonlea*』(1909)
앤 셜리 에이번리 학교에서 아이들을 가르치며 마릴라와 함께 초록지붕집을 지킨다. 교사로서, 지역 사회의 일원으로서 인정받으며 한층 성숙해진다.
마릴라 커스버트 시력 상실의 위기를 무사히 넘긴다. 그사이 앤을 향한 사랑과 고마움이 더욱 깊어진다.
레이첼 린드 남편의 사망 후, 초록지붕집에서 함께 살며 누구보다 앤이 행복하기를 바란다.
길버트 블라이드 앤의 친구로서 든든하게 곁을 지키며 의사가 되고 싶은 꿈을 키운다.
다이애나 배리 변함없는 앤의 단짝. 앤과 길버트가 추진하는 마을 개선 활동을 돕는다.
데이비 키스 마릴라의 먼 친척. 여섯 살 남자아이. 쉴 새 없이 말썽을 부리지만 사랑스럽다.
도라 키스 데이비의 쌍둥이 여동생. 예의 바르고 얌전하며 어떤 일이든 야무지게 해낸다.
폴 어빙 상상력이 풍부하고 감수성이 풍부한 소년. 앤과 깊은 유대감을 형성한다.
제임스 A. 해리슨 괴팍하지만 앤의 실수를 용서하며 친구가 된다.

"(…) 나중에 알아봐야 할 온갖 일들을 생각하는 건 정말 멋진 일이에요. 제가 살아 있다는 게 기쁘게 느껴지거든요. 정말 흥미로운 세상이잖아요. 만약 우리가 세상의 모든 일을 다 안다면 재미가 반으로 줄어들지 않을까요? (…)"

"(…) Isn't it splendid to think of all the things there are to find out about? It just makes me feel glad to be alive—it's such an interesting world. It wouldn't be half so interesting if we knew all about everything would it? (…)"

앤은 자신을 마중 나온 매슈의 마차를 타고 초록지붕집으로 가는 동안 프린스에드워드섬의 아름다운 풍경에 흠뻑 빠진다. 그리고 샬럿타운에서 기차를 타고 오는 내내 궁금했던 것을 매슈에게 묻는다. "이 섬의 길은 왜 이렇게 붉은 거죠?" 매슈가 잘 모르겠다고 하자 앤은 나중에 알아봐야 할 것들에 대한 기대감을 세상 살아가는 재미 중 하나라고 생각한다.

2016년 여름, 나 또한 프린스에드워드섬에 처음 갔을 때 신기하게 바라본 풍경이 붉은 땅이었고 형부와 언니에게 같은 질문을 했다. "형부, 여기 땅은 왜 이렇게 붉어요?" "글쎄, 모르겠는데. 인터넷 찾아봐." 땅에 산화제이철(Fe_2O_3)이 다량 함유되어 있어서 그렇다는 사실을 알고 난 뒤에도 섬에 갈 때마다 곳곳에 펼쳐진 붉은 땅을 마냥 신기하게 바라보았다.

그런데 앤의 말처럼 만약 모든 걸 다 알고 있다면 세상 사는 재미가 반으로 줄어들까? 나는 관심 있고 좋아하는 분야에는 알아가는 즐거움을 느끼지만 알아야 할 게 너무 많은 요즘 세상이 때로는 불편하고 무섭다. 아무튼 눈을 반짝이며 나중에 알게 될 일들을 생각하느라 즐거웠는지, 그로 인해 살아 있다는 기쁨을 느꼈는지, 나의 열한 살 6월도 그러했는지 떠올려보았다.

지금의 수학인 '산수'가 너무 싫어서 학교 가는 게 즐겁지 않았던 것만은 확실하다. 4학년이면 학습 능력의 갈림길에 설 때인데 이상하게도 나의 머리가 그쪽으로는 영 돌아가지 않았다. 오죽하면 그 어린 나이에 세상에서 없어져야 할 단 하나의 과목이 있다면 무조건 산수여야 한다고 생각했을까.

세상 모든 일을 흥미로워하고 새로운 것을 배우고 익히는 일을 즐거워한 앤도 기하학만큼은 끔찍하게 싫어했다. 기하학이 자신의 인생을 어둡게 만든다고 생각했을 정도이다. 마릴라와 매슈에게 기하학에 대한 스트레스를 수시로 토로하는가 하면, 교사가 되어 학생들을 가르칠 때는 기하학 시간만 되면 모르는 문제가 나올까 봐 걱정한다. 앤도 확실한 문과형 인간이다. 소설 속 인물이지만 동질감이 생겨서 반갑다. 그런데 오십이 된 지금에서야 수학이 궁금해지는 건 무슨 심리일까?

　　일과 전혀 상관없는 초등학교 4학년 수학 주위를 기웃거리다 어느 늦은 밤, EBS 홈페이지에서 수해력 테스트를 해보았다. 점수를 말해 무엇하리. 참혹한 점수에 쓴웃음이 났다. 만약 학창 시절 수학을 좋아하고 잘했다면, 대학수학능력시험에서 수리영역이 '폭망'하지만 않았다면(당시 20개 문항 중에서 5개의 동그라미를 획득했다. 그마저 모두 찍었지만…) 내 인생은 어떻게 달라졌을까? 수학 천재로 살아가는 내 모습을 상상해보았다. 에이, 재미없다.

"어머, 정말 큰 차이가 나지요. 그게 훨씬 근사하게 들리는걸요. 아주머니는 누군가의 이름을 들으면 마치 종이에 인쇄된 것처럼 마음속에 그려지지 않나요? 저는 그래요. A-n-n은 끔찍해요. 하지만 A-n-n-e은 무척 기품 있어 보이잖아요. 저를 'e'가 붙은 앤으로 불러주신다면, 코델리아라는 이름을 단념하도록 노력해보겠어요."

"Oh, it makes such a difference. It looks so much nicer. When you hear a name pronounced can't you always see it in your mind, just as if it was printed out? I can; and A-n-n looks dreadful, but An-n-e looks so much more distinguished. If you'll only call me Anne spelled with an e I shall try to reconcile myself to not being called Cordelia."

초록지붕집에 도착한 날 밤, 이름을 묻는 마릴라에게 앤은 자신을 '코델리아'로 불러달라고 한다. 앤은 낭만이 전혀 느껴지지 않는 이름이라나. 그래도 앤이라고 부를 거면 끝에 꼭 'e'를 붙여달라고 부탁한다. 'A-n-n'과 'A-n-n-e'은 이러나저러나 '앤'이다. 하지만 이는 앤에게 무척 중요한 문제다. 이름을 통해 자신의 정체성을 드러내고 싶어한다. Ann에 'e'를 추가하는 것은 단순히 철자의 문제가 아니라 그녀가 자신을 어떻게 인식하고 싶은지, 다른 사람들에게 어떻게 각인되고 싶은지를 피력하는 것이다. 물론 상상력이 풍부한 소녀의 허영심이란 것도 포함되어 있지만….

나는 'e'가 붙은 'A-n-n-e'이 완결성 있는 느낌이라서 더 좋다. 'A-n-n'이 짓다 만 집 같다면, 'A-n-n-e'은 튼튼하게 잘 지은 집 같다고나 할까. 그런 이름이 있다. 받침 하나, 한 글자, 작은 획 때문에 발음이 까다롭거나 어딘가 동력이 떨어지는 듯한 느낌의 이름 말이다. 나는 내 이름이 '은하'가 아닌 '은아'인 것이 지금도 아쉽다. 부모님이 내 이름을 지을 때 '아'에 지붕 하나만 살짝 얹어주셨더라면 잘못 불리거나 엉뚱하게 적히는 일이 없을 텐데, 하고 생각한다.

초등학교 동창이 오랜만에 문자를 보내왔다. 첫 문장이 "내 친구 김은하, 오랜만이다. 살아 있나?"였다. 그래서 이렇게 답장을 보냈다. "안부를 물어줘서 고맙고 살아 있다만, 내 이름은 '은하'가 아니고 '은아'란다." 여태까지 내 이름을 잘못 알고 있었다니. 이름을 얘기할 때마다 '아'를 '하'로 들리지 않게 하려고 '아'에 강세를 둔다. 그리고 꼭 덧붙인다. "'하'가 아니고 '아'입니다. 그리고 '아'는 '예쁠 아娥'예요." 이렇게 말해놓고는 멋쩍게 웃는다. '예쁠 아는 생략할 걸 그랬나?'

이야기로 돌아와, 마릴라의 반전 행동이 의외의 웃음 포인트다. "그런 헛소리 따위는 집어치우는 게 좋을 게다"라고 말하는 대신 "좋아. 그렇다면 끝에 'e'가 붙은 앤, 어쩌다 이런 일이 생겼는지 말해 줄 수 있겠니?" 하고 장단을 맞춰준다. 이 장면은 아주아주 오래전, 앤

21

을 책으로 처음 읽었을 때 마릴라에게 처음부터 호감을 갖게 했다. 무뚝뚝하고 인정 없고 메마른 사람 같아 보이지만 어린아이의 이야기를 끝까지 들어주고, 황당한 요구를 들어주는 걸로 봐서 겉은 차갑지만 속은 따뜻한 사람이라는 생각을 했다.

"(…) 이런 아침에는 세상이 마냥 사랑스럽게 느껴지지 않나요? 시 냇물 웃는 소리가 여기까지 들려요. 시냇물이 얼마나 명랑하게 웃 는지 아세요? 시냇물은 언제나 웃고 있어요. (…)"

"(…) Don't you feel as if you just loved the world on a morning like this? And I can hear the brook laughing all the way up here. Have you ever noticed what cheerful things brooks are? They're always laughing. (…)"

앤은 다시 보육원으로 돌아가게 되는 날 아침을 맞이하고도 초록지붕집을 둘러싼 풍경을 만끽한다. 비극이 닥쳐올 것을 알면서 도 그날 아침 세상을 마냥 사랑스럽게 바라보다니. 나는 절대 그렇게 못 할 것 같다. 그렇지만 세상이 마냥 사랑스럽게 느껴진 아침을 맞이 한 적은 있다.

고등학교 2학년 1학기 기말고사 수학 시험에서 0점을 받았다. 선생님이 건넨 수학 시험지를 받아 들고는 인생이 끝난 사람처럼 목 놓아 울었다. 친구들의 시선이 내게 쏠렸고 선생님은 어이없다는 듯 나를 쳐다보았다. 급기야 숨이 쉬어지지 않을 때 소스라치게 놀라 잠에서 깼다. 모든 게 꿈이었다. 조금 더 자고 일어나 맞이한 아침, 온 세상이 마냥 사랑스럽게 느껴졌다.

'안전 욕구'에 몹시 민감한 나는 가족 중 누군가가 아플 때 불안지수가 극도로 높아진다. 2007년 11월 말, 연구소 오픈을 앞두고 바쁜 나날을 보내고 있었다. 그날도 분주한 하루를 보내고 밤을 맞았다. 10시쯤 남동생에게서 전화가 왔다. 이웃 마을 잔칫집에 간다는 쪽지를 남겨놓고 초저녁에 집을 나선 아버지가 여태껏 소식이 없고 폰도 꺼져 있다고 했다. 시골집으로 정신없이 차를 몰아 가는 동안 남동생은 아버지를 찾아 헤맸다. 집 인근 저수지와 농수로, 논두렁, 밭두렁 그 어디에도 아버지의 모습은 보이지 않았다. 온갖 불길한 생각에 사로잡혔다. 새벽 2시쯤 경찰서에 실종신고를 하고는 집에서 소식을 기다리는 내내 간절히 기도했다. "세상의 모든 신께 기도드립니다. 만약 아버지를 무사히 살아 돌아오게만 해주신다면 앞으로 더 많이 효도하고 좋은 일 많이 하면서 살겠습니다. 아니 새사람으로 거듭나겠습니다."

새벽 4시 무렵 아버지가 아무렇지도 않은 모습으로 현관문을 들어섰다. 나는 안도감에 털썩 주저앉았다. 술기운을 못 이겨 마을회관에서 잠깐 눈 붙이고 온다는 게 시간이 이만큼 지난 줄 몰랐다는 사연이 어찌 좀 허탈했다. 남동생이 마을회관에도 가봤는데 불이 꺼져 있었고, 출입문 앞에 신이 한 켤레도 없었다고 했다. 아버지는 취한 상태에서도 신을 챙겨야 한다는 생각에 안으로 갖고 들어가신 거다. 분노에 찬 엄마의 고음 잔소리가 시작되었고 아버지는 아무 말도 못하고 죄인처럼 앉아 계셨다. 몇 시간 후 맞이한 아침, 온 세상이 마냥 사랑스럽게 느껴졌다. 그날따라 '쨱쨱'거리는 참새 소리가 유난히 명랑하게 들린 건 아버지가 무사했기 때문이다.

　나는 그날 구름 위를 걸었고 밤까지 이어진 강의에도 전혀 피곤하지 않았으며 아무에게도 화내지 않고 그저 순하고 선하게 하루를 보냈다. 그날 이후로 적당히 좋은 일을 하고 나름대로 효도하면서 살고 있으나 새사람으로 거듭나는 데는 실패했다.

　각자의 경험은 다르지만 살면서 온 세상이 마냥 사랑스럽게 느껴지는 아침을 몇 번은 마주했을 테다. 분명 벼랑 끝에 섰거나, 비극적인 상황이 해결되어 다시 살아갈 힘을 얻었을 때일 가능성이 높다. 죽다 살아난 사람의 아침은 어제와 오늘이 다르고, 희망을 되찾은 이에게는 그날의 공기마저 다르게 느껴진다고 하지 않던가. 그런데 모두들 새사람으로 거듭났는지 여부는 알 길이 없다.

"아, 저는 비록 제라늄이라 할지라도 이름을 갖고 있는 게 좋아요. 그래야 사람처럼 느껴지거든요. 그저 제라늄이라고 부르면 기분이 상할지도 모르잖아요? 아주머니도 줄곧 여자로만 불린다면 싫으실 거예요. 그래서 저는 이 꽃을 '보니'라고 부르겠어요. 오늘 아침에는 제 방 창문으로 보이는 벚나무에도 이름을 지어줬어요. 새하얘서 '눈의 여왕'이라고 했죠. (…)"

"Oh, I like things to have handles even if they are only geraniums. It makes them seem more like people. How do you know but that it hurts a geranium's feelings just to be called a geranium and nothing else? You wouldn't like to be called nothing but a woman all the time. Yes, I shall call it Bonny. I named that cherry-tree outside my bedroom window this morning. I called it Snow Queen because it was so white. (…)"

김춘수 시인은 그의 시 「꽃」에서 내가 그의 이름을 불러주었을 때 그는 나에게로 와서 꽃이 되었다고 했다. 이 시를 모르는 한국인이 있을까? 존재의 본질과 의미, 이름이 갖는 상징성을 탐구하는 「꽃」은 모든 것은 이름을 가짐으로써 그것으로 인식된다는 사실을 보여주는 시이다. 앤이 창가에 놓인 제라늄에 '보니'라는 이름을, 침실 창문 밖에 있는 벚나무에 '눈의 여왕'이란 이름을 붙인 것은 단순한 명명하기를 넘어 앞으로 너에게 애정을 갖고 대하겠다는 약속의 표현이다. 제라늄과 벚나무는 품종일 뿐 이름이 아니므로….

좋아하는 작가가 있다. 좋아하는 것을 넘어 나는 그를 편애한다. 출판사 편집장으로 오래 일하다 그만두고 동화를 쓰면서 지내는 그의 집을 방문했을 때 집 안 어디에도 보이지 않는 갑티슈를 대화의 소재로 삼았다. 깃털처럼 가벼운 말을 소재로 한 첫 동화책을 냈을 때 평소 진중하고 반듯한 그의 말씨가 떠올랐다. 쓰임이 헤픈 갑티슈 대신 두루마리 휴지를 사용하고, 20년 전에 산 카디건을 아직도 입고 다니는 그가 환경의 중요성을 이야기하는 두 번째 동화책을 냈을 때 '역시 삶과 글이 일치하는 사람이구나!' 하고 생각했다.

책에 관한 질문을 하면 언제나 사려 깊은 대답으로 감동을 준다. 작가와의 만남을 위해 가교 역할을 하면 강연료 따위(?)는 묻지도 않고 이동 시간이 얼마나 걸리는지 계산도 해보지 않고 수락한다. 매번 아이들에게 나눠줄 선물을 한 보따리 챙겨서 기차 타고 버스 타고 이동한다. 더 놀라운 건 아이들 이름을 모두 외우고 간다는 사실이다. 이는 최선을 다하겠다는 마음가짐이자 어린 청자들을 존중하는 태도이기에 깊은 울림을 준다. 오늘 처음 본 작가가 다정한 목소리로 자기 이름을 불러주는데 누가 싫어할까. 천상계에 있어야 할 사람이 신의 실수로 지상계에 내려왔음이 틀림없다. 그의 이름을 밝히고 싶어 손이 간질거린다. 그러나 언제나 왼손이 하는 일을 오른손이 모르게 하기를 바라는 사람이기에 혼자 가만히 이름을 불러본다. 나와 이름이 점 하나 차이다.

어쩌다 길에서 말다툼하는 중년 부부를 보았다. 옥신각신 끝에 남편이 이런 말을 했다. "어이쿠, 이 한심한 여자야!" 그러자 아내가 발끈해서 이렇게 받아쳤다. "나도 이름 있거든. 이 남자야!"

앤이 비밀스럽게 말했다. "저는 이 여행을 즐기기로 마음먹었어요.
지금까지는 마음만 굳게 먹으면 무슨 일이든 거의 즐겁게 할 수 있
었거든요. 물론 마음을 단단히 먹어야 하지만요. 마차를 타고 가
는 동안에는 보육원으로 돌아간다는 생각은 하지 않겠어요. 그냥
이 길만 생각할래요. (…)"

"Do you know," said Anne confidentially, "I've made up my mind to
enjoy this drive. It's been my experience that you can nearly always
enjoy things if you make up your mind firmly that you will. Of
course, you must make it up firmly. I am not going to think about
going back to the asylum while we're having our drive. I'm just
going to think about the drive. (…)"

커스버트 남매 집에서 원한 건 남자아이인데 착오로 여자아이
가 왔다. 마릴라는 어떻게 된 일인지 알아보려고 앤과 함께 스펜서 부
인을 만나러 간다. 그 길에서 앤은 비밀을 털어놓듯 말한다. 앞으로 일
이야 어떻게 되든 마차 타고 가는 길을 여행처럼 생각하고 즐기기로
마음먹는다. 그리고 정말 그렇게 한다.

2008년 한 통신사의 광고 '생각대로 T'가 처음 TV에 나왔을 때 너도나도 '생각대로 T'를 흥얼거리며 다녔다. 사람들은 이 광고를 보면서 삶의 희망을 얻었고, 앞으로 긍정적인 생각을 하면서 살겠노라 다짐했으며, 다시 시작할 수 있는 용기가 생겼다고 했다. 그런데 당시 상담센터를 운영하던 지인은 콧방귀를 뀌며 이렇게 말했다. "생각대로 다 될 것 같으면 세상 사람들 모두 성공하고 행복하게요? 그러면 우리 같은 직종은 밥 굶어요." 듣고 보니 맞는 말이다. 긍정적인 생각, 좋은 쪽으로 마음먹는 일도 중요하지만, 행동이 따르지 않는 생각의 효과는 글쎄!

한국인들이 앤을 좋아하는 이유는 작은 아이가 보여준 '초긍정' 마인드 때문이다. 그런데 생각만 하고 행동으로 옮기지 않는 앤이라면 어땠을까? 낭만을 운운하며 상상의 세계에만 빠져 있는 앤이라면 이처럼 인기를 끌지 못했을 것이다. 사고뭉치이던 앤은 커가면서 같은 실수를 반복하지 않으려 노력하고 마음먹은 일을 해내며, 자신이 한 다짐과 타인과의 약속을 지킨다. 긍정적인 생각을 일상에 가져와 실천하면서 주위 사람들을 그 속으로 끌어들여 함께 변화해나갔다. 무엇보다 앤은 언제나 지금, 여기에 충실했다.

그래픽노블인 『소년과 두더지와 여우와 말』(상상의힘)의 한 페이지를 끌어와본다. "감당할 수 없는 큰 문제가 닥쳐오면 바로 눈앞에 있는 사랑하는 것에 집중해." 앤은 자신에게 닥칠 비극 앞에서 지금 이 길만 생각했다.

"(…) 흠, 글쎄요. 이 세상은 모두가 제 몫의 어려움을 감당하면서 살도록 되어 있나 봐요. 지금까지는 꽤 편안하게 살아왔는데, 이제 내 차례가 온 것 같네요. 하는 수 없죠. 그저 최선을 다하는 수밖에요."

"(…) Well, well, we can't get through this world without our share of trouble. I've had a pretty easy life of it so far, but my time has come at last and I suppose I'll just have to make the best of it."

스펜서 부인을 통해 일이 꼬인 정황을 알게 된 마릴라는 마침 그곳에서 앤을 데려가고 싶어하는 블루잇 부인을 만난다. 그러나 그의 무례한 행동이 마음에 들지 않을뿐더러 두려움에 질린 채 서 있는 여자아이의 간절한 표정을 외면할 수 없어서 마릴라는 앤과 함께 집으로 돌아간다.

"그저 최선을 다하는 수밖에요." 그날 밤 마릴라가 매슈에게 건넨 깊은 진심을 기억하는 독자들이 있을지 모르겠다. 이 말에는 앤을 단순한 일꾼이 아닌, 가족으로 받아들이고 한 아이의 인생을 책임지고 양육하겠다는 뜻이 숨어 있다. 결혼과 양육의 경험이 없는 여성이 누군지도 모르는 여자아이를 키우면서 어떤 일을 겪을지는 아무도 모를 일이다. 그러나 마릴라는 기꺼이 자신에게 주어진 몫을 감내하기로 결심한다.

전날 린드 부인이 초록지붕집에 찾아와 이번 일의 위험성을 걱정하며 다른 집에서 일어난 불미스러운 일들을 늘어놓았을 때도 마릴라는 흔들리지 않고 이렇게 대꾸했다. "사람이 하는 일에는 늘 위험이 따르기 마련이죠." 아이를 열 명이나 낳아 키운 린드 부인의 말문을 막히게 한 대처는 마릴라가 지금까지 자신이 결정한 일에 책임지는 삶을 살아왔기에 가능한 행동이다.

남편과 나는 늦은 나이에 결혼해서 아이 없이 오순도순 살고 있다. 자식이라는 공통분모가 없는 만큼 대화의 주제가 자유로우면서도 단조롭다. "나중에 늙어서 어떤 실버타운에서 살까?" "다섯 조카 중에서 누구한테 장례를 치러달라고 할까?" 이처럼 웃기고 슬픈 얘기를 가끔 한다.

결혼하고 5년쯤 지났을 무렵, 시어머니가 딱 한 번 입양 얘기를 꺼내셨다. 나는 단칼에 입양할 생각이 없다고 했다. 하는 일이 부모 교육과 상담이라 해도 그것은 어디까지나 직업일 뿐, 남의 아이를 데려와 잘 키울 자신이 없었기 때문이다. 그럼에도 공개 입양한 연예인이나 주위의 입양 가족을 보면서 그들의 용기 있는 선택에 존경심을 표한다. 내가 하지 못하는 일을 다른 누군가가 할 때 응원만큼은 둥글고 크게 해야 하니까.

나는 나만의 방식으로 어린이와 청소년들을 사랑한다. 조카들과 한 약속은 무슨 일이 있어도 지킨다. 알든 모르든, 처음 봤든 여러 번 봤든 내가 만나는 어린이와 청소년들을 예쁘게 바라보고 그들을 축복한다. 양육에 최선을 다하는 부모들을 슬그머니 돕는다. 무료 상담과 유용한 정보 제공, 밥과 커피 사기, 책 선물하기는 내가 할 수 있는 선에서의 이타적 행동이다.

가끔은 먼 훗날, 자식을 둘러싼 추억 없이 사는 노부부의 일상을 그려보기도 한다. 일과 양육의 조화가 잘 이루어지는 인생을 살았더라면 어땠을까? 나의 교육관과 글에 조금 더 깊이가 더해졌을까? 가지 않은 길, 가지 못한 길에 미련을 갖는 건 어리석은 일이지만 문득 그런 생각에 잠긴다. 여덟 권의 앤 이야기를 반복해 읽는 동안 매슈보다 마릴라를 더 좋아하게 됐다. 앤이 초록지붕집에 와서 누린 행복은 마릴라의 용기 있는 결정에서 비롯되었기에.

앤이 금방 다시 물었다.

"마릴라 아주머니, 제가 에이번리에서 마음의 벗을 사귈 수 있을까요?"

"무슨 벗이라고?"

"마음의 벗이요. 그러니까 매우 가깝고 마음 깊은 곳의 비밀스러운 얘기까지 털어놓을 수 있는 영혼의 벗 말이에요. 저는 평생 그런 친구를 만나기를 꿈꿔왔거든요. (…)"

"Marilla," she demanded presently, "do you think that I shall ever have a bosom friend in Avonlea?"

"A—a what kind of a friend?"

"A bosom friend—an intimate friend, you know—a really kindred spirit to whom I can confide my inmost soul. I've dreamed of meeting her all my life. (…)"

앤은 저녁 식사를 끝낸 후 조용히 기도문을 외우다가 주기도문이 시와 같은 감동을 줘서 아름답다고 말한다. 입 다물고 공부나 하라는 마릴라의 꾸지람에 얼마 동안 집중하더니 이번에는 친구 얘기를 꺼낸다. 그런데 명랑하게 말하는 것 같아도 이 대목에는 앤의 외로움이 배어 있다. 앤은 술주정뱅이 토머스 아저씨 부부의 집에서 길러지고, 보육원에서 지내는 동안 마음 맞는 벗을 사귈 겨를이 없었다. 또래 친구가 중요한 나이에 최소한의 즐거움조차 누리지 못하고 살았다. 그러니 친구에 대한 간절함과 환상 그리고 낭만이 더해져 단순한 놀이 친구가 아닌, 영혼이 통하는 벗을 만나고 싶은 것이다.

앤 이야기를 모두 읽은 독자라면 'Kindred Spirits'을 눈여겨보았을 테다. 이는 앤이 중요하게 여긴 삶의 주제로 이야기가 끝날 때까지 반복되어 나온다. '동류의식' '연대감' '서로를 부르는 영혼' '영혼의 단짝'이라고 해야 할까? 뉘앙스를 살리는 마땅한 표현이 없어서 답답하다. 앤 박물관에서 1990부터 2012년까지 발행한 분기별 뉴스레터의 제목도 「킨드리드 스피릿 오브 피.이.아이*Kindred Spirits of P.E.I*」이다. 프린스에드워드섬 곳곳에 펄럭이는 깃발에도 'Kindred Spirits'이 적혀 있다.

어쨌든 앤은 다이애나 배리, 앨런 부인, 라벤더 루이스, 폴 어빙, 리틀 엘리자베스, 짐 선장과 같은 영혼의 벗을 만난다. 이들 중에서 다이애나는 특별한 마음의 벗이다. 초록지붕집에 와서 처음 사귄 친구로 서로를 첫눈에 좋아하게 되고, 이 감정은 이야기가 끝나는 오십 대까지 이어진다. 여자아이들 특유의 시기와 질투는 두 사람 사이에 존재하지 않는다. 마음에서 우러나는 정성으로 서로에게 충실했다. 그러면서도 집착하거나 소유하려는 마음을 갖지 않는다. 함께 있을 때는 두 사람만의 즐거움을 만끽하고, 앤의 학업과 일로 멀리 떨어져 지낼 때는 편지로 서로의 일상과 보고 싶어하는 마음을 전했다. 유년기에는 언제나 붙어 다니는 단짝이었지만 자라면서는 각자의 일과 사랑에 최선을 다하며 '따로 또 같이'의 우정을 이어간다.

다이애나는 작은 농장을 가진 고향 친구 프레드와 일찍 결혼해서 가정주부가 되고, 앤은 계속 공부해서 교사가 되고 대학 진학과 졸업 후에는 고등학교 교장을 거쳐 의사의 아내로 살아간다. 십 대 후반부터 두 사람은 서로 다른 길을 걷지만 이들 사이의 우정에는 한 번도 금이 간 적이 없다. 소설이니까 가능한 일이겠지. 실제로 다이애나와 앤처럼 한결같은 우정을 유지하는 벗들이 지구상 어딘가에 있다면 〈세상에 이런 일이〉 프로그램에 나올 것이다.

"앤, 너는 매사에 지나치게 마음을 쏟는구나. 살면서 크게 실망할 일들을 겪을까 봐 걱정이야." 마릴라가 한숨을 내쉬며 말했다.

"You set your heart too much on things, Anne," said Marilla with a sigh. "I'm afraid there'll be a great many disappointments in store for you through life."

다음 주에 주일 학교에서 하먼 앤드루스 아저씨네 목장으로 소풍 간다는 얘기를 듣고 앤은 무척 흥분한다. 온몸이 떨리고 이 상황이 혼자만의 상상이 아닌지 두렵기까지 하다. '가면 가고 못 가면 말고' '되면 되고 안 되면 말고' 식인 사람들은 일이 기대한 방향대로 흘러가지 않아도 좀처럼 실망하는 법이 없다. 하지만 앤처럼 매사에 마음을 쏟는 이들은 마릴라가 말한 것처럼 살면서 자주 실망할 일을 겪는다. 아니, 그런 상황을 스스로 만든다. 하지만 소풍은 경우가 다르다. 어릴 적에 첫 소풍 날을 손꼽아 기다렸다. '비가 와서 취소되면 어쩌나?' '아파서 못 가면 어쩌나?' 걱정되고 불안했다. 표현이 과장되었을 뿐 앤이 느끼는 감정은 보편적이고 그럴 법하다.

대구 동성로 약전골목에 특색 있는 책방이 생겼다는 소문을 들고 갔다가 키 링을 하나 샀다. 조금 비쌌음에도 덥석 계산했다. 말로 설명하기 애매한 모양의 플라스틱 고리에 적힌 여덟 글자가 내 마음을 당겼다. "크게 연연하지 말자." '앗, 어떻게 알았지? 들켰네. 매사에 연연하는 나를.' 하나밖에 남지 않은 걸 다른 이에게 뺏기고 싶지 않았다. 종종 쓸데없는 일에 승부욕을 불태우는 나는 그 순간 소유에 연연했다. 키 링을 손에 들고는 '그래, 연연할 때마다 연연하지 말아야지.' 말도 안 되는 말장난을 하면서 기분 좋게 책방을 나왔다.

그런데 지금 그걸 어떻게 쓰고 있느냐 하면, 책상 서랍에 고이 모셔두고 있다. 아까워서 못 쓰고 연연한다. '다음에 한 개 더 사서 하나는 가방에 달고 다니고 하나는 보관해야지.' 계획(?)은 그렇다. 그런데 일정과 동선을 계산해보니 다시 찾아가는 일이 쉽지 않다. 언제 짬을 낼 수 있을지 골몰하며 또 연연한다. '다시 갔는데 똑같은 게 없으면 어떻게 하지?' 무인점포라서 미리 알아볼 방법이 없다. '아, 또 연연하고 있구나.' 이리 봐도 저리 봐도 비생산적인 일에 마음 쏟다. 이 또한 내 삶의 재미이자 에너지원이라고 해야 할까.

앤이 소리쳤다. "아, 마릴라 아주머니, 어떤 일이든 기대하는 것 자체가 즐거움의 반인걸요. 원하는 걸 얻지 못한다 해도 간절히 바라면서 기다리는 즐거움은 누구도 빼앗지 못해요. 린드 아주머니는 '아무것도 기대하지 않는 자는 실망할 일도 없다'라고 하셨지만 저는 실망하는 것보다 아무것도 기대하지 않는 게 더 나쁘다고 생각해요."

"Oh, Marilla, looking forward to things is half the pleasure of them," exclaimed Anne. "You mayn't get the things themselves; but nothing can prevent you from having the fun of looking forward to them. Mrs. Lynde says, 'Blessed are they who expect nothing for they shall not be disappointed.' But I think it would be worse to expect nothing than to be disappointed."

마릴라의 걱정 섞인 조언이 귀에 들리지 않는 앤은 '~looking forward to'를 말한다. '~를 기대하다.' '기대하다'의 뜻을 모르는 사람은 없겠지만 '어떤 일이 원하는 대로 이루어지기를 바라면서 기다리는 것'이 '기대하다'의 정확한 뜻이다. '~looking forward to'는 간절함과 설렘, 긴장을 동반하므로 단순히 어떤 사람이나 때가 오기를 바라는 '기다리다(wait)'와는 미세한 차이가 있다.

태어나 처음으로 소풍을 가게 되었고 아이스크림을 먹을 수 있다고 하니 앤은 꼭 그렇게 되기를 바라며 그날을 손꼽아 기다린다. 기대감에 들떠 있어서 린드 부인이 한 말도 마음에 닿지 않는다. 그러나 앤은 마릴라의 자수정 브로치를 가져갔다는 누명을 쓰고 소풍을 가지 못하는 상황이 되자 절망하며 울부짖는다. '기대가 크면 실망도 큰 법'이라는 말은 인생을 살면서 자주 맞닥뜨리는 진실이다. '혹시'라는 기대감이 '역시'라는 실망감으로 돌아올 때면 '그래, 어쩐지 했어. 그게 잘될 리가 없지.' '내 복에 무슨?'이라는 비관론으로 확장되기도 한다. "실망할 값이라도 나는 기대하겠어. 기대마저 하지 않으면 무슨 낙으로 사나?" 이렇게 말하는 사람들도 있다. 이를 토론이나 논술고사 주제로 삼아도 괜찮겠다. 기대하며 사는 사람과 기대하지 않고 사는 사람 중에서 누가 덜 불행할까? 독자들께 묻는다. 과거에는 무엇을 기대했고, 지금은 무엇을 기대하고 있으며, 앞으로는 무엇을 기대하며 살 것 같은지….

"(…) 난 빨간색 음료가 좋아. 너는 어때? 다른 색깔보다 두 배는 더 맛있거든."

"(…) I love bright red drinks, don't you? They taste twice as good as any other colour."

앤은 마릴라로부터 다이애나를 집에 초대해서 놀아도 좋다는 허락을 받는다. 그리고 마릴라 아주머니가 외출하면서 알려준 거실 찬장에서 라즈베리 주스를 꺼내 다이애나에게 권한다. 그런데 이 빨간색 음료가 비극의 서막이 될 줄이야! 다이애나가 세 잔을 연거푸 마신 이 주스는 3년 전 마릴라가 집에서 담근 과실주였다. 술에 취해 비틀거리는 딸을 보고 놀란 배리 부인의 분노는 하늘을 찔렀다.

여기서 잠깐 옆길로 빠져야 한다. 『그린 게이블스의 앤*Anne of Green Gables*』는 1908년 출간과 동시에 베스트셀러가 되었다. 5개월 동안 1만 9000부 이상 판매되었는가 하면, 1년 동안 10쇄를 찍었을 정도로 대단한 인기를 끌었다. 그러나 작품성과 대중적인 인기와는 별개로 미국의 문학 평론가들은 앤 이야기가 소녀 취향적이라는 이유를 들며 인색한 평가를 내렸다.

그런데 여기 앤 이야기와 몽고메리 작가의 삶에 뛰어든 한 남자가 있다. 소설의 주요 무대인 프린스에드워드섬에 열다섯 번 발을 디뎠다. 몽고메리가 1년 동안 영문학 특별 과정을 공부한 댈하우지대학교Dalhousie University와 1901년부터 1902년까지 교정자로 일했던 『데일리 에코The Daily Echo』신문사가 있는 핼리팩스Halifax는 그보다 더 자주 찾아갔다고 한다. 프린스에드워드섬과 핼리팩스는 내비게이션 없이도 찾아다닐 정도란다.

그가 원서를 보면서 마음에 드는 문장을 손으로 적어놓은 노트를 보고 깜짝 놀랐다. 페이지마다 그어놓은 밑줄과 빼곡한 메모는 그만의 방식으로 앤을 만난 흔적이다. 궁금해서 물었다. 앤 이야기에서 마음에 와 닿은 문장이 있는지. "I love bright red drinks, don't you? They taste twice as good as any other colour"라고 했다. 의외의 대답에 이유를 물으니 "앤은 처음부터 빨간색을 좋아했다니까." 하고 힘주어 말했다.

그 말을 곱씹어 보았다. 빨간 머리가 콤플렉스인 앤은 다이애나의 검은색 머리를 수시로 부러워하고, 수업 시간에 자신의 머리를 잡아당기며 '홍당무'라고 놀린 길버트의 머리를 석판으로 내리쳤다. 집에 찾아온 행상인의 말에 속아 불량 염색약을 사서 바르다 머리카락을 싹둑 잘라낸 일은 마릴라와 앤만이 아는 비밀이다. 크면서는 자신의 머리카락이 적갈색으로 변하기를 간절히 바랐다. 그런 앤이 빨간색 음료수를 좋아한다? 빨간색이라면 뭐든 싫을 텐데 말이다.

나의 영향으로 앤 이야기 주변을 기웃거리는 남편의 생각도 궁금했다. "앤은 당시 빨간색 머리카락을 가진 사람들에 대한 편견 때문에 자기 머리에 딱 붙어 있는 색깔을 싫어했겠지. 그런데 음료수는 신체의 일부가 아니니까 빨간색이어도 예뻐 보이지 않았을까?"

아무튼 "I love bright red drinks~"를 말한 50대 중반의 남자는 이 책에 실린 영문을 우리말로 옮기는 데 함께했고, 지금도 'Red-hair'의 상징적 의미를 자기 식대로 파고들고 있다. 그동안 마신 음료수 색깔을 떠올려보았다. 어떤 색깔이 보기 좋고 맛있었는지 생각해보니 나 역시 빨간색이다. 오미자! 나는 오미자 주스를 좋아한다.

11

"마릴라 아주머니, 내일은 아직 아무런 실수도 저지르지 않은 새 날이라고 생각하니까 기분이 참 좋아요."

"Marilla, isn't it nice to think that tomorrow is a new day with no mistakes in it yet?"

가만 보면 앤은 자기 합리화의 달인이다. 충동성과 부주의로 하루도 빠짐없이 마릴라를 놀라게 하면서도 아직 아무런 실수를 저지르지 않은 내일을 기다린다. 앨런 목사 부부를 저녁 식사에 초대한 날에도 어김없이 사고를 쳤다. 바닐라 향 대신 바르는 진통제를 넣은 케이크를 만든 것이다. 물론 진통제를 바닐라 병에 부어놓은 마릴라의 잘못이 크지만 뚜껑을 열었을 때 이상한 냄새가 났다면 맡아보는 게 당연하다.

2016년 언니네와 함께 프린스에드워드섬을 처음 찾아갔을 때 당시 고등학생이던 첫째 조카 수빈이가 내게 이런 질문을 했다. "이모는 왜 앤을 좋아해? 나는 앤 같은 애는 딱 질색이야. 시끄럽고 매일 사고 치고 주위 사람들한테 민폐만 끼치잖아." 틀린 말은 아니다. 수빈이는 아기 때도 유치원 다닐 때도 밖에 나가서 다른 사람에게 피해를 주거나 눈살 찌푸리게 하는 행동을 하지 않았다. 크면서 '똑' 소리 날 정도로 야무지게 자기 챙김을 잘 했고 대학교를 졸업하고 직장생활을 하고 있는 지금도 마찬가지다.

어느 날은 식사를 하는데 동생이 트림을 하고는 '씨익' 웃어 보이자 당장 "익스큐즈 미!"를 하라며 다그쳤다. 조카들이 훌쩍 커서 이제 스물네 살, 열아홉 살이다. 수빈이는 종종 이렇게 말하곤 한다. "이모, 정현이가 국적을 불문하고 이 동네에서 사랑받는 존재가 된 건 내가 밥상머리 교육을 잘해서 그런 거야." 깨알같이 생색내는 조카가 귀엽다. 14년 전, 한국인이 거의 없는 캐나다의 작은 도시로 이민 가서 새 터전을 잡느라 바쁜 아빠·엄마를 대신해 누나가 동생을 돌본 시간이 꽤 길었으니 큰소리칠 만하다. 트림했다고 누나한테 혼나던 둘째 조카의 기죽은 표정이 떠오른다. 수빈이가 동생에게 에티켓을 가르칠 때는 마릴라보다 더 엄격했다.

그러니 앤이 하는 말과 행동이 미워 보일 수밖에…. 나는 이렇게 대답했다. "1권만 보면 그래. 그런데 여덟 권을 다 읽고 나면 앤이 더 나은 사람이 되기 위해 얼마나 많은 노력을 기울였는지 알게 돼." 그랬더니 수빈이가 놀란 토끼 눈이 되어 소리쳤다. "뭐? 앤이 여덟 권이라고?"

12

"앤, 낭만을 모두 포기하지는 말아라. 조금은 있는 게 좋단다. 너무 지나치면 안 되지만 조금은 남겨두렴. 조금은 말이다." 매슈가 수 줍게 속삭였다.

"Don't give up all your romance, Anne," he whispered shyly, "a little of it is a good thing—not too much, of course—but keep a little of it, Anne, keep a little of it."

열네 살을 앞둔 여름 오후, 앤은 친구들에게 작년 겨울 영어 수업 시간에 배운 앨프리드 테니슨Alfred Tennyson(1809~1892)의 장편 서사시 중에서 랜슬롯과 일레인 이야기를 연극으로 꾸며보자고 제안한다. 캐멀롯 시대 최고의 기사인 랜슬롯과 사랑하는 남자의 마음을 얻지 못해 상심한 나머지 스스로 목숨을 끊은 여인 일레인 이야기가 여자아이들의 낭만적 사고를 자극했기 때문이다.

앤은 빨간 머리임에도 금발의 일레인 역을 맡게 된 것을 기뻐하며 기꺼이 배에 오른다. 시나리오는 이러하다. '눈을 감고 두 손을 가슴 위에 가지런히 포갠 채 죽은 사람처럼 누워 강물을 따라 흘러내려간다. 배가 다리 밑을 지나 호수 아래쪽 곳에 도착하면 눈을 뜬다. 그리고 연극은 성공적으로 막을 내린다.' 그러나 낭만을 기대했던 연극은 몇 분이 채 지나지 않아 산산조각이 나고 만다. 뚫린 배 밑바닥으로 물이 들어오니 낭만이고 뭐고 살고 볼 일이다. 다행히도 배가 다리 기둥 가까이에 닿은 순간 앤은 필사적으로 탈출한다. 축축하고 미끄러운 나무 기둥에 매달릴 수 있었으나 그토록 증오하는 길버트에 의해 구조된다. 물에 빠진 생쥐 꼴로 바들바들 떨고 있는 처참한 모습을 보였으니 낭만 찾다가 굴욕감만 얻었다.

분별없는 행동을 야단치는 마릴라에게 앤은 또 하나의 인생 교훈을 얻은 것처럼 말한다. 오늘 일을 계기로 에이번리에서는 낭만적이 되려고 해봤자 소용 없다는 결론을 얻었으니 앞으로는 낭만적인 것을 찾지 않겠다고. 그러나 매슈의 생각은 다르다. 앤이 낭만을 조금은 간직했으면 하고 바란다. 매슈는 낭만파다. 그는 어머니가 그 옛날 스코틀랜드에서 가져와 심었다는 흰 장미를 좋아한다. 앤 이야기에 나오는 수많은 인물 가운데 누구보다 자주 낭만적인 행동을 하고 앤의 낭만적 사고와 행동을 돕는다. 마릴라가 여자아이들의 허영심을 부추긴다는 이유로 절대 지어주지 않은 퍼프 소매 원피스를 몰래 준비해서 앤에게 선물한 사람도 매슈이다.

매슈처럼 무뚝뚝하고 말이 없는 사람, 속내를 좀체 표현하지 않는 사람, 무슨 생각을 하고 있는지 도무지 모를 사람에게도 낭만은 있다. 그들만의 방식으로 낭만을 추구하고 그것을 그들만의 방식으로 누리며 살아간다. 앤은 그 옛날의 캐멀롯 시대라면 모를까 이 시대에는 낭만이 어울리지 않는 것 같다고 한다. 그런데 낭만이 어울리는 시대가 따로 있을까. 과거에도 낭만은 존재했고 지금도 진행 중이고, 미래에도 어떤 형태로든 낭만적 사고와 낭만적 행동은 지속될 것이다. 삶에 활력을 주는 낭만적 사고와 행동은 행복지수를 높이고 이타심에서 나온 낭만적 행동은 타인을 기쁘게 한다. 그러니 바쁘고 팍팍한 현실 속에서도 각자의 낭만을 조금은 챙기며 살았으면 한다.

앤이 숨을 깊이 들이마시며 말했다.

"아, 살아 있다는 것도, 집으로 돌아간다는 것도 정말 좋구나."

"Oh, but it's good to be alive and to be going home," breathed Anne.

앤은 다이애나의 고모할머니인 조지핀 할머니의 초대로 샬럿타운 저택에서 며칠을 보낸다. 그곳에서 *박람회/●*를 구경하고 한밤중까지 불이 켜진 도시에서 아이스크림 먹는 즐거움을 만끽한다. 샬럿타운은 에이번리와 달리 온갖 화려함과 편리함을 갖추고 있다. 그러나 앤은 다락방이 있는 초록지붕집이 더 좋다. 집으로 돌아가는 길에 앤은 달빛에 빛나는 바다의 아름다움과 상쾌한 밤공기에 취해 숨을 깊이 들이마시며 말한다. "아, 살아 있다는 것도, 집으로 돌아간다는 것도 정말 좋구나."

앤 이야기에는 잠깐 초록지붕집을 떠났다가 다시 돌아갈 때의 기분을 표현하는 장면이 여러 번 나온다. 앤에게 집은 자신의 안전을 지켜주는 물리적 공간이자 가족이라는 울타리가 만들어지는 정서적 공간으로서의 의미가 크다.

몽고메리는 자기만의 온전한 집을 갖고 싶어한 바람을 앤에게 투영했다. 태어난지 21개월이 되던 해 어머니가 결핵으로 세상을 떠나고 몇 달 뒤 아버지마저 이주민 대열에 합류해서 서부로 떠난 이후 몽고메리는 외조부모 손에서 길러졌다. 엄하고 권위적이고 성마른 노인들은 감수성이 풍부한 손녀의 정서적 허기를 보듬을 줄 몰랐다. 그런 환경에서 외로운 유년기를 보내고 성인이 된 몽고메리는 공부를 위해, 교사와 신문사 교정자로 일을 하느라 캐번디시를 떠났다가도 돌아와 할아버지 일을 거들고 할머니가 돌아가실 때까지 결혼을 미룬 채 그 곁을 지켰다.

1898년 외할아버지는 세상을 떠나기 전, 아들에게 캐번디시의 농장과 집을 상속했고 손녀에게는 아무것도 남기지 않았다. 친가로부터도 경제적인 도움을 받지 못했다. 외할머니가 살아 있는 동안에만 지낼 수 있다는 조건으로 캐번디시 집에서 살 수 있었기에 1911년 3월, 외할머니가 사망한 이후에는 파크코너에 있는 이모집에서 신세를 져야 했다. 거기서 3개월간 머물며 이완 맥도널드 목사와 결혼하고 함께 온타리오주의 리스크데일로 떠난다. 몽고메리는 처음으로 온전한 자기만의 집을 가진 기쁨을 일기에 적었다.

모든 사람들에게 집은 그런 의미일 것이다. 안락한 내 쉴 곳. 19세기 미국의 가곡인 '홈! 스위트 홈!Home! Sweet Home!'을 흥얼거려 본다. "Mid pleasures and palaces though we may roam. Be it ever so humble, there's no place like home." "쾌락과 궁전 속을 돌아다닐지라도, 아무리 초라할지라도 내 집만한 곳은 없네." 한국에서는 「즐거운 나의 집」으로 번안되어 불린다. '즐거운 곳에서는 날 오라 하여도 내 쉴 곳은 작은 집 내 집뿐이리.' 학교 수업을 마치고 집에 갈 때 나도 모르게 불렀던 기억이 난다.

조금 다른 얘기지만 사람들은 긴 여행을 마치고 집에 들어서면서 "여기저기 다녀봐도 역시 내 집이 최고야!"라고 말한다. 약속이나 한 것처럼 똑같은 말을 하는 현상이 재미있다. 안정과 익숙함, 감정적 회복과 휴식, 귀소본능, 자기 소유의 공간에서 오는 만족감을 중요하게 여기는 심리에서 나온 말이지만 이 말이 좀 우습다. 멋진 풍경을 보고 맛있는 음식을 먹고 다양한 문화를 누리고 왔으니 "즐겁게 잘 놀다 와서 참 좋구나!" 이렇게 말해야 돈을 쓴 보람이 있지 않을까. '내 집이 최고'라는 결론을 얻으려고 떠난 건 아닐 테니 말이다.

(🌐박람회

조지펀 할머니가 다이애나와 앤을 데리고 간 박람회는 오늘날 '올드 홈 위크Old Home Week' 라는 이름으로 매년 8월 프린스에드워드섬의 주도인 샬럿타운 켄싱턴에서 열린다. PEI 최고의 박람회이자 축제로 '올드 홈 위크'라는 이름은 제2차 세계 대전 초기에 만들어졌으며 과거의 농업과 가족 농장을 기반으로 하는 관습을 잇고 있다. 1888년 10월에 처음 열렸으며 가축, 수공예품, 과일 및 채소 중 최고의 상품을 전시하고 경연하는 것을 주목적으로 한다. 앤이 감탄하면서 본 박람회 풍경은 『그린 게이블스의 앤Anne of Green Gables』 29장에 자세히 묘사되어 있다.

14

"(…) 어른이 되는 건 쉬운 일이 아닌 것 같아요. 그렇죠, 마릴라 아주머니? 하지만 아주머니나 매슈 아저씨, 앨런 부인과 스테이시 선생님처럼 좋은 분들이 곁에 계시니 저는 반드시 훌륭하게 자라야 해요. 만약 그렇게 되지 않는다면 그건 분명 제 잘못이에요. 기회가 한 번뿐이니 부담이 크네요. 바르게 자라지 못했다고 해서 옛날로 돌아가 다시 시작할 수는 없으니까요. (…)"

"(…) It's a serious thing to grow up, isn't it, Marilla? But when I have such good friends as you and Matthew and Mrs. Allan and Miss Stacy I ought to grow up successfully, and I'm sure it will be my own fault if I don't. I feel it's a great responsibility because I have only the one chance. If I don't grow up right I can't go back and begin over again. (…)"

　　퀸즈 아카데미 입학 준비반에 들어가 1년 동안 공부에 매달리는 사이 앤은 부쩍 생각이 깊어지고 행동도 얌전해진다. 앤은 무엇이 옳은지 판단이 잘 서지 않는 일들을 떠올리며 신중하게 생각하고 결정해야 할 일이 많아지니 어른이 되는 게 쉽지 않은 일 같다고 생각한다. 옛날로 되돌아가 다시 어른이 될 수 없으니 기회는 한 번뿐이다. 잘못 산 시점으로 돌아가 인생을 리셋할 수 있다면 연습을 거쳐 훌륭한 어른이 될 확률이 훨씬 높아질 텐데….

2022년 7월, 안동시 일직면 운산리 몽실언니마을에 연구소를 겸한 작은 책방(책을 보관하는 방)을 마련했다. 동화 『몽실언니』의 배경지인 이곳으로 터전을 옮긴 데는 여러 이유가 있다. 50년 된 낡은 이발관 건물을 본 순간 운명적인 만남이라는 생각이 들었다. 건물 단장을 끝내고 문을 열었을 때 제일 먼저 책방에 들어와 말을 걸어준 이들은 마을 어린이와 청소년들이다. 우리 동네에 왜 왔으며, 어디서 왔는지, 결혼은 했는지, 여기는 무엇을 하는 곳인지, 책을 공짜로 봐도 되는지, 자주 놀러 와도 되는지를 야무지게 묻기에 그 질문이 귀여워서 성실하게 대답했다. 재미있는 '청문회'였다. 이후에도 자전거 타고 지나가다가 문이 열려 있으면 들어와서 몇 마디 하고는 "다음에 또 올게요" 하고는 간다.

같이 과자랑 피자를 먹고 생수를 마시면서 정을 쌓았다. 2년 전, 초등학교 5학년이던 아이들은 중학생이 되었고, 중 2였던 청소년들은 고등학생이 되어 공부하느라 바쁘다. 어릴 적부터 한 동네에서 자라 그런지 나이와 상관없이 함께 어울려 노는데 거기에는 서열이나 위력이 조금도 없어 보인다. 그냥 친한 형과 동생, 언니와 동생 사이다. 모두 말을 참 예쁘게 한다. 그중 한 명은 나이 많은 가수 이름을 얘기할 때 끝에 꼭 '님'을 붙인다. 다른 사람을 욕하거나 험한 말을 하는 걸 본 적이 없다. 나는 이 마을에 8년을 더 있을 예정이다. 나의 의지로 장기계약을 했다. 나중에 마을 아이들이 고등학교를 졸업하고 각자의 삶을 찾아 더 넓은 곳으로 떠나는 모습까지 배웅할 수 있으면 좋겠다.

그중 한 아이가 이런 말을 했다. "쌤은 좋은 사람 같아요." 왜 그렇게 생각하는지 물었더니 그냥 그런 느낌이 든다고 했다. 나는 십대들이 나를 괜찮은 사람으로 봐줄 때 기분이 참 좋다. 일종의 훈장 같은 거라고 생각한다. 주위에 좋은 어른들이 많으니 훌륭하게 자라야 한다고 말한 앤을 생각하면서 나도 마을 아이들에게 좋은 어른으로 기억되고 싶은 바람 하나를 품었다.

15

"(…) 게다가 스테이시 선생님은 짧은 말이 더 힘이 있고 좋다고 하셨어요. 글도 가능한 한 간결하게 쓰라고 하셨고요. 처음에는 힘들었어요. 제가 떠올릴 수 있는 화려하고 거창한 말들을 모두 늘어놓는데 익숙했으니까요. 그런 말들이 자꾸만 생각났거든요. 하지만 이제 짧은 말과 간결한 글쓰기에 익숙해지고 나니 그게 훨씬 낫다는 걸 알게 됐어요."

"(…) Besides, Miss Stacy says the short ones are much stronger and better. She makes us write all our essays as simply as possible. It was hard at first. I was so used to crowding in all the fine big words I could think of—and I thought of any number of them. But I've got used to it now and I see it's so much better."

앤은 자신의 단점은 작게, 장점은 크게 봐주는 어른에게 마음을 활짝 연다. 열네 살이 되면서는 마음이건, 지식이건, 행동이건, 삶의 방향이건 본받을 점이 있는 어른을 마음속 깊이 좋아하고 그들의 조언을 새겨 들으며 실천하려고 노력한다. 새로 온 스테이시 선생님은 앤의 성장에 큰 도움을 준 인물이다. 늘 새로운 교육 방법을 추구하며 열린 마음으로 편견 없이 학생들을 지도하는 그녀를 보며 앤은 좋은 교사가 되겠다는 꿈을 키운다.

마릴라는 예전에 비해 말수가 부쩍 줄고 이제 거창한 표현을 쓰지 않는 앤에게 그 이유를 묻는다. 배우고, 생각하고, 해야 할 게 너무 많아 거창한 말을 쓸 시간이 없기도 하지만, "짧은 말이 더 힘이 있고 좋다"라고 한 스테이시 선생님의 가르침을 언급한다.

나는 이 말에 깊이 공감한다. 짧게 말하기와 간결한 글쓰기가 잘 안 되기 때문에 그렇다. 할 말이 왜 그렇게 많은지, 쓸 말은 또 왜 그렇게 많은지…. 듣는 사람이 피곤하겠다 싶어서 누군가를 만나기 전에는 '오늘은 듣기만 하자', 강의를 시작하기 전에는 '오늘은 핵심만 말하자' 이렇게 마인드 컨트롤을 한다. 그런데 번번히 실패한다. 흥에 겨워, 흥분해서 말을 많이 하고는 돌아서서 후회한다. 이것도 중요한 것 같고 저것도 빼기 아까우니 글도 길어진다. 글을 완성하고 나서 자신이 없을 때는 글을 잘쓰는 선배에게 읽어봐달라고 부탁한다. 돌아오는 선배의 피드백은 예전부터 한결같다. "거 참, 글이 너저분하네."

앤이 소신 있게 말했다. "우리도 부자야. 16년 동안 잘살아왔고 여왕처럼 행복해. 게다가 많든 적든 상상력도 가지고 있잖아. (…)"

"We are rich," said Anne stanchly. "Why, we have sixteen years to our credit, and we're happy as queens, and we've all got imaginations, more or less. (…)"

앤은 화이트샌즈 호텔 투숙객들이 샬럿타운 병원을 돕기 위해 준비한 콘서트에서 시 낭송을 멋지게 해낸다. 청중들의 박수갈채와 환호를 뒤로한 채 친구들과 집으로 돌아오는 길에 이런저런 이야기를 나눈다. 제인은 다이아몬드로 치장하고 온 부인들을 부러워하며 친구들에게 부자가 되고 싶지 않은지를 묻는다. 만약 내가 거기 있었다면 이렇게 말했을 테다. "당연히 부자가 되고 싶지. 세상에 부자 안 되고 싶은 사람이 어디 있겠니?"

그러나 앤은 소신을 담아 말한다. 지금까지 잘살아왔고 여왕처럼 행복하며, 많든 적든 상상력을 가지고 있는 우리도 부자라고. 썩 와닿지는 않지만 아름다운 말이기는 하다. 이 장면에서 앤을 닮은 지인이 생각났다. 그녀는 이른바 '소확행'과 '안분지족'을 실천하며 산다.

그런데 결혼해서 30년을 사는 동안 경제적인 여유를 잠깐도 누려본 적이 없다. 가혹하리만큼 금전 운이 그녀를 비켜갔다. 하지만 그런 이유로 그녀가 기죽거나 다른 사람의 부富를 부러워하는 모습을 본 적이 없다. 누구보다 마음 부자다.

한번은 4월 어느 봄날, 같이 길을 걷는데 갑자기 두 팔을 벌려 한 바퀴를 돌더니 이렇게 말하는 거다. "은아쌤, 저는 오늘 부자가 되었어요. 이 사랑스러운 바람이 모두 제 거랍니다." 또 어느 봄날에는 토끼풀꽃 반지를 만들어 손가락에 끼고는 이렇게 말했다. "은아쌤, 이 반지를 진주라고 상상해보세요." 토끼풀꽃이랑 진주 색깔이 비슷하더라도 이런 건 좀 부담스럽다. 그녀에게 허락을 구하고 이 글을 쓴다.

"전 조금도 변하지 않았어요. 정말이에요. 쓸모없는 가지를 잘라 내고 새 가지를 뻗었을 뿐이죠. 여기에 있는 저는 언제나 똑같아요. 어딜 가든, 겉모습이 어떻게 변하든 전 조금도 달라지지 않을 거예요. 마음속의 나는 언제나 아주머니의 작은 앤이겠죠. 평생 아주머니와 매슈 아저씨 그리고 소중한 초록지붕집을 날마다 더 사랑하는 앤이 될 거예요."

"I'm not a bit changed—not really. I'm only just pruned down and branched out. The real me—back here—is just the same. It won't make a bit of difference where I go or how much I change outwardly; at heart I shall always be your little Anne, who will love you and Matthew and dear Green Gables more and better every day of her life."

'낳은 정보다 기른 정이 더 크다'와 '머리 검은 짐승은 거두는 게 아니다'라는 속담이 떠오른다. TV 드라마 속 주인공들에게는 출생의 비밀이 있다. 그들은 성인이 되어 두 갈래 중 하나의 길을 선택한다. '은혜 갚은 까치형'과 '배은망덕형'. 그런데 주인공을 연기하는 배우의 인기는 언제나 배은망덕형이 더 높아 보인다. 앤은 전자에 속한다. 퀸즈 아카데미 입학을 앞둔 어느 날 저녁, 마릴라는 어느새 의젓하게 자라 집을 떠나는 앤을 바라보며 아쉬운 심경을 표현한다. 마릴라의 쓸쓸한 마음을 읽은 앤은 애틋하면서도 다정한 말로 두 사람에게 감동을 안긴다. 그리고 앤은 마릴라에게 한 약속을 지켰다. 현실 세계에도 앤과 같은 사람들이 있다.

　어린 시절 우리 집에는 항상 남의 집 식구가 한두 명 더 있었다. 농기계 수리 기술자인 아버지로부터 가르침을 받고자 온 청년들이었다. 나는 그들을 삼촌이라 불렀다. 엄마는 매일 저녁 해가 지면 기름때 묻은 삼촌들의 작업복을 손으로 빨고 그들의 세 끼 밥을 챙겼다. 서울 사람인 엄마는 스무 살의 나이에 공무원이던 아버지와 결혼했다. 3년 남짓 도시에서 살다가 고향에서 뜻을 펼치고 싶어하는 남편의 뜻을 따라 시골로 갔다. 그날부터 엄마의 고생은 시작되었다. 사십대 중반까지 객식구 밥과 중참을 챙기고 빨래하는 일로 세월을 보내셨다.

　나는 중학교 2학년 2학기에 도시로 유학을 왔다. 넉넉한 살림살이가 아닌데도 아버지는 자식 셋을 도시로 보내는 결정을 하셨다. 언니와 나는 어린 남동생과 함께 대구 변두리에 있는 집 2층에 세를 얻어 지냈다. 엄마는 자식들 걱정에 매일 시외버스를 타고 시골과 대구를 오가며 양쪽 살림을 하셨다. 그 와중에 건넛마을에 사는 아버지의 형제의 아들 두 명도 같이 공부할 수 있도록 허락하셨다.

　나보다 한 살, 두 살 어린 연년생 형제다. 우리는 좁은 집에서 불편한 줄 모르고 즐겁게 지냈다. 세월이 흐른 지금도 끈끈한 우정을 나눈다. 형제는 나의 부모님을 큰아버지·큰어머니라고 부른다. 대학 졸업 후 직장 생활을 하면서는 어버이날과 명절은 물론이고 수시로 부모님을 찾아가 인사 드린다. 어떤 때는 자식들보다 더 많은 용돈을 놓고 가서 나를 머쓱하게 만든다. 형제는 이렇게 말한다. "누나, 우리가 큰아버지·큰어머니한테 받은 사랑에 비하면 이 정도는 아무것도 아니다." 그래서 나는 남동생이 세 명이다. 엄마도 아들이 세 명이라 든든하다고 말씀하신다.

옛날 아버지의 제자였던 삼촌들 중에도 그때의 고마움을 잊지 않고 꼬박꼬박 찾아와 인사하는 분들이 있다. 부모님의 지나온 삶에서는 머리 검은 짐승은 거두는 게 아니라는 옛말이 비켜간다. 참 다행이고 고마운 일이다. 두 분이 인색하지 않게 사셨기 때문이라고 생각한다. 그리고 지금 언니와 나, 남동생이 그 덕을 보면서 살고 있다는 사실을 잘 안다.

18

세상 모든 일에는 대가가 따르는 법이다. 야망을 갖는 일은 가치가 있지만, 쉽게 이뤄지지 않는다. 그에 상응하는 노력과 절제, 불안과 좌절이 따른다.

For we pay a price for everything we get or take in this world; and although ambitions are well worth having, they are not to be cheaply won, but exact their dues of work and self-denial, anxiety and discouragement.

퀸즈 아카데미 최종 시험 결과가 발표나는 날 아침, 학교에 함께 가는 앤과 제인의 대비되는 심경이 이를 말해준다. 제인은 합격 이상의 꿈이 없었기에 목표에 따르는 불안을 느끼지 않고 그저 시험이 다 끝난 현실을 기뻐하며 웃는다. 앤은 그럴 수 없다. 메달 또는 에이브리 장학금을 목표로 지난 1년을 달려왔기에 결과에 불안해하며 창백한 얼굴이 된다. 제인은 마음 졸이는 친구의 영향을 조금도 받지 않을뿐더러 심장이 떨려 차마 게시판을 보지 못하는 앤을 대신해서 에이브리 장학금 수상 소식을 진심으로 기뻐하며 전한다.

앤에게는 좋은 교사, 훌륭한 어른이 되겠다는 꿈도 있지만 마릴라 아주머니와 매슈 아저씨를 기쁘게 해드리는 일 또한 퀸즈 아카데미에 다니면서 세운 목표다. 자신을 사랑으로 키워준 두 사람에게 보답할 수 있는 최선의 방법이 그곳에서 1등하는 거라고 생각한다. 길버트와의 경쟁심을 불태우고 새로운 것을 배우는 데서 오는 즐거움도 내적 동기로 작용했다.

동서고금을 막론하고 역사에 길이 남을 업적을 세운 인물들, 한 분야에서 1등을 달리는 사람들, 각종 기록을 경신하는 이들이 기울인 노력은 상상을 초월한다. 이들은 원대한 꿈을 이루기 위해 갖은 노력을 기울이면서 성공보다 실패를 더 많이 경험했다. 보통 사람은 흉내도 못 낼 강도의 자기 관리는 물론이고 처절함과 외로움, 걱정과 불안, 좌절과 절망감을 이겨내고 자신의 꿈을 이루었으니 '세상에 거저 얻어지는 건 없다'라는 말은 세상살이 어디에든 해당하는 말이다.

철학자인 강신주 박사가 10년 전 한 예능 프로그램에 나와서 "꿈을 갖는다는 건 아무나 감당을 못 한다. 꿈은 굉장한 저주"라고 말했다. 제대로 된 꿈은 실천을 강요하므로 이룬 후에야 떨칠 수 있는 저주라는 것이다. 그때만 해도 수많은 자기 계발서들이, 강연자들이, 꿈이 있는 사람은 행복하다고 했기에 꿈에 대한 강신주 박사의 관점이 신선하게 와닿았다.

그런데 나는 앤의 성취도 박수칠 만하지만 제인 같은 친구가 있기에 주인공이 더 빛난다고 생각한다. 비록 메달을 목에 걸지 못했지만, 승자에게 악수를 청하며 축하하는 이들의 모습이 더 아름답고 멋져 보이는 것처럼….

퀸즈 아카데미Queen's Academy

퀸즈 아카데미에서 앤은 교사 자격증을 취득한다. 2년 과정을 1년 만에 마친다. 샬럿타운에 있는 프린스 오브 웨일스 칼리지Prince of Wales College가 이 학교의 모델이다. 실제로 몽고메리가 교사 자격을 취득하기 위해 1893년 9월부터 1894년 6월까지 공부한 곳으로 입학할 당시 5등으로 합격했다고 일기에 썼다. 몽고메리는 단순히 직업을 갖기 위해서가 아니라, 한계가 없는 삶을 위해 여성도 교육을 받아야 한다고 강조했다. 이러한 생각은 『그린 게이블스의 앤 *Anne of Green Gables*』 30장에 잘 나타나 있다.

19

어느 날 저녁 앤은 앨런 부인과 함께 목사관 정원을 거닐며 생각에 잠겨 말했다.

"아저씨가 돌아가셨는데도 그런 일들로 즐거움을 찾다니 아저씨를 배신하는 것 같아요. 매슈 아저씨가 너무 그리워요. 줄곧 그랬어요. 그런데도 세상이며 인생이 여전히 아름답고 흥미롭게 느껴져요. 오늘도 다이애나가 우스운 얘기를 해서 저도 모르게 웃어버리고 말았어요. 아저씨가 돌아가셨을 땐 다시는 웃지 못할 거라 생각했어요. 왠지 그러면 안 될 것 같았거든요."

"It seems like disloyalty to Matthew, somehow, to find pleasure in these things now that he has gone," she said wistfully to Mrs. Allan one evening when they were together in the manse garden. "I miss him so much—all the time—and yet, Mrs. Allan, the world and life seem very beautiful and interesting to me for all. Today Diana said something funny and I found myself laughing. I thought when it happened I could never laugh again. And it somehow seems as if I oughtn't to."

어릴 적에 앤을 TV만화영화로 보다가 매슈 아저씨가 죽는 장면에서 대성통곡했던 기억이 있다. 책으로 읽을 때도 마찬가지였다. 어린 나는 허구의 세계라 해도 누군가의 죽음을 받아들일 준비가 되어 있지 않았다. 몽고메리는 매슈의 죽음을 다룸으로써 이야기에 긴장감을 불어넣고 작품의 완성도를 높였다. 아무런 위기 없이 조용히 흐르는 강물처럼 결말에 이르렀다면 힘 빠지는 스토리가 되었을 테고, 길버트와의 설레는 화해 장면도 탄생하지 않았을 것이다. 마땅히 필요한 장치이지만 매슈 아저씨가 조금 더 오래 살았더라면 했다. 몇 번을 봐도 그렇다. 읽을 때마다 슬퍼서 운다.

매슈는 처음부터 앤의 편이었다. 시시비비를 따지거나 가르치려 하지 않고 무조건 앤을 믿어주고 말없이 응원했다. 그런 아저씨가 예고도 없이, 작별 인사를 나눌 겨를도 없이 세상을 떠났다. 더는 세상에 존재하지 않는다. 앤은 매슈 아저씨가 날마다 그립다. 아저씨가 돌아가셨을 때 다시는 웃지 못할 것 같았다. 그런데 오늘 다이애나가 우스운 얘기를 해서 그만 웃어버렸고, 여전히 세상이 아름답고 즐겁게 느껴진다. 왠지 매슈 아저씨를 배신하는 것 같다.

이런 경험을 해본 사람들은 안다. 사랑하는 이의 갑작스러운 죽음은 삶에 짙은 그늘을 드리운다. 슬픔과 충격에 다시는 웃지 못할 것 같고, 더는 즐겁고 재미있는 일을 찾지 않을 거라고 다짐한다. 한동안 그렇게 지낸다. 그게 죽은 사람에 대한 의리이자 예의라고 생각한다. 그런데 어느 순간 웃고 떠들며 이야기한다. 깔끄럽던 입맛도 돌아온다. 어느새 일상으로 돌아와 자신의 일을 하고 있다. 죄책감이 생긴다. 이렇게 웃어도 되나? 이렇게 즐거워도 되나? 이렇게 잘 먹어도 되나? 그런데 웃는다. 즐겁다. 잘 먹는다. 그렇게 살아간다. 아니, 그렇게 살아진다. 그게 삶이라고 인생 선배들이 말했다.

앤은 자신의 의무를 용감하게 바라보았고, 마음 열고 받아들이면 의무마저 친구가 될 수 있음을 알았다.

She had looked her duty courageously in the face and found it a friend—as duty ever is when we meet it frankly.

마릴라는 지금처럼 책을 보고 바느질을 계속하다가는 6개월 안에 시력을 완전히 잃을 수 있다는 얘기를 듣는다. 그날 밤 앤은 결심한다. 장학금을 받고 대학에 진학하는 대신 에이번리에서 아이들을 가르치며 초록지붕집과 마릴라를 지키겠다고. 5년 전에 마릴라가 어린 여자아이를 키우는 의무를 기꺼이 받아들인 것처럼…. 그렇지만 퀸즈 아카데미 졸업식 날의 영광과 기쁨을 떠올리니 슬퍼서 자꾸만 눈물이 난다. 마음이 무겁다. 그러나 앤은 자신을 정성껏 키워준 마릴라와의 추억이 깃든 초록지붕집을 지켜야 할 의무를 용기 있게 받아들이기로 하면서 금세 마음의 평온을 되찾는다. 의무도 마음 열고 받아들이면 친구가 될 수 있다는 말이 참 좋다.

앤 이야기는 수많은 등장인물이 각자에게 주어진 의무를 받아들이고 최선을 다해 살아가는 모습을 보여준다. 앤과 마음을 나눈 레슬리 무어와 폴린은 남편과 어머니를 돌보기 위해 앤보다 더한 희생을 견디며 산다. 길버트는 몸이 아픈 아버지 치료를 위해 앨버타에서 지내는 3년 동안 학교를 거의 다니지 못했다. 1800년대 후반 캐나다의 한 지역 사회를 배경으로 하지만 당시 인물들이 용기 있게 직면한 의무는 시공간을 넘어 오늘날에도 세상 어딘가에서 누군가가 하고 있는 일들이다.

나는 내게 주어진 크고 작은 의무를 다하면서 수시로 불평불만을 늘어놓았다. '왜 나만 해야 돼'라는 억울함이 있었고 의무는 저버린 채 얌체같이 권리만 챙기는 사람들을 얄밉게 보았다. 의무를 다하려고 노력하는 사람에게만 계속 의무가 주어지는 불공평한 구조가 못마땅하게 여겨지기도 했다. 그러나 이제는 안다. 그동안 의무라 여기고 행한 일들이 별것 아니며 투덜거릴 일은 더욱 아니었다는 사실을….

자그마한 체구로 발달장애가 있는 딸을 정성껏 키우면서 홀시어머니와 친정 부모 봉양에도 최선을 다하는 동갑내기 지인이 내게 가르쳐주었다. 그녀는 봉사 활동을 열심히 하고 새로운 것을 배우는 일도 게을리하지 않는다. 무슨 일이든 솔선수범하고 남의 일을 자기 일처럼 돕는다. 한번은 그 많은 일을 어떻게 다 해내느냐고 물었더니 아무렇지도 않게 대답했다. "어쩌겠어요. 다 내 몫인걸요." 그렇다 해도 나는 용기 있게 의무를 자꾸 받아들여 친구 삼고 싶지는 않다. 나의 그릇은 여기까지다.

21

"(…) 모퉁이를 돌면 무엇이 있을지 모르겠어요. 그러나 가장 좋은 게 기다리고 있을 거라 믿을 거예요. 마릴라 아주머니, 모퉁이도 그만의 매력이 있어요. 그 너머에 어떤 길이 펼쳐져 있을지 궁금해요. (…)"

"(…) I don't know what lies around the bend, but I'm going to believe that the best does. It has a fascination of its own, that bend, Marilla. I wonder how the road beyond it goes— (…)"

앤은 다른 사람들과 대화할 때 자주 문학적인 수사로 자신의 생각을 표현한다. 자칫 가식적으로 비칠 수 있으나 앤을 잘 알고 진심으로 좋아하는 이들은 그렇게 생각하지 않는다. 그의 말과 행동, 생각이 일치하고 매 순간 진실하다는 걸 알기 때문이다. 열네 살 이후 앤이 다른 사람들과 대화하는 방식은 가족치료의 대가인 버지니어 새티어Virginia Satir(1916~1988)가 제시한 의사소통 유형 중에서 '일치형'에 해당한다.

마릴라는 자신을 위해 희생하기를 선택한 앤에게 미안할 따름이다. 앤은 그런 마릴라의 마음을 깊이 헤아린다. 퀸즈 아카데미 졸업

후에 탄탄대로일 거라 믿었던 자신의 앞날에서 굽은 길을 마주했지만 그 너머의 길이 궁금하다고 말한다. 마릴라는 어떻게든 앤을 대학에 보내겠다고 고집을 부려야 하지만 그럴 수 없는 자신의 현실을 인정하고, 아무런 희망 없이 살아가야 할 자신에게 새 생명을 준 앤에게 고마움을 표현한다. 언젠가 꼭 보답하겠다고 다짐했으며 마릴라는 그 약속을 지킨다. 죽을 때까지 초록지붕집에서 살며 앤의 든든한 친정엄마가 되어준다. 각자 마음이 무거운 상황에서 두 사람은 마음을 터놓고 이야기를 나눈다. 이런 대화 방식이 '일치형' 의사소통이다. 이는 자기와 타인, 상황 모두를 존중하는 대화 방식이므로 불편한 상황이나 갈등을 봉합하고 관계 개선에 도움을 준다.

문학적 수사라도 좋다. 거기에 진심이 담기면 금상첨화다. 사람들이 표현에 인색하지 않기를 바란다. 말 안 하면 모르냐고 하는데 모른다. 마음 전달은 마릴라와 앤처럼….

22

"세상은 꽤 좋은 곳이에요. 그렇죠, 마릴라 아주머니? 지난번에 린드 부인은 세상이 별로 좋지 않다고 불평하셨어요. 즐거운 일을 기대할 때마다 많든 적든 실망할 일이 생긴다면서요. 아마도 맞는 말이겠죠. 하지만 좋은 면도 있어요. 나쁜 일도 항상 우리가 예상한 대로 일어나는 건 아니니까요. 생각한 것보다 훨씬 나은 결과를 가져오기도 해요." 앤은 행복한 결론을 지었다. (…)

"It's a pretty good world, after all, isn't it, Marilla?" concluded Anne happily. "Mrs. Lynde was complaining the other day that it wasn't much of a world. She said whenever you looked forward to anything pleasant you were sure to be more or less disappointed. . . that nothing ever came up to your expectations. Well, perhaps that is true. But there is a good side to it too. The bad things don't always come up to your expectations either . . . they nearly always turn out ever so much better than you think. (…)"

열여섯 살 반인 앤은 몸도 마음도 훌쩍 자랐지만 여전히 충동적이고 어이없는 실수를 저지른다. 매슈 아저씨가 3년 전에 사주신 송아지가 자라 이웃집 해리슨 씨네 귀리밭을 자주 엉망으로 만들어놓자 앤은 다시는 그런 일이 없도록 하겠다고 약속한다. 그러던 어느 날, 다이애나와 함께 마차를 타고 카모디에 물건을 사러 갔다 돌아오는 길에 해리슨 씨네 귀리밭에서 조용히 두 사람을 응시하는 소를 목격한다. 앤은 한바탕 추격전을 벌인 끝에 소를 커스버트네 샛길로 몰아내는 데 성공한다. 그리고 홧김에 마침 그 옆을 지나던 시어러 씨에게 소를 팔아버린다. 아, 그런데 집에 오니 소가 외양간에 떡하니 있다. 앤은 비명을 질렀다. 앤이 팔아버린 소는 해리슨 씨네 소였다. 그는 이상하고 괴팍한 사람으로 동네에 소문나 있다. 이건 최악의 사고다.

누구나 살면서 어이없는 실수를 한다. 사고라 할 만한 상황에 맞닥뜨려 죽고 싶은 심정일 때는 이대로 증발하면 좋겠다는 생각이 들기도 한다. 딱 그런 심정이 된 앤은 비장한 각오로 소 판 돈 20달러와 아침에 구워놓은 케이크를 들고 해리슨 씨 집으로 향한다. 욕을 얼마나 먹을지, 변상금을 얼마나 요구할지, 지구 끝까지 쫓아가서라도 자기 소를 찾아오라고 할지 알 수 없는 노릇이다. 그런데 해리슨 씨는 소문과 달리 괜찮은 사람이었다. 자신을 만나러 오기까지 두려움에 떨었을 앤의 마음을 헤아리고 시원하게 용서한다. 이 일을 계기로 두 사람은 이웃사촌이 된다. 그러니 앤의 눈에 비친 세상은 살 만하고 좋은 곳이다.

해리슨 씨 같은 사람을 만난 적이 있다. 16년 전, 큰 마음 먹고 새차를 산지 6개월쯤 지났을 무렵이다. 지인을 만나고 집으로 돌아오는 길에 접촉 사고를 냈다. 잠깐 딴생각을 했는데 '어어' 하는 순간 앞차를 들이받았다. 튼튼하다고 소문난 SUV는 뒤가 움푹 들어갔고 내 차는 반파되어 너덜너덜해졌다. 앞이 하얘졌다. 두려움에 떨며 차에서 내렸는데 앞차 주인이 성큼성큼 걸어왔다. 씨름 선수처럼 큰 체구에 팔에는 문신이 새겨져 있었다. '진짜로 죽었구나' 생각한 순간 슈크림처럼 부드러운 목소리가 들려왔다. "괜찮아요? 많이 놀라셨죠?" 하늘에서 내려온 천사의 속삭임 같았다.

보험 처리를 했지만 미안하고 마음이 쓰여 다음 날 전화해서 꼼꼼하게 검사 받고 며칠은 쉬어야 한다고 했더니 "젊은 사람이 이 정도 일로 엄살 부리면 안 되죠"라고 하는 거다. 아무런 탈도 잡지 않았고 합의도 쉽게 해주었다. 세상은 여전히 따뜻하고 살 만한 곳이라는 생각을 했다.

해리슨 씨처럼 겉모습과 다른 반전 매력을 지닌 사람들이 있다. 꼬장꼬장할 것 같은 이미지와는 달리 매사 너그러운 사람이 있고, 푸근한 인상과는 달리 팍팍하고 성마른 사람이 있다. 사람은 겉모습만 봐서는 모른다. 오래 겪어봐도 잘 모르겠다. 다만, 해리슨 씨 같은 사람이 많으면 세상은 더 따뜻해질 것이다. 가끔 궁금하다. 나를 용서했던 해리슨 씨는 그동안 복을 많이 받았는지, 잘 지내고 있는지.

23

"혹시 알고 있니? 사람들이 어떤 사실을 알려주는 게 자기 의무라면서 말할 때는 기분이 상할 각오를 해야 한다는 것을 말이야. 사람들은 어째서 기분 좋은 이야기는 전해줄 의무가 있다고 생각하지 않는 걸까?" 앤이 생각에 잠겨 물었다. (…)

"Have you ever noticed," asked Anne reflectively, "that when people say it is their duty to tell you a certain thing you may prepare for something disagreeable? Why is it that they never seem to think it a duty to tell you the pleasant things they hear about you? (…)"

10월의 저녁, 앤은 초록지붕집을 찾아온 길버트에게 마음 상한 일을 털어놓는다. 피터 블루잇 아주머니와 돈넬 부인, 로저슨 씨가 앤에게 자신의 교육법을 못마땅해하는 마을 사람들의 불만을 전해주었기 때문이다. 앤의 말처럼 어째서 사람들은 들으면 기분 좋은 일은 당사자에게 알려주지 않고, 기분 나쁜 일을 알려주는 것을 의무라고 생각하는 걸까?

그런데 나도 피터 블루잇 아주머니, 돈넬 부인, 로저슨 씨처럼한 적이 있다. 평소 데면데면하게 지내는 A씨가 터무니없는 이유로 내

가 좋아하는 B씨에 대해 나쁘게 말하는 걸 듣는 순간, 이건 알려줘야
한다는 생각이 들었다. 그동안 저런 마음으로 나의 소중한 B씨를 대
해왔단 말인가! 그런데 B씨는 A씨를 한 번도 나쁘게 말한 적이 없다.
그래서 더 화가 났다. 불끈 정의감이 불타올랐다. B씨에게 알려줬다.
어쩌고저쩌고….

　　나로 인해 두 사람의 관계에 어떤 변화가 있었는지는 모른다.
부끄러워서 물어보지 못했다. 이만큼 나이 먹어서는 들어 기분 좋을
것 없는 뒷담화나 일러바치고 말이다. 그게 무슨 대단한 정의라고. 후
회하고 또 후회했다.

24

"(…) 나는 질병과 고통, 무지와 싸우겠어. 이 세 가지는 서로 연결되어 있거든. 앤, 나는 이 세상에서 내게 주어진 진실한 과업을 훌륭히 해내고 싶어. 세상이 시작된 이래로 훌륭한 사람들이 쌓아 올린 인류 지식의 총합에 조금이라도 보탬이 되고 싶어. (…)"

"(…) and I want to fight disease and pain and ignorance . . . which are all members one of another. I want to do my share of honest, real work in the world, Anne... add a little to the sum of human knowledge that all the good men have been accumulating since it began. (…)"

길버트는 앤에게 세상의 진실한 과업에 참여함으로써 자신에게 주어진 몫을 훌륭하게 해내고 싶다는 포부를 밝힌다. 멋짐이 한도를 초과했다는 표현은 이럴 때 쓰는 말인가보다. 이뿐일까. 길버트는 앤이 초록지붕집에서 마릴라를 보살피며 학교를 오갈 수 있도록 에이번리 학교를 양보하고 자신은 하숙을 해야 하는 화이트샌즈에서 아이들을 가르친다. 하숙비와 대학교 등록금 마련으로 녹록지 않은 현실이지만 의사가 되어 질병과 고통, 무지와 싸우겠다는 포부를 품고 있다. 나는 지금까지 큰 포부나 이상을 가져본 적이 없다. 그건 천재들이나 학자라 불리는 사람들이 해야 할 일이라 생각했다. 학창 시절 내내 공부를 잘하지 못했고 명석한 머리를 타고난 것도 아니었기에 그저 대학교에 들어갈 수만 있으면 좋겠다 싶었다. 대학 시절에는 공부는 열심히 안 하면서 취업 걱정을 했다. 취직해서는 돈 버느라 바빴다. 지금은 노후를 대비한다. 그러고 보니 나의 플랜에는 과거에도 지금도 멋진 인류애가 없다.

만약 1800년대 후반에 태어났다면…. 생각만 해도 무섭다. 수시로 골골대며 병원을 찾는 약골이라 그렇다. 병원에 자주 입원하는 아버지를 생각해도 그렇다. 옛사람들은 그 시대를 어떻게 살았을까? 정말 존경스럽다. 인류를 위해 무언가를 하겠다는 포부는 없지만 선조들이 쌓아놓은 수많은 업적과 노력에 감사한다. 그들 덕분에 문명의 혜택을 누리며 이 편한 세상에 살고 있기에….

25

(…) "우리는 언제나 자기를 필요로 하는 사람을 더 좋아하는 것 같아요. 데이비에게는 우리가 꼭 필요하잖아요."

(…) "that we always love best the people who need us. Davy needs us badly."

여섯 살 쌍둥이 남매가 있다. 오빠는 못 말리는 장난꾸러기여서 하루 종일 사고를 치며 돌아다닌다. 엉뚱하고 산만하고 충동적이고 즉흥적이다. 옳고 그름에 관심이 없다. 모든 일의 기준은 '재미가 있느냐, 없느냐'이다. 동생은 집에 있는지 없는지 모를 정도로 얌전하다. 어린 데도 자기 몫을 야무지게 해낸다. 어른의 도움이 별로 필요하지 않다. 침착하다. 어른들을 잘 돕는다. 야단맞을 짓을 하지 않는다. 마치 교육을 다 받고 태어난 것 같다. 웬만한 일에는 동요하지 않는다.

어린 쌍둥이 남매는 마릴라의 먼 친척인 데이비와 도라다. 엄마가 죽은 뒤로 초록지붕집에서 함께 살고 있다. 쌍둥이들이 온 뒤로 조용할 날이 없다. 마릴라와 앤은 데이비의 장난으로 놀란 가슴을 진정시키느라 바쁘다. 데이비가 또 말썽을 부린 어느 날, 두 사람은 쌍둥이를 놓고 이야기를 나눈다. 불공평하지만 그러함에도 데이비가 더 사랑스럽고 좋다는 데 동의한다.

성향이 극과 극인 두 아이가 있다면 누구에게 더 마음이 갈까? 이 질문을 하면 부모들은 키우기 힘들어도 장난꾸러기에게 더 정이 간다고 대답한다. 앤이 말한 것처럼 사람은 누구나 자기를 필요로 하는 사람을 가장 사랑하기 때문이다. 손이 덜 가는 자식은 편하지만 와서 딱 안기지 않으니 문득 서운한 마음이 생긴다는데, 장기간 이어진 프로그램이 끝났을 때 제일 말 안 듣고 말썽을 부린 아이가 오래도록 생각나고 보고 싶어지는 마음에 비유해도 될지 모르겠다.

의성에서 사과 농장을 운영하며 네 명의 데이비를 키우는 지인이 있다. 하나도 아닌, 둘도 아닌, 무려 네 명의 데이비다. 그녀는 앤을 좋아하고 앤이 좋아한 사과나무의 하얀 꽃을 사랑해서 해마다 만개한 사과꽃을 사진 찍어놓는다. 1년 동안 온라인 독서 모임을 할 때 막내 데이비도 엄마 옆에 딱 붙어 있었다. 늦은 밤 9시, 과수원 일이 끝나면 피곤해서 만사가 귀찮을 텐데 웬만해서는 빠지지 않았다. 아직 잠자리에 들지 않은 어린 데이비도 다른 참여자들에게 인사했다. 한때 문학소녀였으며 대학에서 국어국문학을 공부했고 언제가 될지 모르지만 자기 이름으로 된 책 한 권을 내는 게 꿈이라는 그녀가 가끔 생각난다. 자신의 의무에 최선을 다하는 엄마다. 그녀의 데이비들이 건강하게 잘 자라기를 마음 모아 기도한다.

앤이 자기다운 철학을 담아 말했다. "이런 날에는 행복해지는 일이 정말 쉬울 것 같아. 그렇지 않니? 얘들아, 오늘을 황금빛 날로 만들어보자. 언제나 기쁨으로 돌아볼 수 있는 그런 날 말이야. 아름다운 것만 찾아다니는 거야. 다른 건 쳐다보지 말고. (⋯)"

"It's so easy to be happy on a day like this, isn't it?" Anne was saying, with true Anneish philosophy. "Let's try to make this a really golden day, girls, a day to which we can always look back with delight. We're to seek for beauty and refuse to see anything else. (⋯)"

봄날 토요일, 오랜만에 고향 친구들이 한자리에 모였다. 카모디와 뉴브리지에서 아이들을 가르치고 있는 프리실라와 제인이 주말을 맞아 집에 왔다. 다이애나는 변함없이 앤 곁에 있다. 하늘은 푸르고 따스한 햇살이 비치는 날, 네 사람은 함께 소풍을 즐긴다.

앤은 제일 먼저 활짝 핀 제비꽃들을 찾았다. 이어 프리실라는 입맞춤이 눈에 보이는 거라면 제비꽃을 닮았을 거라고 말한다. 앤은 그 말을 혼자 간직하지 않고 말해준 것을 기뻐하며 오늘은 무엇이든 머릿속에 떠오르는 게 있으면 거리낌없이 말하자고 제안한다. 앤이 생각하는 대화란 그런 것이다.

　　오늘은 아름다운 것만 찾아다니기, '반짝' 하고 떠오르는 게 있으면 무엇이든 말하기를 하며 놀면 재미있겠다. 아름다움을 찾아 떠나는 여행 노트를 만들어보고 싶다. 속지에는 날짜를 적는 칸이 있고 그 밑에는 '오늘 내가 찾은 아름다움'을 적는 공간이 있다. 확장 활동으로 '오늘 반짝 떠오른 아름다운 생각'을 적는다. 꽤 오래전부터 인기 상품으로 자리 잡은 감사 노트를 모방한 것 같기도 하다. '이건 정말 기발한 생각인데!' 하고 감탄한 것은 아쉽게도 벌써 세상에 나와 있다.

"저것 좀 봐. 시가 보이니?"

"Look, do you see that poem?"

프리실라, 제인, 다이애나와 앤은 슬프고도 아름다운 사랑 이야기가 깃든 헤스터의 정원 인근에서 놀며 자연의 아름다움을 만끽한다. 앤은 자작나무 껍질로 만든 컵으로 시냇물을 떠서 마시다가 친구들에게 어딘가를 가리키며 말한다. "저것 좀 봐. 시詩가 보이니?" 앤이 가리킨 것은 시냇물 속에 있는 통나무이다. 앤은 한 줄기 햇살이 초록색 이끼가 돋은 통나무를 비껴 투명한 물속에 잠기는 모습을 보며 자기가 지금까지 본 시 중에서 가장 아름답다고 감탄한다.

1권과 2권의 주요 무대인 그린 게이블스 하우스Green Gables House는 언덕에 있다. 여기에서 아래로 100m쯤 걸어 내려가면 앤이 무서워하는 '유령의 숲Haunted Wood'으로 통하는 나무 다리가 나온다. 그 다리를 건너다 잠깐 멈춰 서서 아래에 조용히 흐르는 시냇물을 들여다본 적이 있다. 물이 너무 맑아서 그 속에 있는 작은 나뭇가지와 통나무에 파르스름하게 낀 이끼가 훤히 보일 정도였다. 그러나 내 눈에는 그것이 시로 보이지 않았다. 솔직히 조금 징그럽다는 생각이 들었다.

2년 전부터 틈만 나면 시집을 펼쳐 든다. 동시를 읽으면 마음이 순하고 동글동글해지는 기분이다. 시 그림책은 아름다운 그림이 있어서 좋다. "무의식의 세계를 발견한 사람은 내가 아니라 시인이다"라고 한 지그문트 프로이트Sigmund Freud(1856~1939)의 말을 조금 이해한 단계이다. 칼 구스타프 융Carl Gustav Jung(1875~1961)과 알프레드 아들러Alfred Adler(1870~1937)는 "시인들이 과학자의 길을 열어주었다"라는 말을 남겼다. 세계 3대 정신의학자들이 시의 가치를 설파한 데는 그만한 이유가 있다. 시가 지닌 치유의 힘 때문이다.

몽고메리는 시인이기도 하다. 그녀는 평생 500여 편의 시를 썼다. 외조부모와 함께 살았던 캐번디시 집터 주위에는 그녀의 시가 적힌 팻말이 여행자들을 반긴다. 밀이 익어가는 8월 말, 그곳에 서서 몽고메리의 시 「The Gable window」를 감상했다. 바람이 파도를 일으켜 밀들이 바람에 나부끼는 소리가 귀를 간지럽혔다. '아, 들판의 황금빛 파도가 이런 거구나!' 밀 익는 풍경에 취한 순간 시가 보였다.

"그래, 우리 모두 실수하면서 살아가는 법이지. 앤, 그러니까 이제 그 일은 그만 잊어버리렴. 잘못을 뉘우치고 거기서 배워야 하지만 결코 그것을 끌어안고 미래로 나아가서는 안 된단다. (…)"

"Well, we all make mistakes, dear, so just put it behind you. We should regret our mistakes and learn from them, but never carry them forward into the future with us. (…)"

앤은 심하게 장난친 앤서니 파이를 때린 일을 두고두고 후회한다. 처음 교사 생활을 시작할 때 품었던 아름다운 교육 이념을 스스로 무너뜨렸기 때문이다. 학생들의 잘못을 깨닫게 하기 위해 체벌이 꼭 필요하다고 주장한 린드 부인과 제인의 생각이 틀렸음을 증명해 보이려 했건만 분노가 이를 망쳐버렸다. 그런 잘못을 한 자신을 절대 용서하지 못할 거라며 자책하는 앤에게 앨런 부인은 사려 깊은 조언을 건넨다.

누구나 살면서 크고 작은 실수를 한다. 그런데 뼈아픈 실수는 정말 오래가는 것 같다. 시간이 지나도 못 자국처럼 남아 있다. 문득 문득 떠올라 부끄럽고 마음이 괴롭다. 언젠가 이런 생각을 했다. '실수

하지 않고 배울 수는 없을까?' '왜 항상 잘못을 한 뒤에야 깨닫는 걸까?'

　　꽤 오래전, 지역자치단체에서 운영하는 평생교육시설에서 초등학교 2학년 어린이들을 그림책으로 만났다. 학교가 아니니 한결 자유롭고 맛있는 간식이 놓여 있어서 아이들은 마냥 신이 났다. 뛰고 도망치고 던지고 아수라장이 따로 없었다. 프로그램 진행이 안 되는 건 대수롭지 않았다. 누구도 다쳐서는 안 된다. 아이들 안전을 위해 구슬리고 다그치고 협박도 해보았지만 전혀 효과가 없었다. 순간 이성을 잃고 말았다. 짧게 포효했다. "조용! 그만!" 그러자 아이들이 얼음처럼 굳어서 나를 쳐다보았다. 여기서 멈췄어야 했다. 그중에서 유독 장난이 심한 아이 한 명을 나도 모르게 노려보았다. 움찔하는 게 느껴졌다. 그 아이는 프로그램이 끝날 때까지 내 눈치를 보았다. 조용했다. 가만히 스케치북에 무언가를 그리고 있었다. 너무도 길게 느껴진 시간이 지나고 문을 나서는데 그 아이가 가만히 내 옷깃을 잡더니 스케치북을 내밀었다. 그림 속의 인물은 누가 봐도 공주처럼 예뻤다. 그 아래 삐뚤삐뚤 글자가 적혀 있었다. "김으나 선생님은 예뻐요."

　　소리 나는 대로 적은 이름에 웃음이 났다. "이 그림 나한테 줄 수 있을까? 마음에 쏙 들어." 아이는 인심 좋게 스케치북에서 그림을 찢어주더니 배시시 미소 지었다. 그날 나는 부끄러움에 몸부림을 쳤다. 그 일이 아직 마음에 남아 있다. 너무 미안해서 사과조차 못 하고 헤어진 것을 내내 후회한다. 이후 나는 사나운 눈빛으로 누군가를 노려보는 행동을 하지 않는다. 그저 꿀이 뚝뚝 떨어지는 눈빛으로 바라본다. 아홉 살 어린아이가 내게 사랑을 가르쳐주었다.

29

"(…) 우리가 무엇을 얻어내느냐가 아니라 무엇을 채워 넣느냐에 따라 그 길이 넓어지기도 하고 좁아지기도 하지. 삶은 어디서나 풍요롭고 충만하단다. 우리가 온 마음을 열어 그 풍요로움과 충만함을 배울 수만 있다면 말이야."

"(…) They are broad or narrow according to what we put into them, not what we get out. Life is rich and full here . . . everywhere . . . if we can only learn how to open our whole hearts to its richness and fulness."

어느 날, 앨런 부인은 앤에게 인생은 어디서나 풍요롭고 충만하며 온 마음으로 그것을 배울 수만 있다면 꼭 대학이 아니어도 괜찮으니 실망하지 말라고 위로 섞인 조언을 한다. 앤은 앨런 부인의 말에 담긴 의미를 금방 알아차린다.

오십이 넘은 나이에 전문대학을 다니기 시작해서 4년제 대학 편입과 졸업을 하고 일반대학원 석사 과정까지 마친 지인이 있다. 예순에 이룬 성취이다. 젊은 대학원생들 사이에서 원서 읽으며 개인 발표며 영어시험과 종합시험에, 논문 발표까지, 에누리 없이 주어지는 과제를 하느라 힘들어하는 모습을 지켜보았다. 주위에서 왜 사서 고생하느냐고 했다. '그 나이에 학위가 있다고 한들 취직이 될까?' '요즘은 널린 게 석·박사라는데 겨우 석사 학위 갖고 뭘 하겠어?'라는 비아냥거림의 눈빛을 보내는 사람들도 있었다. 그들을 향해 그녀는 이렇게 말했다. "나는 학위 따려고 대학원에 간 게 아닙니다. 나를 채우기 위해서 갔어요."

순간 앨런 부인이 온 줄 알았다. 우리는 무언가를 얻어내기도 하고 채우기도 하면서 살아간다. 얻어내는 것과 채워 넣는 것에는 어떤 차이가 있을까? 전자가 목적을 위해 어떤 대상과 상황을 이용하는 거라면, 후자는 자신을 옹골지게 만드는 것 같다. 얻어내는 건 어감이 부정적이고 채워 넣는 것은 긍정적으로 와 닿는다. 그런데 많은 사람들이 어디서 무엇을 하든, 누굴 만나든 무언가를 얻어내는 데 집중하는 경향이 있다. 그러니 원하는 것을 얻지 못했을 때는 그동안 들인 시간과 돈, 정성이 아깝고 허망함이 크게 느껴진다. 앨런 부인의 말처럼 무언가를 얻어내려고 하기보다 채워 넣는 게 인생길을 넓혀가는 데 좋을 것 같다.

30

앤이 생각에 잠겨 말했다. "무슨 뜻인지 알 것 같아요. 제게는 감사할게 참 많아요. 나의 일, 폴 어빙, 그리고 사랑스러운 쌍둥이, 나의 모든 친구들이요. 앨런 사모님, 저는 우정에 무척 감사하고 있어요. 우정은 인생을 정말 아름답게 하거든요."

"I think I understand what you mean," said Anne thoughtfully, "and I know I have so much to feel thankful for . . . oh, so much . . . my work, and Paul Irving, and the dear twins, and all my friends. Do you know, Mrs Allan, I'm so thankful for friendship. It beautifies life so much."

앤은 자신이 고맙게 여기는 것들을 나열한다. 교사라는 직업, 아끼는 제자인 폴 어빙, 사랑스러운 쌍둥이 그리고 친구들까지. 무엇보다 인생을 아름답게 해주는 우정에 감사하고 있다. 그 외에도 앤은 가진 게 많다. 마릴라 아주머니와 초록지붕집, 매슈 아저씨가 남기고 간 사랑, 상상력, 낭만, 추진력, 실행력, 통찰력, 이타심, 개성 있는 빨간 머리, 큰 키, 독특한 분위기, 문학적 재능, 타인의 마음을 사로잡는 능력, 연인의 오솔길, 눈의 여왕, 빛나는 호수까지. 또 뭐가 있을까?

갖지 못한 것, 내게 없는 것을 아쉬워하는 대신 내가 가진 것과 내게 있는 것을 찾아보면 잠시나마 부자가 된 듯한 기분이 든다. 이런 착각은 건강에 좋으므로 자주 할수록 좋다. 얼마 전, 한 중학교에 그림책 테라피 프로그램을 진행하러 가서 오랜만에 '감사'를 주제로 간단한 활동을 했다. '감사'는 중학생들이 좋아하지 않는 주제이다. 감사를 강요하는 것 같고 잔소리가 될까 봐 묻어둔 활동인데 오랜만에 꺼내보았다. 점착 메모지 형태의 '오! 감사카드'를 한 장씩 나눠주고 감사 대상과 그 이유를 적게 했다. 재미없어할 거라고 생각한 예상과는 달리 어찌나 쓱쓱 잘 적던지 신기하고 고맙고 기특했다.

"감사 대상: 엄마_이유: 맛있는 밥을 해주어서."
"감사 대상: 할머니_이유: 나를 볼 때마다 예쁜 내 똥강아지라고 말해주어서."
"감사 대상: 아빠_이유: 우리 가족을 지켜주어서."
"감사 대상: 동생_이유: 없으면 허전할 것 같아서."

이날 다시 한 번 확인했다. 오늘날 청소년들의 감사 대상은 예전과 다름없이 가족이며, 그 이유가 소박하고 따뜻하며 정겹다는 사실을….

앨런 부인이 말했다. "참된 우정은 큰 도움이 된단다. 우리는 우정에 대해 높은 이상을 가져야만 해. 그리고 거짓되거나 성실하지 못한 행동으로 그 이상을 훼손해서는 안 된단다. 난 가끔 우정이라는 이름이 참된 우정이 아닌 친밀감 같은 것으로 전락하는 게 안타까워."

"True friendship is a very helpful thing indeed," said Mrs. Allan, "and we should have a very high ideal of it, and never sully it by any failure in truth and sincerity. I fear the name of friendship is often degraded to a kind of intimacy that has nothing of real friendship in it."

　　앨런 부인은 앤에게 또 하나의 인생 과업으로 삼아야 할 우정에 대한 자신의 확고한 철학을 얘기한다. 좋은 친구를 사귀어야 인생이 윤택해진다는 평범한 논리가 아닌, 'true friendship'과 'intimacy'를 구분할 줄 아는 지혜를 가져야 한다고 말이다. 그리고 우정이라는 이름이 종종 'true friendship'과는 아무 상관이 없는 'intimacy' 같은 것으로 전락하는 것을 안타까워했다.

사람들은 우정을 강조할 때 앞에 '진정한'을 붙여서 말하는 경향이 있다. '진정眞情'은 '참되고 애틋한 정이나 마음'을 뜻한다. 그런데 나는 오래전부터 '진정한' 대신 '참된'을 꾸밈말로 썼다. 이 두 글자가 우정에 책임감을 갖게 하는 것 같아서다. '진실하고 올바른 것'을 '참되다'라고 한다. '진정'이라는 단어에 '참되다'가 포함되어 있지만 나는 우정에 있어서 중요한 것은 애틋한 정이나 마음보다 진실하고 올바른 것이 먼저라고 생각한다. 물론 참되기도 하고 애틋한 정이나 마음까지 오가는 우정이라면 더할 나위 없이 좋겠지만….

아무튼 앨런 부인이 한 말을 곱씹어 읽으며 확신했다. 자, 이제 정리해보면 이렇다. 'intimacy'는 친밀감이다. 애틋한 정이나 마음은 친밀감(지내는 사이가 매우 친하고 가까운 느낌)에 가깝다. 'intimacy'를 'true friendship'으로 착각해서는 안 된다. 그래서 'true friendship'을 '진정한 우정'이 아닌 '참된 우정'으로 옮겼다. 이러나저러나 별 차이는 없지만 내게는 무척 중요하다.

'그 옛날 예술의 시대에
건축가들은 매 순간
보이지 않는 부분까지 정성을 다했다.
신들이 모든 곳을 보고 계시니,'
'In the elder days of art
Builders wrought with greatest care
Each minute and unseen part,
For the gods see everywhere,'

프리실라의 고모이자 유명한 소설가인 모건 부인이 초록지붕 집을 방문하는 날이 다가오자 앤은 누구도 들여다볼 일이 없는 층계 아래 잡동사니 창고까지 모조리 청소한다. 언제나 마릴라가 깨끗이 정돈해두어서 굳이 할 필요가 없는데도 말이다. 앤은 모건 부인이 방문하는 집에 티끌 하나라도 있으면 안 된다고 생각한다. 마릴라가 손님맞이 준비로 법석을 떠는 자신을 이해하지 못하자 앤은 헨리 워즈워스 롱펠로Henry Wadsworth Longfellow(1807~1882)의 시 「The Builders」를 인용하며 그 이유를 설명한다.

1845년에 롱펠로가 쓴 이 시는 그의 시집 『브뤼헤의 종탑과 다른 시The Belfry of Bruges and Other Poems』에 수록되어 있다. 열일곱 살이 된 앤과 다이애나는 모건 부인의 소설 『황금 열쇠』를 읽고 여주인공인 앨리스와 루이자처럼 이 시를 삶의 좌우명으로 삼기로 결심한다. 그 옛날 예술의 시대를 살았던 건축가들은 신들이 모든 곳을 보고 계시니 눈에 보이지 않는 작은 부분까지 정성을 다했다고 한다. 그러니 우리도 우리의 일을 해야 한다. 보이는 것과 보이지 않는 것들 모두. 롱펠로는 이 시를 통해 우리 모두 운명의 건축가로서 자신의 삶을 위한 기초를 굳고 단단하게 세우며 나아가야 한다고 말한다. 시 전문을 찾아 읽으며 느슨해진 나의 정신을 깨웠다.

어릴 적 청소할 때마다 엄마는 이렇게 말씀하셨다. "구석구석 보이지 않는 곳까지 깨끗이 치워!" 나는 신경질적으로 대꾸했다. "누가 본다꼬?" 신이 보고 계셨다.

마릴라가 수긍했다. "음, 그럴지도 모르겠다. 그렇다 해도 나 같으면 날아올랐다 떨어지는 일이 없도록 조용히 걸어 다니겠어. 하지만 사람마다 각자 살아가는 방식이 있으니…. 전에는 옳은 길이 하나뿐이라 생각했는데 너와 쌍둥이를 키워보니 꼭 그렇다고 확신할 수는 없겠더구나. (…)"

"Well, maybe it does," admitted Marilla. "I'd rather walk calmly along and do without both flying and thud. But everybody has her own way of living . . . I used to think there was only one right way . . . but since I've had you and the twins to bring up I don't feel so sure of it. (…)"

모건 부인이 다리를 심하게 삐어서 초록지붕집에 올 수 없게 되자 앤은 크게 실망한다. 유명한 소설가의 방문을 영광으로 여기며 기대에 잔뜩 부풀어 있었으니 실망이 오죽 클까마는 마릴라는 여전히 남아 있는 앤의 어릴 적 버릇을 꼬집는다. 앤도 자신의 문제를 잘 알고 있다. 그렇다 해도 하늘을 날아오를 때의 멋진 기분을 놓치고 싶지 않다.

마릴라는 나라면 차분히 걸어 다니겠다고 하면서도 앤의 상심을 다독이기 위해 사뭇 달라진 자신의 생각을 이야기한다. 사람마다 각자 살아가는 방식이 있으니 무엇이 옳고 그르다 할 수 없으며, 예전에는 정답이 하나뿐이라 단정지었는데 앤과 쌍둥이를 키우면서 그게 전부가 아니라는 것을 알게 되었다고 말한다. 마릴라의 변화가 읽히는 대목이다.

마릴라는 더 이상 앤을 가르치려 하지 않는다. 인생을 앞서 살아온 사람으로서 지혜로운 조언을 할 뿐이다. 앤의 깊어진 생각에 자주 공감하고 신중해진 행동을 흐뭇하게 바라보며 어른으로 대한다. 여전히 남아 있는 충동성에 종종 브레이크를 걸긴 해도 애정을 담아 타박한다. 누구보다 앤을 깊이 사랑하고 앤이 택한 삶의 방식을 존중하며 앤이 품은 이상과 앞날을 응원하기 때문이다. 마릴라도 앤과 함께 성장한다. 한결 부드러워지고 이해심은 더 깊어졌으며 무엇보다 감정 표현이 풍부해졌다.

다른 사람들이 살아가는 모습이 답답해 보일 때가 있다. '왜 저렇게 살지?' 겉으로는 그들이 선택한 방식을 인정하는 척하면서도 속으로는 '저건 아닌데'라고 생각하는 거다. 언젠가 친한 선배가 쥐어박듯 내게 말했다. "나도 은아 씨가 답답해 보이거든. 그래도 아무 말 안 하잖아. 그들을 존중하고 인정해줘. 그게 안 되면 신경을 꺼버리던가!" '아하! 그러면 되겠구나.' 그래서 문득 눈에 들어온 『신경 끄기의 기술』(갤리온)이라는 책을 읽었다.

34

"앤 누나, 잠은 어디에 있는 거야? 사람들은 매일 밤 잠을 자러 가잖아. 물론 그곳이 내가 꿈꾸는 일을 하는 곳이라는 건 알아. 그런데 잠이 어디에 있는지, 그곳에 대해 아무것도 모르면서 어떻게 잠옷만 입고 갔다 올 수 있는지 알고 싶어. 도대체 잠은 어디에 있는 거야?"

"Anne, where is sleep? People go to sleep every night, and of course I know it's the place where I do the things I dream, but I want to know where it is and how I get there and back without knowing anything about it . . . and in my nighty too. where is it?"

데이비는 잠들다 말고 침대에서 일어나 앤에게 잠이 어디 있는지 묻는다. 잠이 어디 있는지, 뭔지도 모르면서 밤마다 잠옷을 입고 어떻게 거기에 다녀올 수 있는지 궁금해한다. 만약 예닐곱 살 아이가 호기심 가득한 눈으로 이렇게 물어온다면 어떻게 대답해야 할까? 네이버를 찾아야 하나, 인공지능에 물어봐야 하나? 수많은 지식 그림책을 찾아보았지만 데이비에게 만족할 만한 답을 주는 책을 아직 발견하지 못했다. 역시 앤은 자기다운 답을 내어놓는다. "Over the mountains of the moon, Down the valley of the shadow." 심플하게 "달의 산 너머, 그림자의 골짜기 아래"라고 치자. 상상력이 조금도 없는 데이비는 무슨 엉뚱한 소리냐고 한다.

늦둥이를 키우는 지인은 여섯 살 아들이 엉뚱한 질문을 하도 많이 해서 대답을 하다가 지치면 "아, 몰라 몰라. 그냥 자" 하고 불을 꺼버린다고 한다. 나는 어디서 누굴 만나도 그림책만 있으면 이야기가 술술 나오는데 유아들 앞에서는 자주 말문이 막힌다. 작년에 한 단설유치원에 그림책을 읽어주러 갔는데 여섯 살 아이가 "그림책에는 왜 홈이 파여 있어요?" 하고 묻는 거다. 예상하지 못한 질문에 "음, 그건…" 하면서 그림책의 만듦새를 두서없이 설명하다가 결국 "다음에 자세히 알려줄게요" 하고는 헤어졌다. 그런데 다시 만날 일이 없다. 미안하지만 거짓말을 했다.

이 책 작업을 맡은 정지우 편집자의 딸 로하는 열 살인데 앤 이야기를 무척 좋아한단다. 엄마랑 일하는 사람을 궁금해하며 얼굴 한 번 본 적 없는 내게 응원의 메시지를 보내왔다. 벌써 문학의 맛을 아는 데다 다정하기까지 하다. 그런데 로하도 데이비가 좋다고 한다. 도라는 너무 어른 같아서 별로라나. 1권을 제외한 일곱 권 원서에는 삽화가 거의 없다. 1권 초판본도 삽화가 여섯 컷이 전부다. 그래서 책을 읽는 동안 장면을 머리 속으로 그려보는 재미가 있다. 다음에 로하를 만나면 데이비를 그려달라고 부탁해야지.

35

언젠가 앤이 마릴라에게 이런 말을 했다. "어쨌든 정말 멋지고 달콤한 날들은 매우 화려하고 놀랍고 신나는 일이 일어나는 날이 아니라, 진주가 하나씩 미끄러져 꿰어지듯 소박하고 작은 즐거움들이 부드럽게 이어지는 날이라고 생각해요."

"After all," Anne had said to Marilla once, "I believe the nicest and sweetest days are not those on which anything very splendid or wonderful or exciting happens but just those that bring simple little pleasures, following one another softly, like pearls slipping off a string."

언젠가 앤이 마릴라에게 초록지붕집에서 누리는 행복한 날들을 진주에 빗대어 한 말이다. 나는 길게 이어지는 이 문장을 좋아한다. 소리 내어 읽으면 마음이 맑아지는 것 같다. 필사도 해본다. 이 단락에서 예쁜 단어를 추려보면 9개나 된다. 'nicest' 'sweetest' 'days' 'splendid' 'wonderful' 'exciting' 'pleasures' 'softly' 'pearls'.

친구들과 문자 메시지를 주고받을 때는 거두절미하고 본론만 말해도 신경이 쓰이지 않는데, 가깝지 않은 사이거나 일 때문에 연락을 해야 할 때는 여는 인사와 닫는 인사를 생각하느라 한참을 고민한다. 그리고는 이렇게 쓴다. "좋은 아침이에요." "좋은 하루 보내세요." "남은 오늘도 즐겁게 보내세요." "행복한 오후이길 바랍니다." 형식적인 인사말이다. 그래서 이모티콘을 하나 붙여서 어색함을 줄인다. 뭔가 인상에 남는, 상대방을 행복하게 하는 인사말을 하고 싶던 차에 앤이 나의 고민을 일정 부분 해결해주었다. 위에서 찾은 9개 단어를 빌려 문장을 만들다가 떠오른 것은 '빛나는 하루'이다. '오늘이라는 진주를 실에 꿰어보세요.' 이런 문장도 만들어보았다.

그리고 상대방의 이미지를 떠올려서 인사할 때도 있다. '앤 셜리를 닮은 선생님' '○○님은 다이애나를 생각나게 합니다.' 이런 문장은 앤이라는 추억을 공유한 이들과의 소통에서는 확실한 효과를 발휘한다. 책도 수많은 단어가 부드럽게 이어지고 꿰어져 완성된 하나의 목걸이다. 우리가 책 한 권을 샀다면 귀한 단어 목걸이를 마음에 두른 셈이다. 그러니 "아, 요즘 책값 너무 비싸요"라는 말은 되도록 안 했으면 좋겠다. 진주 목걸이에 비하면 많이 저렴하다.

36

다이애나가 말했다.

"오, 그렇지 않아. 앤이라는 이름은 위엄 있고 여왕 같은 느낌을 주는걸. 하지만 난 네 이름이 케런해퍼치라 해도 그 역시 좋아했을 거야. 자기 이름을 멋지거나 추하게 만드는 건 오직 그들 자신에게 달려 있다고 생각해. (…)"

"정말 멋진 생각이야, 다이애나. 처음에는 별로인 이름도, 살면서 그 이름을 아름답게 만들어갈 수 있다는 얘기지. 사람들의 기억 속에 사랑스럽고 즐거운 무언가를 남긴다면 결코 그들은 그 사람의 이름만 떠올리지는 않을 거야. 고마워, 다이애나." 앤은 감동에 겨워 말했다.

"Oh, I don't think so," said Diana. "Anne seems to me real stately and like a queen. But I'd like Kerrenhappuch if it happened to be your name. I think people make their names nice or ugly just by what they are themselves. (…)"

"That's a lovely idea Diana," said Anne enthusiastically. "Living so that you beautify your name, even if it wasn't beautiful to begin with . . . making it stand in people's thoughts for something so lovely and pleasant that they never think of it by itself. Thank you, Diana."

10월이 가까워진 어느 날, 앤은 다이애나와 함께 엘라네 집에 차를 마시러 가다 갈림길에서 길을 잘못 든다. 구불구불한 길을 걸어 오솔길과 모퉁이를 지나 작은 돌집 앞에 도착한다. 미스 라벤더 루이스의 집이다. 마흔다섯 살인 그녀는 사람들의 시선을 의식하지 않고 자기만의 방식으로 독신 생활을 하고 있어서 마을에서 괴짜로 통한다. 하지만 앤은 그녀를 처음 본 순간 단번에 '영혼의 벗Kindred Spirits' 임을 알아차린다. 라벤더와 즐거운 시간을 보내고 집으로 돌아오는 길에 앤이 그녀의 아름다운 이름을 부러워하자 다이애나는 앤이라는 이름의 가치를 얘기한다. 정말 이런 친구 또 없다.

2008년 12월, 어느 대학교 법학과 교수의 인권 강의를 들었다. 그때 받은 색 바랜 수료증을 아직 보관하고 있다. 2주 동안 이어진 다문화 교육 프로그램 중 하나였는데 강의 제목이 '이름을 사수하라'였다. '누구든 자신의 이름을 지켜야 하며 좋은 쪽으로 이름이 자주 불리는 사람이 되어야 한다'라는 게 요지였다. 누구누구의 엄마로 불리는 건 한국적인 정서라 해도 507호 아주머니, 1203호 아저씨처럼 아파트 호수로 불리지는 말라고 했다. 이름은 우리가 의미 있는 존재임을 나타내는 표상이자 당신은 소중한 사람이며, 사랑받을 만한 가치가 있는 사람이라고 알려주기 때문이다.

그날 강의를 들으면서 사는 동안 이름을 빛나게 하지는 못해도 추하게 하는 일은 없도록 해야겠다고 다짐했다. 좋지 않은 일로 뉴스에 오르내리는 사람들을 볼 때마다 '부모님이 얼마나 속상해하실까?' '앞으로 자식들 얼굴을 어떻게 보나?' '스스로에게 얼마나 부끄러울까?' 이런저런 생각에 마음이 복잡해진다. 그들도 처음부터 그런 인생을 살지 않았을 테지만 한번 추하게 각인된 이름을 완벽하게 세탁하는 방법은 그 어디에도 없다. '환골탈태'를 해도, 개명을 해도 범죄의 기록은 영원히 남으니 잘살아야 한다. 다이애나의 말처럼 자신의 이름을 멋지게 하거나 추하게 만드는 건 오직 그 사람에게 달려 있다.

37

"아무튼 할머니와 나의 표현 방식이 다르긴 해도 결국 우리가 진심으로 원하는 게 같다는 걸 알게 될 거야. 그러니 폴, 너는 할머니 방법을 따르는 게 좋겠어. 그건 경험에서 나온 거니까. 내 방식도 똑같이 좋다고 확신할 수 있으려면 쌍둥이가 어떻게 자라는지 지켜보면서 기다려야겠지."

"Anyway, I daresay that if your Grandma and I both got down to what we really do mean, under our different ways of expressing it, we'd find out we both meant the same thing. You'd better go by her way of expressing it, since it's been the result of experience. We'll have to wait until we see how the twins do turn out before we can be sure that my way is equally good."

앤은 할머니의 양육 방식과 자신의 교육 방식 사이에서 혼란스러워하는 폴의 마음을 헤아리고는 중요한 사실을 한 가지 알려준다. 각자 표현하는 방식은 달라도 결국 우리가 진심으로 원하는 건 비슷하다는 사실을 말이다. 그렇다. 할머니와 앤의 방식 중에서 무엇이 맞는지는 폴과 쌍둥이가 다 커봐야 안다.

맞벌이하는 자식을 대신해 손주를 돌보는 할머니들이 양육 방식의 차이로 생기는 갈등을 호소해올 때가 있다. 딸은 편하니까 무슨 말이라도 할 수 있는데 아들집은 손주를 봐주고도 눈치 보여서 말을 조심하게 된다고 하셨다. 인터넷으로 아이를 키우는 세대에게 부모의 경험이 통하지 않는다는 말씀도 하신다. 그런데 젊은 세대 부모의 말을 들어보면 입장이 또 다르다. 육아가 처음이라 잘 키워보려고 나름대로 최선을 다하는데 이 모습을 못마땅해 하는 부모님의 표정에 마음이 상한다는 거다.

초등학생 자녀를 키우는 엄마들과 브런치를 즐기다 찝찝하게 헤어진 적이 있다. 아이들 자랑을 서로 추켜세우며 기분 좋게 시작한 것까지는 좋았다. 그러다 그 자랑이 과열되더니 점점 화제가 교육관으로 옮겨 가면서 견해차가 특히 심한 두 사람으로 인해 분위기가 몹시 냉랭해졌다. 즐거워야 할 브런치가 단맛이라고는 전혀 없는 호밀빵을 씹는 것처럼 텁텁했다. 가만히 지켜보다가 끼어들었다. "제가 이런 말할 자격은 없지만, 이런 얘기는 훗날 아이들을 다 키워놓고 하는 게 좋지 않겠습니까?" 나도 모르게 웅변 투의 말이 나왔다.

아무튼 부모는 위대하다. 참 편하지만 험하고 바쁘게 돌아가는 이 세상에서 아이를 낳아 키우느라 얼마나 수고가 많은지. 할아버지.할머니는 더 위대하다. 그 불편하고 가난한 세상에서 자식을 줄줄이 낳아 키우셨으니….

38

"내 인생의 또 다른 장이 끝났어." 앤은 자물쇠로 책상을 잠그며 큰 소리로 말했다.

"Another chapter in my life is closed," said Anne aloud, as she locked her desk.

앤이 초록지붕집에 온 열한 살 때부터 쉰세 살까지 삶이 펼쳐지는 이야기는 마치 연극처럼 장이 구분된다. 남편의 죽음 이후 빚을 갚느라 집을 팔아 갈 곳이 없어진 린드 부인이 초록지붕집에서 함께 살게 되면서 앤은 대학교에 갈 수 있게 된다. 앤은 에이번리 학교에서의 마지막 날 교실 책상에 앉아 2년 전 처음 교단에 선 날을 떠올리며 상념에 잠긴다. 2년간 교사로서 성실하게 일하는 동안 실수도 있었지만 그를 통해 배운 점도 많고 충분한 보상을 받았다고 생각한다. 책상을 잠그면서 앤은 큰 소리로 "내 인생의 또 다른 장이 끝났어"라고 말한다. 잘 해냈다는 뿌듯함과 시원섭섭함이 담긴 독백이다. 인생의 다음 장을 위해 하나의 장을 닫는다.

'인생 2막 시작'이라는 말을 자주 하고, 자주 듣는다. 수십 년간 몸담은 직장을 은퇴하고 앞으로 남은 인생은 지금까지 해오던 일과는 좀 다른, 새로운 일을 시작한다는 뜻으로 이해하면 되겠다. 그런데 요즘은 은퇴를 기점으로 인생 2막을 시작하는 것 같지는 않다. 익숙하게 하던 일을 접고 새로운 일을 시작하거나 어떤 계기로 삶을 대하는 마음가짐이나 태도가 이전과 확연히 달라지면 인생의 또 다른 장을 여는 셈이다. 그러니 인생 3막, 인생 4막, 인생 5막도 가능하다. 다만 자주 쓸쓸하게 막을 내리는 건 서글픈 일이고, 습관적으로 막을 내리고 올리면 신용 없는 사람이 된다. 용기 있게 새로운 막을 여는 것도 좋지만 잘 닫는 것도 중요하다.

캐나다 언니 집에 갈 때마다 뉴브런즈윅주에 있는 디엡Dieppe 공공도서관에 들른다. 책장에 가로로 누운 책들이 눈에 띄고, 곳곳에 숨겨둔 놀이 미션이 어린이 이용자들을 기다리고 있다. 이곳을 특별히 좋아하는 이유는 건물 밖 뒤뜰에 있는 책 모양의 표지석 때문이다. 프랑스어와 영어로 'Avez-Vous Des histoires?(이야기가 있나요?)'와 'Do you have any stories?'를 새겨놓았다. 묵직한 황토색 돌을 비행기에 실어 오고 싶었다. 폰에 저장해놓은 사진을 때때로 보며 나에게 묻는다. 'Do you have any stories?' 내 인생의 주요 테마는 앤이며, 내 인생의 새로운 장도 앤 셜리가 열어주었다.

·

39

"레드먼드에서도 여기저기 널린 상을 휩쓸겠구나."

앤이 고백하듯 말한다. "한두 개쯤은 받도록 노력하겠지만, 2년 전처럼 상에 매달리지는 않을 거예요. 제가 대학에서 배우고 싶은 건 살아가는 데 필요한 지식과 그 지식을 최대한 잘 활용하는 방법이거든요. 다른 사람들과 저 자신을 이해하고 돕는 법을 배우고 싶어요."

"I s'pose you'll be scooping up all the honors that are lying round loose at Redmond."

"I may try for one or two of them," confessed Anne, "but I don't care so much for things like that as I did two years ago. What I want to get out of my college course is some knowledge of the best way of living life and doing the most and best with it. I want to learn to understand and help other people and myself."

드디어 대학교에 간다. 앤은 에이번리에서 최초로 대학에 가는 여성이다. 여자가 대학에 가면 쓸데없이 눈만 높아지고 건방지게 변한다는 둥 온갖 말로 마을이 시끄럽다. 그런 말을 신경쓰는 앤에게 길버트는 인간의 심리를 꿰뚫는 조언을 한다. 원래 사람들은 자기가 해본 적 없는 일을 다른 누군가 용기 있게 하면 용납하지 못하는 법이니 그런 말에는 조금도 신경 쓰지 말라고 한다. 길버트는 자신이 좋아하는 앤의 새로운 도전이 마냥 기쁘고 자랑스럽다.

해리슨 씨는 앤이 레드먼드의 상을 휩쓸 거라고 한다. 그러나 이제 앤은 퀸즈 아카데미에 다닐 때처럼 메달과 장학금을 좇지 않겠다고 마음먹는다. 대학에서는 살아가는 데 필요한 지식과 그 지식을 잘 활용하는 방법, 다른 사람과 자신을 이해하고 돕는 법을 배우고 싶다.

사실 나는 별 생각 없이 대학에 갔다. 친구들이 가니까 나도 가야 한다고 생각했다. 남들은 내가 글쓰기와 문학을 좋아해서 국어국문학과에 갔다고 생각하는데 그건 절대 아니다. 수학이 싫다는 단 하나의 이유로 택한 전공이다. 지인들은 내가 4년 내내 성실하게 공부했을 것 같다고 말하는데 그건 더욱 아니다. 1년 휴학도 했다. 내실 있게 대학 생활을 하진 않았지만 지금 밥벌이하면서 잘살고 있는 걸 보면 분명히 그곳에서 살아가는 데 필요한 지식을 쌓았다. 다른 사람과 나를 이해하고 돕는 방법도 배웠을 것이다. 그래서 대학에 보내주신 부모께 늘 감사한다.

Anne's
Summer
2장 여름

SUMMER

ANNE

주요 인물

3권 『레드먼드의 앤 *Anne of the Island*』(1915)
앤 셜리 레드먼드 대학에서 젊음의 낭만을 만끽한다. 꿈과 사랑에 대해 고민하고 성장한다.
길버트 블라이드 앤과 함께 레드먼드 대학을 다니며 학업에 열중한다. 앤을 한결같이
사랑한다.
데이비 키스 앤 누나를 좋아하고 그리워한다. 앤에게 편지로 초록지붕집의 소식을 전한다.
다이애나 배리 언제나 앤을 응원하며 자신의 삶에 충실하다. 프레드와 결혼해서 아들을
낳는다.
조지핀 할머니 죽기 전, 변호사를 통해 앤에게 천 달러의 유산을 남기는 호의를 베푼다.
루비 길리스 앤의 에이번리 친구. 행복한 결혼을 꿈꾸지만 폐결핵으로 세상을 떠난다.
프리실라 그랜트 앤과 같은 대학에 진학해 4년 동안 함께 지낸다.
필라파 고든 앤의 대학 친구. 아름답고 활발하며 자신의 감정에 솔직하다. 진정한 사랑을 찾아
용기 있는 선택을 한다.
제임시나 아주머니 앤이 하숙하는 '패티의 집' 일을 돌봐주는 아주머니. 젊은이들의 세계를
인정하고 울타리가 되어준다.

4권 『바람 부는 포플러나무집의 앤 *Anne of Windy Poplars*』(1936)
앤 셜리 서머사이드 고등학교 교장으로 3년간 일한다. 자신에게 주어진 책임과 의무에
충실하면서 내면이 더욱 깊어진다.
레이첼 린드 앤의 하숙집을 골라주러 서머사이드에 같이 갈 정도로 앤에게 정성을 쏟는다.
엘리자베스 그레이슨 '상록수집'에서 할머니와 함께 살고 있는 여자아이. 상상력이 풍부하며
멀리 떨어져 사는 아빠를 그리워한다.
루이스 앨런 앤이 아끼는 학생. 부모 없이 힘들게 살지만 꿈을 향해 묵묵히 나아간다.
캐서린 부룩 앤의 동료 교사. 매사 삐딱하게 굴지만 앤의 진심을 알고 마음의 문을 연다.
리베카 듀 마흔다섯 살의 독신주의. 부지런하고 충직하며 소신 있는 발언을 잘한다.
채티 이모 '바람 부는 포플러나무집'의 주인이자 미망인. 예민하지만 마음이 따뜻하다.
케이트 이모 '바람 부는 포플러나무집'의 또 다른 주인이자 미망인. 밝고 유쾌하다.
프링글 가문 사람들 서머사이드의 실세이자 터줏대감. 자기들 가문에서 미는 사람 대신 앤이
교장으로 온 것을 못마땅해하며 교묘하게 괴롭힌다.

"데이비, 살다 보면 하고 싶지 않은 일도 해야 한다는 걸 너도 알게 될 거야."

"All your life, Davy, you'll find yourself doing things you don't want to do."

앤은 레드먼드 대학교 진학을 위해 킹스포트로 떠날 준비를 한다. 데이비가 왜 마릴라 아주머니와 자신을 두고 가려고 하는지 모르겠다고 하자 앤은 "꼭 가고 싶어서가 아니라 가야 하기 때문"이라는 알쏭달쏭한 답을 한다. 그러고는 "살다 보면 하고 싶지 않은 일도 해야 한다"는, 준엄한 진실을 알려준다. 데이비는 그 말이 이해되지 않는다. 어른이 되면 뭐든지 자기 마음대로 할 수 있는데 앤 누나는 어른이면서 왜 하고 싶지 않은 일을 하려는 걸까?

삶, 살아가는 방법에 관한 문제를 어린아이가 이해할 수 있는 언어로 설명하는 건 쉬운 일이 아니다. 부모들이 어려워하는 인문학, 인문학 안에서도 철학이다. 누군가는 이렇게 말한다. "하고 싶은 일을 하기 위해서는 하기 싫은 일을 기꺼이 해야 한다"라고. 이렇게 말하면 이제 겨우 예닐곱 살인 아이가 알아들을까? 아이들은 어른이 되면 뭐든 자기 마음대로 할 수 있다고 생각한다. 이는 매우 크고 귀여운 착각이다.

지인의 아들이 일곱 살이다. 하루는 태권도 학원에 갔다 오더니 집에서 자기가 제일 힘들 게 사는 것 같다면서 한숨을 내쉬더란다. 뭐가 그렇게 힘든지 물으니 많이 놀고 싶은데 놀지 못하고 하기 싫은 걸 자꾸 해야 하니까 사는 게 재미없다는 거다. 지인은 터져 나오는 웃음을 꾹 참고 이렇게 얘기했다고 한다. "그래? 그러면 네가 하고 싶은 것과 하기 싫은 걸 100개씩 적어봐. 다 적으면 너 하고 싶다는 거다 하게 해줄게." 그랬더니 아들이 잠깐을 곰곰이 생각하더니 "아니야, 엄마. 조금 전에 한 말은 취소야. 다시 생각해보니까 내가 말을 잘못한 것 같아"라고 하고는 그림책을 펼쳐서 어느 때보다 열심히 읽는 척을 하더란다. 일곱 살 인생의 발 빠른 태세 전환이 귀엽다.

"세상에 자기 하고 싶은 일만 하면서 사는 사람이 몇이나 되겠어? 다들 하기 싫은 일도 하면서 사는 거지." 어릴 때부터 귀에 딱지가 앉도록 들었다. 그래서 우리는 이 준엄한 진실을 일찍 깨달았나 보다. 하고 싶은 일만 하면서 딱 1년만 살 수 있다면? 음, 딱히 생각나는 게 없다. '이만하면 됐어.' 그럭저럭 만족스러운 내 삶이다. 이렇게 생각하기까지 꽤 오랜 시간이 걸렸다.

41

"소나무는 우리의 작은 포부마저 하찮게 보이게 하는 것 같아. 그
렇지 않니, 앤?"

앤이 꿈을 꾸듯 말했다. "난 있지. 언젠가 큰 슬픔이 내게 닥쳐오면
여기 소나무한테서 위로를 받을 거야."

"They make our little ambitions seem rather petty, don't they,
Anne?"

"I think, if ever any great sorrow came to me, I would come to the
pines for comfort," said Anne dreamily.

레드먼드 대학교에 입학한 후 얼마 지나지 않은 토요일 오후,
앤은 친구들과 함께 항구의 해안에 있는 공원으로 산책을 나선다. 앤
과 길버트는 친구들과 조금 떨어져 걸으며 가을 오후의 고요와 아름
다움을 즐긴다. 두 사람은 소나무를 좋아하는 것도 닮았다. 앤은 이
따금 혼자 이곳에 와서 소나무들과 이야기를 나누며 마음의 위안을
얻곤 했다. 앤은 소나무가 온갖 시대의 이야기들을 뿌리에 깊이 내린
채 서 있는 것 같다고 생각한다.

언젠가 두 사람이 대학 진학을 꿈꾸며 나눈 대화 장면만큼이

나 멋지다. 하늘이 눈부시게 맑고 푸른 날, 높은 이상을 가진 청춘 남녀가 소나무 아래를 걷는 장면을 상상해보라. 앤과 길버트가 에이번리에 있는 '연인의 오솔길'을 함께 걸을 때처럼 가슴 설렌다. 그런데 그 많은 나무들 중에서 왜 소나무일까?

수령을 알 수 없는 거대한 소나무 앞에서 두려움을 느낀 적이 있다. 내가 지난날을 어떻게 살아왔는지, 모든 것을 꿰뚫어 볼 것 같았다. 장석주 시인은 그의 시 「대추 한 알」에서 태풍, 천둥, 벼락, 무서리, 땡볕을 맞으며 대추가 붉어지고 둥글어진다고 했다. 소나무는 그보다 더한 것을 맞으며 겹겹의 세월을 견뎠을 테다. 길버트가 한 말이 예전에는 와닿지 않았는데 지금은 좋아하는 문장이 되었다.

2023년 여름, 그린 게이블스 하우스 아래에 있는 '유령의 숲'에 들어갔을 때 웅장한 소나무 한 그루와 마주쳤다. 어딜 가는지, 무슨 일로 가는지 따져 묻는 것 같았다. 2016년과 2017년에 갔을 때는 그 소나무가 보이지 않았다. 분명 그 자리에 있었고 분명 나는 그 앞을 지나갔을 텐데 말이다. 소설 속에서 앤과 길버트가 함께 거닌 공원의 배경지도 가보았다. 핼리팩스Halifax에 있는 **포인트 플레즌트 공원** *Point Pleasant Park*🌿이다. 그곳에도 키가 크고 우람한 소나무, 휘어 자란 소나무, 한쪽으로만 가지를 뻗은 소나무, 고사목이 된 소나무들이 있다. 몽고메리는 핼리팩스에서 지내는 동안 외롭고 힘들 때마다 실제로 이 공원에 와서 위안을 얻었다고 한다. 그리고 앤을 이곳에 데려다 놓았다. 앤에게 소나무처럼 든든하고 심지 깊은 평생의 짝도 만들어주었다. 그러나 몽고메리의 인생에는 소나무 같은 존재가 없었다.

그래서 스스로 소나무가 되었다. 몽고메리의 삶을 공부하면서 이런 생각을 했다. 소나무 같은 사람이 내 곁에 있기를 바라지 말고 내가 소나무가 되어야 한다고.

포인트 플레즌트 공원Point Pleasant Park
핼리팩스의 제일 남쪽에 있는 해양 공원이다. 푸른 바다와 숲이 어우러진 이곳에는 소나무를 비롯해 다양한 나무와 풀이 무성하다. 완만한 산책로를 따라 꼭대기에 오르면 그 옛날 해안선 을 지키던 프린스 오브 웨일스 타워Prince of Wales Tower가 있다. 이는 영국과 프랑스 간의 쟁 탈전으로 양쪽에 차례로 점령당한 역사적 아픔의 흔적이다. 앤은 이 공원에서 노바스코샤 유 지의 아들인 로이 가드너로부터 프러포즈를 받는다.

42

"(…) 누구든 같이 살 만한 사람인지 아닌지는 여름과 겨울을 같이 나봐야 알 수 있어."

"(…) You have to summer and winter with any one before you know if she's livable or not."

2학년이 된 앤은 친구들과 킹스포트의 스포퍼드 거리에 있는 작은 집을 한 채 빌려서 지내기로 결정한다. 하숙비와 생활비를 아끼기 위해서다. 그러자 대학교에 와서 처음 사귄 친구인 필리파 고든이 자기도 재미있을 것 같은 공동체 생활에 끼워달라고 애원한다. 방이 없으면 개집에서 지내도 좋다고 하니 차마 안 된다고 할 수 없다. 앤은 노바스코샤의 부잣집 딸이 검소한 생활에 적응하지 못할까 봐 걱정하면서도 같이 지내는 것에 찬성한다. 필리파가 돌아간 후 프리실라는 누구든 여름과 겨울을 함께 지내봐야 같이 살 만한 사람인지 아닌지 알 수 있다고 말한다. 계절에 따라 사람의 성격이나 관계가 달라질 수 있기 때문이다. 그런데 왜 사계절이 아니고 여름과 겨울일까? 이는 캐나다 여름과 겨울의 극단적인 기후 특성과 관련이 깊다. 여름은 비교적 짧지만 아름답고 활기찬 계절이다. 따뜻하고 습도가 낮아서 쾌

적하다. 야외 활동을 하기에 좋은 날씨가 이어진다. 그래서 사람들은 사교적이고 긍정적인 에너지를 발산하므로 이때의 관계는 대체로 즐겁다. 반면 겨울은 길고 혹독하게 춥다. 잦은 폭설로 바깥 활동이 힘드니 집에서 보내는 시간이 많다. 외로움을 느끼거나 계절성 우울증에 걸릴 가능성이 높아진다.

언제부터, 누구로부터 이 말이 시작되었는지 모르겠으나 한국 사람들은 흔히 이렇게 말한다. "어떤 사람을 제대로 알려면 사계절을 만나봐야 해." 이는 계절적 특징이 사람의 성격 변화에 미치는 영향을 말한다기보다 누군가의 됨됨이를 아는 데 필요한 최소한의 시간이 1년이라는 뜻에 가깝다. 1년 열두 달, 사계절을 만나보고 상대가 어떤 사람인지 훤히 알 수 있으면 정말 좋겠다. 그러면 오랜 지인한테 사기당하고 충격 받는 일은 없을 테니까.

아무튼 한국의 여름과 겨울은 캐나다와 다른 측면에서 사람의 본성을 드러나게 하는 것 같다. "덥다. 붙지 마라, 쫌! 짜증 난다." "얼어 뒈지겠다." 길을 가다가 이런 말을 들으면 나도 모르게 움찔한다. 오지랖 넓은 생각이긴 한데 저렇게 말하는 사람은 친구로도, 애인으로도, 결혼 상대로도 말리고 싶다.

43

"떠난 사람 뒤에는 끝을 맺지 못한 일이 남아 있게 마련이지. 하지만 그걸 마무리하는 누군가도 항상 있는 법이란다." 린드 부인이 눈물을 글썽이며 말했다.

"There's always a piece of unfinished work left," said Mrs. Lynde, with tears in her eyes. "But I suppose there's always some one to finish it."

친구 루비가 죽었다. 앤은 매슈 아저씨가 세상을 떠났을 때와는 또 다른 슬픔을 느낀다. 장례식이 끝난 후 루비의 엄마인 길리스 부인은 딸이 수놓던 식탁보를 앤에게 건넨다. 바늘은 루비가 세상을 떠나기 전날 마지막으로 수놓은 자리에 꽂혀 있다. 루비는 다가오는 죽음을 외면한 채 씩씩한 얼굴을 하고 있었지만 앤 앞에서는 두려움을 솔직하게 털어놓았다. 이제 스무 살, 인생을 제대로 살아보지도 못한 친구의 몸부림이 안타까워서 앤은 루비를 볼 때마다 고통스러움을 느꼈다. 그렇게 친구를 떠나보내고 이제 앤은 루비를 대신해서 식탁보를 완성해야 한다.

아버지가 생전 이루지 못한 일을 자식이 잇는 미담이나, 일찍 세상 떠난 자식의 꿈을 대신 이뤄주고 싶어하는 부모의 슬픈 사연을 들을 때마다 눈시울이 붉어진다.

　고등학교 3학년 때, 스물아홉 살 나이로 세상을 떠난 막냇삼촌이 아직도 그립다. 삼촌이 살아 있다면 지금 딱 환갑이다. 육십 살이 된 삼촌의 모습이 도무지 그려지지 않는다. 할머니에게 가장 살가운 아들, 제일 능력 있는 아들, 인물까지 좋다고 소문난 아들이었다. 삼촌이 ROTC 제복을 입고 할머니 집에 들어설 때면 후광이 비치는 듯했다. 위풍당당한 모습은 늠름함 그 자체였으며, 세상에서 가장 멋진 남자로 보였다. 도시에서 공부하던 삼촌은 방학 때마다 시골집에 와서 농사일을 거들고 어린 조카들과 놀아주었다. 삼촌은 나의 우상이자 자랑이었으며 유년기 추억의 한 부분을 차지한다. 그런 삼촌이 음주 운전자에 의해 억울하게 세상을 떠났다. 마음이 무너졌고 휘청거렸다. 막냇삼촌의 죽음은 우리 가족 모두에게 큰 슬픔을 안겼다. 동네 사람들은 할머니의 네 아들 중에서 가장 아까운 자식이 죽었다고 수군거렸다.

　스물아홉 살이 되던 해, 유독 삼촌 생각이 많이 났다. '나도 이제 삼촌이랑 동갑이야.' 그렇게 혼잣말을 하고 돌아서고 나니 서른 살이 되어 있는 거다. 스물아홉 살에 멈춘 삼촌의 시계와 상관없이 나의 시간은 계속 흘러 지금은 그때의 삼촌보다 나이가 훨씬 많다. 무언가를 성취하거나 좋은 일이 있을 때면 '삼촌은 뭘 이루고 싶어했을까?' 그게 궁금해진다. "삼촌 꿈은 뭐예요? 삼촌은 이다음에 뭘 이루고 싶어요?" 한 번이라도 물어봤어야 했다. 답을 알고 있었다면 나는 삼촌의 꿈을 대신 품었을지도 모른다. 설령 그것이 내 능력 밖의 일이라 해도 삼촌이 이루고 싶어한 꿈을 알고 있다는 사실만으로도 위로가 됐을 테다.

아버지와 고모들은 알고 계실까? 막냇동생이 마무리 짓지 못한 일이 있는지? 살면서 무엇을 이루고 싶어했는지? 삼촌이 남긴 사망 보험금과 합의금이 할머니께 전해졌을 때 우리 가족은 또 한 번 허망함을 느꼈다. 아름다운 젊은이의 목숨값이 얼마간의 돈으로 매겨지는 게 얼마나 잔인한 일인지를 겪어본 사람은 안다. 그때 누구도 말은 안 했지만 우리 가족 모두가 각자 속으로 다짐하지 않았을까? '막내아들을 떠나보낸 엄마를 지켜야 한다.' '가여운 할머니를 지켜야 한다.' 그것이 삼촌이 바라는 일이고, 살면서 삼촌이 이루고자 했던 일이 아니었을까? 짐작해볼 뿐이다.

**"걱정하지 마라. 다행히도 공기와 신의 구원은 여전히 공짜잖니."
제임시나 아주머니가 말했다.
앤이 덧붙였다. "웃음도 그래요. 웃음에 아직 세금이 붙지 않아서
다행이에요. 이제 곧 모두들 크게 웃게 될 테니까요. (…)"**

"Never mind. Thank goodness air and salvation are still free," said
Aunt Jamesina.

"And so is laughter," added Anne. "There's no tax on it yet and that
is well, because you're all going to laugh presently. (…)"

제임시나 아주머니는 앤이 친구들과 빌린 '패티의 집'에서 같
이 지내며 집안일을 돌봐준다. 자신의 사고와 생활 방식이 구식이라
고 말하면서도 젊은이들의 세계를 이해하기에 간섭하지 않고 필요할
때만 적절히 나선다. 장을 보고 온 뒤, 오르는 물가에 한숨 쉬는 스텔
라에게 제임시나 아주머니는 공기와 신의 구원은 공짜이니 걱정하지
말라고 한다. 앤은 웃음에도 아직 세금이 붙지 않아서 다행이라며 거
든다. 통찰이 담긴 고품격 유머다. 이제 곧 크게 웃게 될 일은 데이비
로부터 온 편지다. 데이비는 3학년이 되었다. 짓궂게 장난치는 일은 줄

어든 반면 편지를 재미있게 쓰는 솜씨가 늘었다. 데이비의 편지를 보면 배꼽 잡고 웃지 않을 수 없다. 그런데 웃을 때마다 세금을 내야 한다면 꽤 큰 금액을 치러야 할 것이다.

우리는 매일매일 크고 작은 소리로 웃는다. 정말로 웃음에 세금이 붙는다면 절세를 위해 웃음을 참아야 한다. 이건 정말 고통스러운 일일 테다. 웃을 때마다 공기도 필요하다. 숨 쉬면서 웃어야 한다. 만약 공기까지 사서 마셔야 한다면 인간은 또 다른 가난에 시달릴 것이다. 이건 재앙이므로 공기가 공짜인 건 다행 중 다행이다. 논리적인 설명이 불가능한 신의 구원도 공짜이니 얼마나 고마운 일인지. 누군가를 구원할 때마다 신이 대가를 요구한다면 경외심과 신비감이 사라지지 않을까.

반칠환 님의 시 중에서 「웃음의 힘」을 좋아한다. 시인은 '왜 꽃의 월담은 죄가 아닌가?' 하고 묻는다. 담을 넘고 있는 넝쿨장미가 현행범인데도 아무도 잡을 생각을 않고 따라 웃는다고 했다. 그게 바로 웃음의 힘이다. 웃을 일 없는 세상, 참 재미없는 세상이라고 말한다. 그런데 마음을 열면 웃을 일이 참 많다. 일반적으로 사람들은 기뻐서 웃는 것으로 생각하지만, 몇몇 철학자들은 "사람은 웃음으로써 기쁘다"라고 주장한다. '일소일소 일노일노一笑一少 一怒一老'라는 한자 성어도 있지 않나. 어쨌든 너도나도 많이 웃으면서 살면 좋겠다. 웃음이 공짜일 때 얼른 '줍줍'해야 한다.

앤은 쓸쓸한 생각이 들었다.

'내년에는 학교를 쉬어야 할 것 같아. 학비를 충분히 모을 때까지 시골 학교에서 아이들을 가르쳐야지. 그때쯤이면 친구들은 모두 졸업했을 테고, 패티의 집은 더 이상 생각할 수 없을 거야. 그렇다 해도, 기죽지 않겠어. 필요하다면 내 힘으로 돈을 벌 수 있다는 것에 감사해야지.'

'I suppose I'll just have to drop out next year,' she thought drearily, 'and teach a district school again until I earn enough to finish my course. And by that time all my old class will have graduated and Patty's Place will be out of the question. But there! I'm not going to be a coward. I'm thankful I can earn my way through if necessary.'

레드먼드에서 2학년이 받을 수 있는 장학금은 하나뿐인 데다 액수도 극히 적다. 다음 학기에 학교로 돌아가지 못할 것을 생각하자 앤은 마음이 쓸쓸해진다. 마릴라 아주머니가 저축해둔 돈을 쓰고 싶지는 않다. 그렇다고 여름방학 동안 그만한 돈을 벌 가능성이 없으니 휴학하고 학생들을 가르치는 방법이 최선이다.

친구들이 모두 졸업한 후 혼자 학교에 남아 공부할 생각을 하니 외롭다. '패티의 집'에서 친구들과 함께하는 즐거움도 끝이다. 'But there!' 낙담은 이제 그만. 앤은 다시 긍정의 회로를 가동한다. 자신의 힘으로 돈을 벌 수 있다는 사실에 고마워하자며 마음을 다잡는다. 그 옛날 앤도 학비 마련을 위해 휴학을 생각했다. 『바람 부는 포플러나무집의 앤*Anne of Windy Poplars*』에는 길버트가 서부에 새로 건설 중인 철도 건설 현장에 일하러 갔다고 쓰여 있다. 의대 학비 마련을 위해서이다.

나도 대학 생활 내내 아르바이트를 했고, 휴학해서 1년 동안 악착같이 돈을 벌었던 경험이 있다. 공부는 열심히 하지 않았지만 졸업은 꼭 해야 한다고 생각했다. 성적장학금을 받으며 공부한 언니, 남동생과 달리 나는 '체험 삶의 현장'에서 일하며 학비와 용돈을 마련했다. 공장 노동자, 등산용품점과 속옷 가게 점원, 서빙, 바텐더, 주방 보조, 차량용 왁스 판매 등등. 알바의 신까지는 아니지만 알바 좀 해본 사람 축에 속한다. 그러고도 모자라는 돈은 학자금 대출로 해결했다. 그때는 '대여장학금'이라는 이름으로 학교에서 돈을 빌려주었다.

아르바이트를 하면서 좋은 어른, 친절한 어른, 나쁜 어른, 이상한 어른, 희한한 어른, 무서운 어른을 다양하게 만났다. 그때는 인건비를 떼여도 도움 받을 수 있는 제도가 없었다. 연락을 피하는 가게 주인을 집요하게 찾아가 받아낸 적도 있다. 지금 생각해보면 그 일은 참 아찔하다. 그런 인격을 가진 사람이라면 무슨 짓이든 하고도 남을 사람인데 겁도 없이 혼자 찾아갔으니…. 세상 무서운 줄 알았고, 돈 버는 일이 얼마나 힘들고 서글픈지도 알았다. 'But there!' 하지만 내 힘으로 이룬 얼마간의 경제적 자립이 뿌듯했고, 앞으로 무슨 일이든 해낼 수 있을 거라는 자신감이 생겼다.

대학교에 출강하면서 알바를 자주 화제로 삼았다. 과거와 오늘날 알바의 종류 및 형태, 시급을 비교해보고 세상의 변화와 앞으로 살아갈 날을 이야기하면서 나른한 오후를 깨웠다. 일과 공부를 병행하는 학생들의 고단함을 경험자로서 이해하기에 그들을 응원했고, 스스로 돈을 벌 수 있는 용기와 능력에 자부심을 가지라고 했다. 중고등학생 때부터 가장의 무게를 지고 힘들게 살아가는 청소년들도 있는데, 대학생 신분으로 아르바이트 좀 한 것을 두고 고생이라 말하는 건 엄살이다. 지나간 건 모두 추억이 되고 삶의 자산으로 쌓인다. 이렇게 말하면 '꼰대'라는 소리를 듣지만 그래도 괜찮다. 청소년들이, MZ세대들이 무조건 기성세대를 '꼰대' 취급하지는 않으니까…. 그들도 제 임시나 아주머니 같은 어른이 하는 말은 새겨듣는다.

"앤 누나는 이제 결혼할까요?" 데이비가 걱정스레 물었다. "작년 여름에 도커스 슬론이 결혼할 때 말했어요. 살아갈 돈만 충분히 있으면 남자 때문에 속 끓이면서 살지는 않을 거라고요. 하지만 아이가 여덟 명이나 딸린 홀아비라도 시누이랑 사는 것보다는 낫다고 했어요."

"Do you s'pose Anne will ever get married now?" speculated Davy anxiously. "When Dorcas Sloane got married last summer she said if she'd had enough money to live on she'd never have been bothered with a man, but even a widower with eight children was better'n living with a sister-in-law."

'애 앞에서는 냉수도 함부로 못 마신다'라는 속담이 캐나다에도 있는지 모르겠다. 요즘 아이들은 모르는 게 없다. 너무 똑똑해서 깜짝깜짝 놀란다. 매체 탓도 있지만 어른들의 대화 내용이 큰 영향을 미치는 것 같다. 오리건 대학교의 심리학자들은 곤히 잠든 아기들도 자면서 어른들이 하는 말을 듣고 있다는 사실을 밝혀냈다. 좋은 얘기든, 나쁜 얘기든, 좋은 음성이든, 나쁜 음성이든, 무미건조한 음성이든 어쨌든 아기들이 다 듣고 뇌가 그에 따라 반응한다는 것이다. 그러니 아이들이 놀면서도 어른들이 하는 이야기를 다 듣고 있다는 사실은 놀랍지 않다. 아홉 살인 데이비도 도커스 슬론의 말을 듣고 어른들의 대화에 끼어들었다.

앤이 학비 마련을 위해 휴학하겠다고 마음먹었을 때 조지핀 할머니의 부고 소식이 도착한다. 할머니의 변호사가 보낸 편지에는 앤에게 천 달러의 유산을 남긴다는 내용이 적혀 있다. 데이비는 언젠가 다이애나로부터 침대 사건을 들은 적이 있어서 앤 누나가 어떻게 조지핀 할머니를 만나게 되었는지 안다. 데이비에게 천 달러는 엄청나게 큰 돈이다. 그러니 이제 앤 누나는 결혼하지 않아도 될 거라고 생각한다. 작년에 결혼한 도커스 슬론이 그렇게 말했다. 먹고살 돈만 있으면 남자 때문에 속 끓이면서 살지 않을 거라고.

그런데 시누이를 불편하고 어려운 존재로 여기는 건 한국만의 정서는 아닌가 보다. "아이가 여덟 명이나 딸린 홀아비라도 시누이랑 사는 것보다는 낫다." 시누이와의 불편한 관계를 묘사하는 말로 이보다 더 노골적인 표현이 또 있을까. 나 또한 한 사람의 시누이이고, 두 명의 시누이가 있으며 그동안 주위에서 좋은 시누이, 나쁜 시누이라 할 만한 시누이들을 많이 봐왔다. 다행히도, 운 좋게도, 감사하게도 나는 시누이를 보는 눈이 꽈배기처럼 꼬여 있지 않다. 이는 엄마와 고모들이 보여준 '올케와 시누이의 정석' 덕분이다. 만약 '아름다운 시누이 대상'이 있다면 나의 고모이자 엄마에게 시누이인 김봉자·김선자·김봉순 씨가 받아야 한다고 생각한다.

엄마는 항상 이렇게 말씀하셨다. "너희 고모 같은 시누이들은 세상 어디에도 없다." 50년이 넘는 세월을 가족이라는 이름으로 살았는데 서로에게 서운하고 섭섭한 일이 왜 없었을까? 서로 이해하고 배려했기에 지금의 관계가 지속될 수 있었다. 고모들은 언제나 올케의 노고를 헤아렸고 그 마음을 모자라거나 넘치지 않게 표현했다.

그래서 나는 시누이와 올케 사이가 불편하고 어렵다는 말을 이해하지 못했다. 그런데 결혼해보니 조금은 알겠더라. 결코 편한 관계가 될 수 없다는 것을…. 배려하느라 지나치게 조심하면 남보다 못한 가족이 되고, 잘하려고 너무 애쓰면 부담이 되고, 우리 부모님께 잘하나 잘못하나 두고 보자는 식이면 마음의 관계는 싸늘해진다.

반대로 '나는 올케에게 좋은 시누이일까?' 종종 생각해본다. 다른 건 몰라도 이것 한 가지만은 분명하다. 올케는 우리 집에 온 귀한 손님이다. 그저 고마워하고 귀하게 여겨야 한다. 다행히도, 운 좋게도, 감사하게도 엄마가 참한 며느리를 얻었다. 따뜻하고 고운 문장만이 마음을 움직이는 건 아니다. 데이비가 옮긴 도커스 슬론의 말에는 뼈가 있다. 뼈가 있는 말도 성찰에 이르게 한다.

제임시나 아주머니가 쾌활하게 말했다.

"누구나 그렇지. 내 성격도 백군 데로 갈라져 있단다. 스테이시 선생님의 말은 스무 살이 되면 성격이 어느 쪽으로든 정해져서 그 방향대로 계속 발전하게 된다는 뜻 같구나. 그러니 앤, 걱정할 것 없다. 하느님과 네 이웃, 그리고 자신에 대한 의무를 다한 뒤에는 즐겁게 지내도록 하렴. 이건 내 인생관인데 지금까지 꽤 잘 맞아떨어졌어. (…)"

"So's everybody's," said Aunt Jamesina cheerfully. "Mine's cracked in a hundred places. Your Miss Stacy likely meant that when you are twenty your character would have got its permanent bent in one direction or 'tother, and would go on developing in that line. Don't worry over it, Anne. Do your duty by God and your neighbor and yourself, and have a good time. That's my philosophy and it's always worked pretty well. (…)"

스무 살 생일을 앞두고 앤은 심란함을 느낀다. 십 대 시절과의 영원한 이별이 서운한 데다 언젠가 스테이시 선생님이 한 말이 떠오

른 탓이다. 선생님은 스무 살쯤이면 좋든, 나쁘든 어느 쪽으로든 성격
이 정해질 거라고 했는데 지금 자신의 성격은 그다지 훌륭한 것 같지
않고, 결점투성이라는 생각이 든다. 앤은 자기 성찰에 진심이다.

　나는 서른 살 생일을 앞두고 몹시 심란했다. 앤보다 열 살 많
은 나이에 딱 앤의 심정이었다. 나잇값을 하는 어른인지, 그럭저럭 괜
찮은 인격을 갖춘 사람인지를 자문해보았다. 마음에서 들리는 답은
'NO'였고, 여러 측면에서 허술한 사람이라는 생각이 들었다. 여기저
기 구멍 뚫리고 금이 가 있는 것 같았다.

　그런데 인생을 많이 산 제임시나 아주머니도 자신의 성격이 백
군 데로 갈라져 있다고 한다. 공감적 위로에 명쾌한 인생 조언까지 한
스푼 얹었으니 더 마음에 와닿는다. 제임시나 아주머니처럼 지혜로운
어른이 터득한 인생관, 오랜 세월 꽤 잘 맞아떨어져온 인생관이라면
믿을 만하다. '그래, 맞아. 그게 뭣이 중할까?' 하느님과 이웃, 그리고
자신에 대한 의무를 다한 뒤에 즐겁게 지내면 되는 것을….

　성격에는 좋고 나쁨이 없다. 기질에도 좋고 나쁨이 없다. 좋은
개성과 나쁜 개성을 구분 짓는다는 건 말도 안 되는 소리다. 그러나
좋은 성품과 훌륭한 인성은 있다. '캐릭터character'. 성격, 기질, 개성, 성
품, 인성, 인격. 다양한 뜻을 가진 이 단어는 파고들수록 어렵다. 그렇
다 한들 '뭣이 중할까?' 자기 할 일 다 해놓고 즐겁게 지내면 되는 것
을….

"앤, 내가 너를 좋아하는 특별한 이유가 있어. 넌 마음이 정말 넓거든. 시기심이라곤 조금도 없어."

"Anne, there's one thing in particular I like about you—you're so ungrudging. There isn't a particle of envy in you."

필리파가 앤의 칭찬에 감격해서 한 말이다. 어느 날, 필리파는 파티에 가기 위해 크림 빛깔의 노란색 실크 드레스를 입고 아래층으로 내려온다. 친구의 아름다운 모습에 진심으로 감탄한 앤이 이렇게 묻는다. "필, 넌 네가 얼마나 아름다운지 알고 있니?" 필리파는 "Of course I do"라고 대답한다. 앤의 질문에는 사랑이 넘치고, 필리파의 대답은 꾸밈없이 시원하다.

필리파는 유명한 가문에서 태어난 데다 머리가 좋고 공부도 잘한다. 예쁘고 성격까지 좋다. 그러나 앤은 필리파가 가진 것을 부러워하거나 시기하지 않는다. 필리파는 처음 길버트를 본 순간 마음에 들었지만 그가 앤을 좋아한다는 사실을 눈치채고는 바로 마음을 접는다. 앤이 길버트의 청혼을 거절했을 때는 사랑을 바로 눈앞에 두고도 모른다며 안타까워한다.

이런 관계는 서로를 시기하거나 질투하지 않을 때 가능하다. '시기'와 '질투'는 짝꿍처럼 붙어 다니며 한 단어처럼 사용된다. 비교를 전제로 한다는 점에서는 비슷하지만 방향성에서 약간의 차이가 있다. 고대 그리스 철학자인 아리스토텔레스는 "'시기'란 자기가 갖지 못한 것을 이웃이 소유한 것을 슬퍼하는 것이며 '질투'란 이웃이 지닌 것을 자신이 소유하지 못해 슬퍼하는 것"이라고 정의했다.

그래서 질투심은 그것을 목표로 삼아 자신이 더 발전할 수도 있기에 긍정적인 에너지원이 될 수 있는 반면, 시기심은 자신이 조절할 수 없는 것으로 여겨지므로 주로 남을 깎아내리거나 스스로 좌절하는 행동으로 나타난다고 심리학자들은 말한다. 시기심은 우울로 이어져 심리적 고통을 가져오고, 심해지면 타인의 고통에서 즐거움을 느끼는 병적인 상태가 된다. 질투심의 긍정적인 측면이 있다 해도 이 또한 지나쳐서 좋을 건 없다. 고대 그리스 역사가인 헤로도토스는 "인간이 나면서부터 갖추게 되는 것이 '질투'"라고 하면서도 "질투처럼 인간의 심성에서 불필요한 것은 없다"라고 했다. 또 고대 그리스 철학자인 플라톤은 "질투가 심한 사람은 스스로 진실의 덕을 찾으려고 노력하기보다 상대를 헐뜯는 것이 그를 능가하는 길이라고 생각한다"라는 말을 남겼다. 그리고 이렇게 묻는다. "질투를 통해 무엇을 깨달았는가?"

친하면서도 속으로 시기하고 질투하는 사람들이 있다. 드러나지 않는 시기와 질투가 더 무섭다. 그 실체가 밝혀지는 순간 배신감에 휩싸인다. 나는 전혀 그렇지 않은데 상대만 시기심으로 똘똘 뭉쳐 있거나 질투심을 불태우는 경우도 있다. 웃으면서 타인을 속이고 기만하는 행위다. TV 드라마에 이런 유형의 인물들이 자주 나온다. 출생의 비밀보다 주인공을 둘러싼 인물들의 시기 질투가 스토리를 더 흥미진진하게 만들기도 한다. '세상에 진짜 저런 사람이 있을까?' 싶지만 정말 있다.

함께 일하는 동료가 언젠가 이렇게 말했다. 남이 뭘 가졌는지, 뭘 하는지, 얼마나 성취했는지 살피면서 비교하는 건 에너지 낭비라고. 시기와 질투는 몹시 불편하고 힘든 감정이다. 그러나 자연 발생적인 감정이어서 막기 어려우므로 이로 인한 부작용을 경계하고 스스로 성찰하는 것만이 최선이다. 현인賢人이 내게 "질투를 통해 무엇을 깨달았는가?" 하고 묻는다면 대답은 딱 하나다. "제가 지질한 사람이라는 사실을 알았습니다."

앤이 생각에 잠겨 말했다. "우리에게는 지루한 날이지만, 어떤 사람에게는 아주 멋진 하루였을 수도 있어. 누군가는 미친 듯 기뻐하며 보냈을걸. 어딘가에서 엄청난 일이 일어났거나 아니면 멋진 시가 쓰였거나 위대한 인물이 태어났을 수도 있지. 그리고 필, 상처로 가슴이 무너진 사람이 있을지도 몰라."

"It has been a prosy day for us," she said thoughtfully, "but to some people it has been a wonderful day. Some one has been rapturously happy in it. Perhaps a great deed has been done somewhere today— or a great poem written—or a great man born. And some heart has been broken, Phil."

시험이 끝난 어느 봄날, 하품을 하며 소파에 드러누운 필리파가 오늘은 종일 따분하고 지루하다고 불평하자 앤이 찰스 디킨스의 소설 『픽윅 페이퍼스*Pickwick Papers*』를 읽다 말고 대꾸한다. 이 책은 우리나라에서 『픽윅 클럽 여행기』(시공사)라는 제목으로 번역 출간되었다. 모험을 나열한 여행기로 무려 1300여 쪽에 달한다. 책의 두께에서 나오는 '오라*aura*'는 보고만 있어도 정서적 포만감을 준다.

주인공이 보는 책을 따라 읽고, 주인공이 좋아하는 시를 찾아 읽으며 등장인물들의 매력적인 말과 행동을 따라 하는 데서 오는 동질감은 앤 전권을 읽으면서 누리는 또 다른 즐거움이다. '모방은 진심 어린 아첨'이라는 말도 있지만, 나는 잘 보일 이유가 없는 앤에게 그리고 아름다운 조연들에게 오랫동안 아첨을 해왔다.

아무튼 유난히 따분하고 지루하게 느껴지는 날이 있다. 그런데 앤이 말한 것처럼 나에게는 그냥 그런 하루이지만 다른 누군가에게는 멋지고 특별한 날일 수 있다. 어딘가에서 엄청난 일이 일어났거나 아니면 멋진 시가 쓰였거나 위대한 인물이 태어났거나…. 분명히 상처로 가슴 무너진 사람도 있을 텐데 어떻게 견디고 있는지 얼굴 한 번 본 적 없는 이들의 안부를 걱정한다. 모든 일은 어제도, 내일도 아닌 오늘 일어난다. '곰돌이 푸'가 제일 좋아하는 날도 'Today'이다. 오늘을 어떻게 보냈든 오늘은 참 소중하다.

"세상을 떠나는데 슬퍼해줄 사람이 한 사람도 없다는 건 정말 끔찍한 일이에요." 앤은 몸을 떨며 말했다.

"It seems to me a most dreadful thing to go out of the world and not leave one person behind you who is sorry you are gone," said Anne, shuddering.

6월 어느 날 해 질 녘, 앤은 마릴라 아주머니와 린드 부인이 아토사 할머니의 장례식에 다녀와서 하는 이야기를 듣는다. 그녀의 죽음을 슬퍼하며 운 사람이 별로 없었고, 심지어 집안사람들조차 아토사가 죽어서 다행이라고 생각한다는 얘기에 앤은 안타까운 마음이 생긴다. 도대체 아토사 할머니는 어떤 인생을 살았기에 부모님 말고 사랑해주는 사람이 한 명도 없었을까? 남편조차 그녀를 좋아하지 않았다고 한다. 자신이 그렇게 살았기 때문이라고 해도 외로운 생을 마감한 사람의 죽음을 두고 이러쿵저러쿵 말하는 이들의 모습도 좋아 보이지는 않는다.

장례식장에 다녀온 이야기를 두고두고 입에 올리는 사람들을 보곤 한다. 한국 장례식장의 문전성시는 고인의 지위와 권력, 자식들의 직업과 직위가 큰 영향을 미치지만, 조문객으로 북적이면 고인이 인생을 잘살아서 그런 거라 하고, 썰렁하면 인색하게 살아서 마지막 가는 길이 외롭다고 말한다.

작년에 지인의 아버지 장례식장에 갔다가 아는 사람들을 만나 같은 테이블에 앉았다. 그런데 이래도 되나 할 정도로 슬퍼하는 사람이 없는 거다. 살아생전 고인의 행적에 관한 얘기가 들렸다. 조금 앉아 있다 일어나 인근 카페에서 함께 차를 마셨는데 그중 한 명이 이렇게 말했다. "정말 인생 잘살아야겠어요. 내 장례식장에서 사람들이 저렇게 수군대면 엄청 기분 나쁠 것 같아요." 그러자 다른 한 사람이 이렇게 말했다. "그런 걸 왜 생각해요? 죽으면 아무것도 모르는데…." '아, 맞다. 죽은 사람은 모른다.' 참 다행이다. 내 장례식에 몇 명이 왔고, 누가 눈물을 흘리며 슬퍼했는지, 누가 인사치레로 왔는지, 누가 나에 대해 쑥덕거렸는지, 조의금을 누가 많이 냈는지, 화환은 몇 개나 들어왔는지…. 모른다. 아무것도 모른다. 그렇다 해도 세상 떠나는데 슬퍼해줄 사람이 한 명도 없다는 건 앤이 말한 것처럼 생각만 해도 끔찍한 일이다. 초라한 장례식이 되지 않기 위해서 잘살아야 하는 건 아니지만, 인색하게 살지는 말아야겠다.

51

재닛이 너그럽게 말했다. "앤도 내 나이쯤 되면 많은 일에 대해 느끼는 게 달라질 거예요. 나이가 들면서 배우는 것 중 하나가 용서하는 법이죠. 스무 살 때보다는 마흔 살이 되면 용서하는 일이 더 쉬워진답니다."

"You'll feel differently about a good many things when you get to be my age," said Janet tolerantly. "That's one of the things we learn as we grow older—how to forgive. It comes easier at forty than it did at twenty."

　　하얗고 예쁜 집을 가진 재닛, 친절하고 검소하며 아름답기까지 한 재닛이 마흔이 되도록 혼자 산 이유가 있다. 사랑하는 남자 더글러스의 어머니, 그 노인의 용심 탓이다. 자신이 살아 있는 동안 어떤 여자도 이 집에 들이지 않겠다는 약속을 아들에게서 받아냈다. 약속하지 않으면 그 자리에서 죽어버리겠다는 협박과 건강을 무기 삼아 아들을 붙잡아두었다. 자그마치 20년 세월을. 더글러스의 어머니가 세상을 떠난 후에야 모든 진실을 알게 된 재닛은 그 사실을 누구에게도 말하지 않고 진심으로 고인을 애도한다.

세상에 저런 엄마가 진짜 있을까? 미치지 않고서야 어떻게 저럴 수 있나 싶지만 상담 관련 일을 하는 사람들은 안다. 저런 엄마 비슷한 사람이 실제 존재하고, 더글러스처럼 엄마한테 쩔쩔매느라 자신의 사랑을 지키지 못하는 이들이 있다는 사실을…. 그런데 재닛 또한 만만찮은 사람이다. 미련할 정도로 관대하다. 20년 동안 청혼조차 하지 않은 남자의 어디가 좋아서 그 긴 세월을 보냈는지, 온 마을에 소문을 내고 다녀도 성이 풀리지 않을 텐데 사랑하는 남자의 어머니라는 이유로 용서하고 그의 잘못에 대해 입을 다문다.

마흔 살쯤이면 스무 살 때보다 사람을 용서하는 일이 더 쉬워진다는 말에 동의한다. 나는 이십 대에 죽도록 미워한 사람을 삼십 대에 용서했고, 삼십 대에 나를 해코지한 사람을 마흔이 넘어 용서했다. 그들이 사과한 것도 아닌데 미워하는 마음이 사라졌다. 처음에는 그 감정이 종일 머릿속을 맴돌면서 목에 걸린 가시처럼 불편했는데, 시간이 지나면서 상처가 아물고 지금은 그때, 그런 일이 있었나 싶을 정도로 기억에서 옅어졌다. 그럼에도 여전히 밉고 용서하고 싶지 않은 사람들이 있다. 그래서 용서하기보다 생각하지 않으려고 노력한다. 그러다 보면 언젠가 미움이라는 감정이 내 속에서 조용히 떠날 것을 알기에….

52

"(…) 내 딸도 외국으로 나가기 전에 소설을 썼지만, 지금은 더 고귀한 목표로 관심을 돌렸지. 그 아이는 '내 장례식에서 읽혔을 때 부끄러울 글은 한 줄도 쓰지 말자'라는 말이 자신의 좌우명이라고 얘기하곤 했어. 앤도 글 쓰는 일을 계속할 거라면 이 말을 명심하는 게 좋겠구나. (…)"

"(…) My daughter used to write stories before she went to the foreign field, but now she has turned her attention to higher things. She used to say her motto was 'Never write a line you would be ashamed to read at your own funeral.' You'd better take that for yours, Anne, if you are going to embark in literature. (…)"

프리실라는 앤이 쓴 단편 소설이 『젊은이의 벗』이라는 잡지에 채택되어 실리게 되었다는 소식을 알리며 '패티의 집'에 진짜 작가가 살고 있다고 말한다. 프리실라의 호들갑에 제임시나 아주머니는 한때 소설을 썼으나 지금은 더 고귀한 일을 하기 위해 인도로 선교 활동을 떠난 딸 얘기를 꺼낸다. 글 쓰는 일에 따르는 막중한 책임을 앤이 알기를 바라는 마음에서 딸의 좌우명을 빌려 진심 어린 조언을 한다.

"장례식장에서 읽혔을 때 부끄러울 글은 단 한 줄도 쓰지 말자." 작가로서의 양심을 저버리지 않는, 정직하면서도 수준 높은 글을 써야 한다는 뜻이다. 그런데 모든 작가들이 이 말을 좌우명으로 삼는다면 이 세상에 시든, 소설이든, 동화든 완성된 형태의 글이 몇 편이나 탄생할 수 있을지 의문이다. 노련한 작가들의 얘기를 들어보면 밤새 고통스럽게 쓴 글도 다음 날 아침에 읽어보면 허접쓰레기 같고, 부끄러운 문장이 눈에 띌까 봐 두려워서 책이 나온 이후에는 자신의 글을 읽지 않는다고 한다. 젊은 날의 패기로 쓴 글을 세월이 지나 다시 읽어보면 유치하기 짝이 없고, 어떤 책은 모두 수거해서 폐기 처분하고 싶을 정도로 용서가 안 된다고 한다.

나는 전업 작가의 길을 선택하지 않은 것을 참 다행이라고 생각한다. 강사로서 역할이 7할, 상담사로서 역할이 3할이다. 그리고 가끔 책을 낸다. 솔직히는 나에게 맞는 장르를 찾아가고 있는 중이다. 그런데 겨우 이 정도 글을 쓰고는 '말라비틀어진 명태가 되어간다느니' '증발하고 싶다느니' 하면서 엄살을 부린다. 글쓰기에 평생을 바친 작가들이 들으면 웃을 일이다. 그렇지만 몽고메리가 강조한 'Keep on trying'의 의미를 새겨서 글 쓰는 일을 계속하려고 한다. 내 장례식장에서 읽힐 맑고 고운, 짧은 동화 한 편을 꼭 쓰고 싶다.

독자들의 이해를 돕고자 몽고메리가 글쓰기 실력을 향상시키기 위해 기울인 노력을 적어보겠다. 1895년 몽고메리는 프린스에드워드섬을 섬을 떠나 노바스코샤주에 있는 핼리팩스로 간다. 댈하우지 대학교에서 1년간 영문학 특별 과정을 이수하기 위해서다. 이는 당시 여성으로서 상상할 수 없는 과감한 투자였다. 훌륭한 교수들의 수준 높은 강의를 듣고 자극을 받으며 작가가 되기 위한 밑거름을 차곡차곡 쌓아나갔다.

이 시기에 영국과 미국의 잡지를 비롯해 여러 출판물에 정기적으로 시와 에세이를 투고했다. 원고가 실릴 때보다 돌아오는 일이 더 많았지만 그녀는 포기하지 않았다. "실을 잣듯이 이야기를 엮어내는 일, 방 창문 앞에 앉아 날개를 펴고 솟아오르는 공상을 지어내는 일을 사랑한다"라고 일기에 썼다. 교사로 일하던 시절에도 한겨울 새벽에 일어나 언 손을 녹여가며 매일 글을 썼다. 훗날 작가로서 댈하우지 대학교 강단에 섰을 때 학생들이 글 잘 쓰는 비결을 묻자 그녀는 따뜻한 격려의 말들과 함께 'Keep on trying'을 강조했다.

53

필이 말했다. "지난 수업에서 우들리 교수님이 하신 말씀이 진리라는 것을 배웠어요. '유머는 존재의 향연에서 가장 화끈한 양념이다. 자신의 실수를 비웃되 그를 통해 배워라. 고난을 웃어넘기되 거기서 힘을 모아라. 시련을 희롱하되 반드시 극복하라'였죠. 이 정도면 배울 만한 가치가 있지 않을까요, 제임시나 아주머니?"

"We've learned the truth of what Professor Woodleigh told us last Philomathic," said Phil. "He said, 'Humor is the spiciest condiment in the feast of existence. Laugh at your mistakes but learn from them, joke over your troubles but gather strength from them, make a jest of your difficulties but overcome them.' Isn't that worth learning, Aunt Jimsie?"

'패티의 집' 하숙생들은 졸업을 앞두고 회상에 잠긴 대화를 나눈다. 앤은 자신이 벌써 마지막 시험을 치고 있는 4학년이라는 사실이 믿기지 않는다. 필리파가 친구들에게 우리 모두 처음 레드먼드에 왔을 때보다 조금이라도 더 현명해졌다고 생각하는지를 묻자 스텔라는 대학에서 얻지 못하는 지식이 아직 산더미처럼 있다고 말한다. 모두

저마다의 생각을 얘기하는 가운데 제임시나 아주머니가 이들에게 물었다. 지난 4년 동안 고어古語나 기하학 같은 것 말고 레드먼드에서 무엇을 배웠는지. 필리파는 우들리 교수님의 말을 인용하여 유머의 중요성을 일깨운다. 앤 이야기를 반복해서 읽다 보면 곳곳에 유머 코드가 숨어 있음을 알게 된다. 유머는 삶을 유쾌하게 하는 양념이라고 생각한다. 몽고메리는 'Kindred Spirits' 만큼이나 유머를 중요한 소재로 여긴 것 같다. 앤이 로이 가드너 대신 길버트를 선택한 이유에는 길버트의 유머 감각이 포함되어 있다.

대학교 1학년 2학기 때 철학과 수업을 들은 적이 있다. 그때 40대 후반이라고 애매하게 나이를 밝힌 교수님이 자신의 고생담을 남의 일 얘기하듯 아무렇지도 않게 풀어놓는데, 그렇게 웃길 수가 없는 거다. 슬프고 서글퍼서 울어야 하는 서사인데도 자꾸만 웃음이 났다. 무거운 얘기를 어쩜 저렇게 맷돌로 콩 갈 듯이 하는지 신기했다. 교수님의 구연 능력이 워낙 뛰어나기도 했지만 학생들에게 그깟 시련쯤은 아무것도 아니라는 사실을 유머로 승화해 들려주려고 한 것 같다. 또 교수님은 남을 웃기려면 자신은 웃지 말아야 한다는 유머 스킬도 알려주셨다. 나는 차가워 보이는 이미지와 다르게 다른 사람을 웃기는 데 욕심을 낸다. 그리고 고품격 유머를 구사하기 위해 남몰래 노력한다.

어떤 노력을 하느냐면 예능을 겸한 인터뷰 프로그램을 반복해서 본다. 인품과 실력을 겸비하고 한 분야에서 자기만의 세계를 탄탄하게 구축한 사람들로부터 듣는 지식과 삶의 지혜는 좋은 책 한 권 이상의 효과가 있다. 출연자들의 남다른 유머 감각과 순발력, 센스를 관찰하려는 목적도 있지만 무엇보다 재미있다. 〈유 퀴즈 온 더 블록〉 '신하균 편'을 보면서 얼마나 웃었는지 모른다. 큰 자기 유재석과 아기자기 조세호의 질문에 신하균 자기님이 내놓은 대답이 기발했다. "만약 옆집에 신이 살고 계신다면?" - "이사 가지 마세요." "만약 내일 지구가 멸망한다면 어떨 것 같아요?" - "무서울 것 같은데요." "나에게 유 퀴즈란?" - "오늘 출연한 프로" "신께서 나라는 사람을 빚을 때 남들보다 많이 넣은 것은?" - "주름" "적게 넣은 것은?" - "탄력". 그는 눈가의 주름, 탄력이 부족한 자신의 볼을 만지며 수줍게 말했다. 배꼽을 잡고 웃었다. 나도 이렇게 짧은 말로, 조용하고 은근하게 사람들을 웃기고 싶다.

"(…) '볼 줄 아는 눈과 사랑할 줄 아는 마음과 그것을 그러모아 쥘 손만 있다면 세상에는 우리를 위한 것들이 너무도 많다. 남자와 여자에게서, 예술이나 문학에서, 어디에나 기뻐하고 감사할 것들이 널려 있다.' 레드먼드가 내게 그런 것들을 어느 정도 가르쳐줬다고 생각해, 앤." 프리실라가 말했다.

"(…) 'There is so much in the world for us all if we only have the eyes to see it, and the heart to love it, and the hand to gather it to ourselves—so much in men and women, so much in art and literature, so much everywhere in which to delight, and for which to be thankful.' I think Redmond has taught me that in some measure, Anne."

레드먼드가 자신에게 무엇을 가르쳐주었는지를 말하기 위해 프리실라도 우들리 교수의 연설을 인용한다. 모든 걸 떠나 레드먼드에는 학생들에게 인생을 가르쳐주는 스승이 있다. 볼 줄 아는 눈과 사랑할 줄 아는 마음, 그것을 그러모아 쥘 손만 있으면 세상에는 우리를 위한 것들이 너무나 많다고 한다. 이 세 가지는 공기와 웃음, 유머와 마찬가지로 공짜인 데도 갖기가 참 힘들다. 사물을 꿰뚫어 보는 안목과 식견, 즉 혜안이 있어야 한다. 시행착오와 연습도 필요하다. 그러나 마음을 열고 받아들이면 습득이 빨라지는 속성이 있다. 심지어 아주 쉽다. 반면 경계하고 의심하고 주저하면 기뻐하고 감사해야 할 것들로부터 점점 멀어진다.

사람들은 세 유형으로 나뉜다. 첫 번째 유형은 어떤 음식이든 맛있게 먹고 무슨 일이든 즐겁게 하고 누구를 만나든 신나게 놀고 어딜 가든 그곳의 좋은 점을 먼저 본다. 두 번째 유형은 어떤 음식을 먹든 맛을 탈 잡고 무슨 일을 하든 불평불만이 우선이고 사람을 지나치게 가려서 만나고 어딜 가든 그곳의 안 좋은 점을 먼저 본다. 세 번째 유형은 좋은 것도 없고, 나쁜 것도 없다. 기복 없이 무난하다. 사람들은 첫 번째 유형을 좋아한다. 그런 사람을 만나면 덩달아 즐겁고 유쾌하기 때문이다.

이십 대 중반부터 삼십 대 초반까지 직장 생활을 했다. 그만둔 지 한참 지난 지금도 선배들과 연락하며 지낸다. 그중 한 선배는 우들리 교수가 말한 세 가지를 모두 가졌다. 아니, 유머까지 포함하면 네 가지다. 어느 부서를 가든 분위기를 환하게 만들고 누구와도 잘 어울려 즐겁게 논다. 사람과 사람을 이어줄 때는 서로를 자랑스러워하며 인사시킨다. 인심이 넉넉해서 잘 베푼다. 그리고 음식 맛은 딱 세 가지로 분류한다. 맛있는 거, 더 맛있는 거, 엄청 맛있는 거! 내가 만난 아름다운 사람 목록에서 제일 윗줄에 있다.

필이 말했다. "내 생각에 누군가 꿈꾸고 슬퍼하고 기뻐하며 살았던 방은 그 사람과 함께한 시간이랑 뗄 수 없는 관계가 되어 그만의 인격을 갖게 되는 것 같아. 이 방은 50년 뒤에 내가 들어와도 '앤, 앤' 하고 말을 걸어올 것 같아. (…)"

"I think," said Phil, "that a room where one dreams and grieves and rejoices and lives becomes inseparably connected with those processes and acquires a personality of its own. I am sure if I came into this room fifty years from now it would say 'Anne, Anne' to me. (…)"

앤은 '패티의 집' 2층에 있는 작은 방에서 3년 동안 지낸다. 연한 파란빛 벽지가 발린 방에는 촛대가 달린 작고 고풍스러운 화장대가 놓여 있고, 마름모꼴 창문 옆에는 공부하고 몽상을 즐기기에 더없이 좋은 의자가 있다. 앤은 첫눈에 이 방의 모든 것이 마음에 들었다. 무엇보다 방에서 보이는 큼직한 소나무가 좋았다.

드디어 에이번리로 돌아간다. 앤은 행복한 시간을 보낸 방을 돌아보며 필리파에게 다음에 올 사람을 축복하기 위해 이곳에 자신의 공상과 꿈을 남겨두고 갈 거라고 말한다. 필리파는 그 말의 뜻을 이해하고는 앤이 묵었던 방을 향해 찬사에 가까운 작별 인사를 한다.

대학교 다닐 때 종종 친구들의 자취방에 모여 놀았다. 오밀조밀 예쁘게 꾸며놓은 방에 놀러 갔을 때 한 친구가 남의 집인데 뭘 이렇게까지 해놓고 사느냐고 했다. 친구는 "월세를 내면 내가 엄연한 주인이지. 비록 코딱지만 한 방이라도 있는 동안은 기분 좋게 지내야 되지 않겠어?"라고 대답했다. 반대로 방을 창고처럼 쓰는 친구는 이렇게 말했다. "6개월만 더 있다가 나갈 거라서 대충 해놓고 살아. 앉을 자리는 각자 알아서들 만들기 바란다." 그래서 쓰레기를 이리저리 밀쳐놓고 확보한 공간에 둘러앉아 통닭을 시켜 맛있게 먹었다.

이십 대 후반부터 결혼하기 전까지 월세살이를 했다. 원룸, 투룸, 아파트에 세 들어 살면서 벽에 못 하나 박지 않았다. 방을 아기자기하게 꾸미거나 앤처럼 그 공간에 애정을 쏟지는 않았지만 열심히 쓸고 닦았다. 심지어 이사하면서 청소까지 말끔히 해놓고 나왔다. 청소는 들어오는 사람이 하는 거지 나가는 사람이 하는 게 아니라는 말을 듣긴 했지만 돌아서는 뒷모습까지 깔끔하고 싶어서였다. 남의 집을 엉망으로 해놓고 나가는 이들을 향해 집주인이 뒷담화하는 걸 여러 번 들었다. 그러니 'personality'는 '인격'이 될 수도 있겠다 싶다.

앤은 꿈을 품은 고독은 빛나지만 꿈이 없는 고독은 그리 매력적이지 않다는 사실을 알게 되었다.

And she discovered that, while solitude with dreams is glorious, solitude without them has few charms.

레드먼드 대학교를 졸업하고 초록지붕집으로 돌아온 앤은 처음 몇 주 동안 무력감에 빠진다. '패티의 집'에서 친구들과 보낸 생활이 그립고 지난겨울 그려온 멋진 꿈은 주위 먼지 속에 파묻혔으며, 지금은 아무것도 할 수 없을 것 같다는 생각에 사로잡힌다. 퀸즈 아카데미를 다닐 때는 반드시 1등 해서 매슈 아저씨와 마릴라 아주머니를 기쁘게 해드리겠다는 목표가 있었고, 레드먼드에서는 문학사 취득을 향해 달렸다. 두 가지 모두를 이루었고 2년 동안 사귄 로이 가드너의 청혼은 거절했다. 서머사이드 고등학교로부터 교장 자리를 제안 받았으나 고민 중이다.

꿈을 이룬 사람들, 꿈을 가져본 사람들, 꿈을 향해 달려가고 있는 사람들은 이 기분이 뭔지 안다. 꿈의 경로에서 잠깐 이탈한 사람들, 꿈을 향해 달리다 문득 '이 길이 맞나?' 하고 멈춰 선 이들도 안다.

그렇다 해도 꿈이 있으면 모두가 잠든 새벽에 홀로 깨어 있어도 외롭지 않다. 꿈을 품은 고독은 견딜 만하고 빛나는 것처럼 느껴지기도 하니까…. 반대로 꿈이 없는 고독은 마냥 쓸쓸하다.

앤은 지금까지 자신을 믿고 스스로 설정한 길을 잘 걸어왔다. 잠깐 쉬고 있는 동안 혼란스러움을 느끼지만 이런 감정은 자연스럽고 건강하다. 타인의 뜻에 좌우되어 살아왔거나 의존적인 사람들은 이런 감정을 경험하지 못한다. 시키는 대로 살면 발전은 없어도 편하고 안전하기 때문이다. 독일의 철학자인 아르투어 쇼펜하우어Arthur Schopenhauer(1788~1860)는 그의 저서 『의지와 표상으로서의 세계』(지와 사랑)에서 "고통과 결핍이 곤궁하게 살아가는 사람들의 숙명이라면, 권태는 욕구를 채우면서 살아갈 수 있는 사람들의 숙명과도 같다"라고 말한다. 권태는 사람을 나태하게 만드는 것이 아니라 일종의 쉼이다. 앤은 권태에서 금방 벗어나 의대 공부를 마칠 때까지 기다려달라는 길버트의 청을 흔쾌히 받아들인다. 그리고 또 다른 꿈을 향해 서머사이드로 떠난다.

요즘은 꿈을 강요하는 세상이 아니다. 아이들에게 꿈이 없어도 괜찮다고 말하기도 한다. 그렇다 해도 꿈과 목표를 향해 도전하면서 자기 주도적으로 살면 인생이 더욱 활기 넘친다는 것쯤은 초등학생들도 안다. 꿈은 없는 것보다 있는 게 낫다고 생각한다. 그래야 꿈을 품은 고독을 느낄 수 있고, 이 또한 낭만적이다.

한국계 캐나다 배우인 샌드라 오가 모델이자 배우인 정호연과 나눈 대화 영상이 유튜브에 올라 있다. 두 사람은 서로의 존재를 고마워하며 이야기를 이어간다. 미국 드라마계에서 오랜 시간 활동하며 동양인의 이미지를 꾸준히 끌어올린 샌드라 오는 아시아인들의 이미지 변신에 정호연이 큰 역할을 해준 점을 고마워했다. 그러면서 지금 그 역할이 힘들기도 하거니와 외로운 자리일 텐데 기분이 어떤지를 물었다. 정호연은 외려 당신은 어떻게 이 정신없는 과정을 지나왔는지 물어보고 싶었다고 하자 샌드라 오는 이렇게 말한다. "우리는 함께 있지만 결국 혼자이고, 자신의 일을 다른 사람들에게 물어볼 수는 있어도 어떻게든 그 답을 자기 안에서 발견해야 한다"라고. 몸서리치게 외롭지만 꿈을 품은 고독은 빛난다고 말하는 것 같았다.

57

다이애나가 한숨을 내쉬었다. "아기가 커서 말을 할 수 있을 때까지 기다리기 힘들 것 같아. 아기가 '엄마' 하고 부르는 소리를 듣고 싶어 안달이 나거든. 난 아기에게 엄마에 대한 첫 기억을 멋진 것으로 만들어줄 테야. (…)"

"I can hardly wait till he gets old enough to talk," sighed Diana. "I just long to hear him say 'mother.' And oh, I'm determined that his first memory of me shall be a nice one. (…)"

다이애나가 아기를 옆에 누인 채 감동에 겨워 한 말이다. 엄마에 대한 다이애나의 첫 기억은 찰싹 맞은 일이다. 물론 잘못해서 맞았겠지만 다이애나는 엄마에 대한 첫 기억이 좀 더 멋진 것이었으면 하는 아쉬움이 있다.

엄마에 대한 나의 첫 기억은 새벽녘 둥근 실타래를 옆에 놓고 뜨개질하던 모습이다. 손재주가 좋은 엄마는 웬만한 옷은 직접 만들어 자식들을 입히셨다. 그런데 엄마의 뜨개질은 단순한 취미 생활이 아닌, 불면증을 달래고 마음을 어루만지는 수단이었다. 엄마는 지금도 깊이 잠드는 날보다 그렇지 못한 날이 더 많다. 눈이 침침해서 뜨개질이 힘들어진 후에는 운동과 밭일을 하면서 몸을 고되게 만든다.

영국의 정신의학자이자 애착이론을 정립한 존 볼비John Bowlby (1907~1990)는 "엄마는 아이의 정서적 안전 기지Secure Base"라고 했다. 나는 아직도 엄마가 나의 정서적 안전기지이다. 엄마의 부재를 상상할 수 없다. 어르신들을 대상으로 강의할 때 이 말을 했더니 한 분이 웃으면서 말씀하셨다. "이런 이런! 우리 강사님, 아직 얼라구만요." 그래도 나는 좋다. 엄마 앞에서 나는 영원한 아이다.

58

"채티 이모는 오늘 몹시 당황스러워했어. 내 침대에 깔려고 깨끗한 시트를 펼쳤는데 가운데에 마름모꼴로 접힌 주름이 있었거든. 그건 집안의 누군가가 죽게 될 징조라는 거야. 케이트 이모는 그런 미신에 넌더리를 내셔. 하지만 난 미신을 믿는 사람들이 오히려 좋아. 그들은 삶에 색깔을 더해주니까. 모든 사람이 현명하고 분별력 있고 착하기만 하다면 세상이 얼마나 따분하겠어! 우리가 나눌 얘기도 없지 않을까?"

"Aunt Chatty is much upset because when she unfolded clean sheets for my bed today she found a diamond-shaped crease in the center. She is sure it foretells a death in the household. Aunt Kate is very much disgusted with such superstition. But I believe I rather like superstitious people. They lend color to life. Wouldn't it be a rather drab world if everybody was wise and sensible . . . and good? What would we find to talk about?"

서머사이드에서의 첫해 10월 26일 밤, 앤은 길버트에게 편지를 쓴다. 앤은 '바람 부는 포플러나무집'에서 하숙하고 있다. 당시 캐나다에서는 집에 이름을 붙이는 게 유행이어서 주인은 그 집에 어울리는 이름을 지었다. 앤은 길모퉁이에 있는 '바람 부는 포플러나무집'을 처음 본 순간 사랑에 빠졌다. 나지막한 돌담 둘레에는 포플러나무가 띄엄띄엄 서 있다. 집이 주는 경쾌한 분위기가 초록지붕집과 비슷하다.

집주인은 미망인인 채티와 케이트이다. 사람들은 그들을 이모라고 부른다. 채티 이모는 미신을 믿는다. 앤은 미신을 믿는 사람들이 삶에 색깔을 더해준다고 생각한다. 당시 캐나다에서는 깨끗한 침대 시트를 펼쳤을 때 마름모꼴로 접힌 주름이 나오면 집안에 누군가가 죽을 징조로 여겼던 모양이다. 다행히 그날 아무도 죽지 않았다.

나는 미신을 믿지도, 그렇다고 안 믿는 것도 아니다. 30대에는 일과 인간관계가 지독하게 꼬여서 그랬는지 살짝 의지했다. 돈을 부른다는 색깔의 옷을 입거나 특정 그림을 집에 걸어두거나 어떤 물건을 몸에 지니고 다니지는 않았지만, 삼재년三災年에 엄마가 구해주신 부적을 꽤 오래 갖고 다녔다. "엄마는 뭘 이런 걸 믿는데요. 이런 거 다 미신이야. 미신!" 하면서도 은근히 효력을 기대하며 못 이기는 척 지갑에 넣었다. 나중에 알고 보니 또래 지인들도 각자의 방식으로 미신을 따르고 있는 거다. 한번은 각자가 의지하는 미신을 공유하면서 한바탕 웃었다. "21세기에 배울 만큼 배운 사람들이 이래도 되나?" 하면서 말이다. 나의 벗이 이렇게 정리를 해주었다. "이것도 다 미풍양속이지, 뭐!"

"(…) 50년이나 함께 살면서 늘 서로를 증오했던 두 사람 이야기가 내 머릿속에서 떠나질 않아. 그들이 정말 그랬다는 걸 믿을 수가 없거든. 누군가가 '증오란 길을 잘못 든 사랑일 뿐'이라고 말했다지만, 나는 두 사람이 미움 속에서도 서로를 정말 사랑했다고 확신해 (…)"

"(…) The only thing that haunts me is that tale of the two who lived together fifty years and hated each other all that time. I can't believe they really did. Somebody has said that 'hate is only love that has missed its way.' I feel sure that under the hatred they really loved each other (…)"

11월 말 어느 날 저녁, 앤은 프링글 가문 사람으로 가득 찬 묘지로 산책하러 간다. 그곳에서 미스 밸런타인 코탤로를 만난다. 생활고 때문에 바느질로 생계를 꾸려 가는 그녀는 이 오래된 묘지에 묻힌 사람들에 관한 모든 것을 알고 있다. 여기 묻힌 사람들의 이야기를 자세히 알게 되면 묘지도 즐거운 곳으로 여겨질 거라고 말한다. 앤은 밸런타인이 들려준 수많은 이야기 가운데 50년이나 함께 살면서 늘 서로를 증오한 부부의 이야기를 듣고는 길버트에게 편지를 쓴다. 앤은 '증오란 길을 잘못 든 사랑일 뿐'이라는 누군가의 말을 인용하면서 자신이 길버트를 미워한다고 생각했지만 사실은 진심으로 사랑하고 있었던 것처럼, 그 두 사람도 마찬가지였을 거라고 확신한다. 그리고 자신이 살아 있을 때 이 사실을 깨달은 것을 다행으로 여긴다.

결혼한 지 20년이 넘은 부부들이 흔히 하는 말이 있다. "우리는 전우애로 살아요." "나 아니면 저 사람을 누가 데리고 살겠어요." 이런 말을 들을 때마다 나는 '증오란 길을 잘못 든 사랑일 뿐'이라는 말을 되뇐다. 그리고 50년 동안 해로하기를 기도한다. 2014년 4월 16일 한 노인복지회관에서 그림책 『나는 기다립니다』(문학동네)를 모방한 글쓰기를 했을 때 노인분들의 결과물이 나를 감동으로 이끌었다.

"나는 기다립니다, 남편을. 아무리 기다려도 행복합니다. 당신을 만나 60년 세월이 행복합니다. 사랑합니다. 여보!"라고 쓴 어르신의 글을 아직도 보관하고 있다. 60년 동안 해로한 할아버지·할머니의 결혼 이야기를 〈워낭소리〉처럼 다큐멘터리로 만들어도 좋겠다는 생각을 했다.

아 참, 앤은 길버트에게 보내는 편지에 묘지에서 산책했다는 표현이 이상하게 들리겠지만 정말 그랬다고 썼다. 실제로 캐나다 곳곳에 있는 공동묘지와 성당 및 교회 옆에 있는 묘지는 산책하는 사람들의 발걸음이 끊이지 않는다. 혼자 가서 거닐어도 전혀 무섭지 않다. 몽고메리와 그의 남편, 외조부모와 어머니가 묻힌 캐번디시 공동묘지를 이른 아침과 가로등이 켜질 무렵에 가보았다. 여름이면 몽고메리 부부의 묘비 앞쪽에는 생전에 그녀가 좋아했던 제라늄이 옹기종기 피어 있다. 그런데 아직도 내 머릿속을 떠나지 않는 한 가지가 있다. 상부를 아기 양으로 조각한 작은 묘비인데 태어난 지 1년밖에 안 된 아기가 묻힌 곳임을 알려주었다. 얼마나 가슴 아픈 사연이 서려 있을지 그날 종일 쓸쓸했고, 지금도 문득문득 떠오른다.

2023년 여름, **올드 버링 그라운드**Old Burying Ground🌿에 갔을 때 오랜 세월 비바람에 마모되고 이끼가 끼어 글자를 알아볼 수 없는 묘비 사이를 거닐면서 알 수 없는 쓸쓸함을 느꼈다. 거기서도 생몰년을 유심히 보았다. 짧은 생을 살다 간 고인의 묘비 앞에서는 나도 모르게 숙연해졌다. '이곳에 묻힌 사람들에게는 어떤 사연이 있을까?' '사는 동안에는 행복했을까?' 여러 가지 생각들이 오갔다.

🌿**올드 버링 그라운드**Old Burying Ground
3권에서 올드 세인트 존 묘지Old St. John's Graveyard라는 이름으로 등장한다. 핼리팩스에 있는 유서 깊은 묘지이자 관광지로 입구 문에는 앤 이야기의 배경이 된 곳임을 알리는 안내판이 붙어 있다. 몽고메리는 그의 일기에 "핼리팩스 거리를 그다지 좋아하지 않지만 이 묘지만은 다르다"라고 썼다. 그래서인지 3권에서 중요한 역할을 부여했고 필리파 고든을 처음 만난 장소로 그렸다. 앤은 자주 이곳을 찾아 자연과 교감하며 위안을 얻는다. 오래된 석판 중 하나에 앉아 눈을 감고 자신이 에이번리의 숲에 있다고 상상하곤 했다. 앤에게 묘지란 단순히 죽은 사람이 묻힌 장소를 의미하지만은 않는다. 수많은 이들의 사연을 품은, 슬프고도 즐거운 곳이다.

"셜리 선생님, 만약 우리가 힘껏 달리면 노을 속으로 들어갈 수 있을까요?"

"If we ran hard, Miss Shirley, could we get into the sunset?"

엘리자베스 그레이슨은 '바람 부는 포플러나무집'의 이웃인 '상록수집'에 사는 작은 여자아이다. 상상력이 풍부하고 사랑스러운 아이는 기분에 따라 자신의 이름을 바꾼다. 앤은 엘리자베스를 보자마자 'Kindred Spirits'임을 알아챘다. 엄마는 엘리자베스를 낳다가 죽었다. 슬픔을 견디지 못한 아빠는 딸을 할머니 손에 맡기고 떠나버렸다. 아이는 내일을 기다린다. 내일이 오면 아빠가 자신에게 편지를 보내줄 것 같아서다. 엘리자베스의 할머니는 폴 어빙의 할머니만큼 엄격한 데다 인정이라고는 조금도 없고 사막의 마른 먼지처럼 삭막하다. 앤은 창백한 이 아이에게 웃음을 찾아주고 싶은 마음이 생겼다. 어느 날, 겨우 외출 허락을 받아 항구로 간 두 사람은 손을 꼭 잡은 채 노을을 바라본다. 힘껏 달리면 노을 속으로 들어갈 수 있냐는 말은 그리움의 표현이다. 힘껏 달리면 아빠에게 갈 수 있는지를 묻고 있다.

오래전 해남 땅끝마을에 서서 노을을 바라보다가 그곳으로 힘껏 달려가고 싶은 충동을 느꼈다. 황홀하게 아름다워서 세상에 존재하는 그 어떤 언어로도 형언할 수 없다는 생각을 했는데 쓸쓸한 감정이 올라와 울컥했다. 시인들도 노을을 그릴 때 주로 쓸쓸함과 외로움의 정서를 담아내려고 하는 것 같다. 조병화 시인의 「노을」에서는 "아, 외롭다는 것은 / 노을처럼 황홀한 게 아닌가"라고 말한다. 노을이 있는 곳까지 안전한 길만 있다면 정말 힘껏 달려보고 싶다.

앤 이야기에는 시간적 배경으로 해 질 녘이 자주 등장하는데 이는 몽고메리의 외로웠던 삶과도 무관하지 않은 것 같다. 몽고메리도 어릴 적에 폴과 엘리자베스처럼 상상력이 풍부하고 이야기하기를 좋아하는 아이였다. 그러나 외할아버지는 엄격하고 권위적이며 짜증을 잘 내는 성마른 사람이었고, 할머니는 까다로운 성미의 소유자였다. 외조부모는 부모 없이 자라는 손녀의 마음을 자주 멍들게 했으며, 정서적인 허기와 여린 마음을 보듬을 줄 몰랐다. 오죽하면 "어린아이가 노인들 손에서 길러지는 것은 대단히 불행한 일"이라고 일기에 썼을까. 프린스에드워드섬의 아름다운 자연이 외로움을 달래주는 친구였다.

2023년에 프린스에드워드섬을 둘러보고 육지로 나가면서 일부러 해 질 무렵에 출발했다. 위치에 따라 달라지는 노을빛을 보기 위해서였다. 그때 나는 앤과 엘리자베스가 항구에 서서 바라본 진홍빛 노을을 확인했다. 어찌나 강렬하게 붉던지 그 속으로 빨려 들어갈 것만 같았다. 책 곳곳에 묘사된 노을빛을 더는 머릿속으로 그리지 않아도 된다. 느낌을 알고 있으니까…. 섬의 노을을 구경한 게 무슨 대단한 일일까 싶지만 이 특별한 경험은 나의 자부심이다.

61

앤이 더스티 밀러에게 말했다. "누군가가 항상 나를 필요로 하면 좋겠어. 누군가에게 행복을 줄 수 있다는 건 멋진 일이야. 더스티 밀러, 폴린에게 오늘이라는 날을 선물하면서 나도 부자가 된 기분이야. (…)"

"I hope some one will always need me," said Anne to Dusty Miller. "And it's wonderful, Dusty Miller, to be able to give happiness to somebody. It has made me feel so rich, giving Pauline this day. (…)"

앤은 마릴라 아주머니의 부탁으로 깁슨 부인의 집을 방문했다가 그 집의 막내딸인 폴린과 가까워진다. 깁슨 부인은 딸을 노예처럼 부려먹으면서 변덕을 일삼는 고약한 노인이다. 폴린은 어머니를 모실 의향이 없는 언니·오빠를 대신해 어머니를 돌보는 데 자신의 인생을 모두 써버린 채 마흔다섯 살이 되었다. 앤은 이런 폴린이 가여워서 그녀가 15년 전에 살던 화이트샌즈에서 하루를 보낼 수 있도록 도와준다.

친구들과 함께 즐거운 시간을 보내고 돌아온 폴린에게 앤은 지금처럼 힘들게 살지 않았으면 좋겠다고 말한다. 그러자 폴린은 어쟀든 가여운 엄마 곁에는 자신이 꼭 필요하며, 누군가에게 필요한 사람이 된다는 건 좋은 일이 아니냐고 반문한다. 이 말을 듣고 집으로 돌아온 앤도 생각이 달라진다. 폴린에게 오늘을 선물하면서 느낀 행복이 크기 때문이다. 아 참, 더스티 밀러는 앤을 잘 따르는 고양이다.

그렇다. 누군가에게 필요한 사람이 되고 타인의 행복에 기여하는 삶은 따뜻하고 아름답다. 조금 멀리 가는 이야기지만 나눔의 가치를 얘기해볼까 한다. 1998년 미국 하버드대학교 의과대학에서는 '그 사람을 위해 무엇을 해줄까?' '어떤 사랑을 베풀까?' 이처럼 선행을 생각하는 것만으로도 면역글로불린 A(I mmunoglobulin A, IgA)가 증가한다는 사실을 밝혀냈다. 남을 돕고 난 뒤에는 혈압과 콜레스테롤 수치가 현저히 낮아지고 엔도르핀(내인성 모르핀)이 정상치의 3배 이상 분비되어 몸과 마음에 활력이 넘친다고 한다. 즉 선행은 건강을 증진시키는 효과가 있다는 결론이다. 봉사 활동을 조건 없이 지속적으로 오래 하는 사람들이 장수한다는 연구 결과도 있다. 대가를 받지 않는 나눔에 대한 보상은 건강인 셈이다.

반면 이 점도 놓쳐서는 안 된다. 반대로 사랑을 받을 때도 면역 항체가 증가한다는 사실을 말이다. 많이 베풀고 나누는 것도 좋지만 받을 때가 있어야 하고, 받을 줄도 알아야 한다. 어떤 관계든 물질과 마음을 서로의 형편에 맞게 주고받으며 살아야 마음이 다치지 않는다. 항상 누군가를 필요로 하는 사람은 바라는 게 습관처럼 굳어진다. 반대로 항상 누군가에게 필요한 사람으로 살면 지친다. 나눔에도 균형이 필요하다.

조건 없는 나눔에 대한 보상은 건강이라는데 폴린은 효도하다가 신경쇠약에 걸릴지도 모른다. 앤이 폴린을 위해 하나만 더 해줬으면 좋았을 텐데…. "깁슨 부인, 한 번이라도 좋으니 부디 진심을 담아 폴린에게 이렇게 말해주세요. '사랑하는 내 딸, 미안하고 고마워.' 이건 돈 드는 일이 아니잖아요."

모든 인간관계에도 적용된다. 진심으로 미안해하고 고마워하는 것. 이 쉽고 간단한 일을 하지 않는 건 자신을 위해 희생하고 양보하고 도움 주는 이에 대한 예의가 아니며, 관계에 대한 직무유기다.

루이스는 뚜렷한 신념이 있어서 사람들이 뭐라고 하든 조금도 신경 쓰지 않았다. 몇몇 학생들이 하숙집에서 집안일을 하는 자신을 계집애 같은 사내라고 놀려도 개의치 않았다. 마음대로 말하게 두었다. 언젠가 웃는 사람은 그들이 아닌 자신일 테니까. 그의 주머니는 비어 있을지 몰라도 머릿속은 꽉 차 있었다.

Lewis was a philosopher and cared as little what people might say as he did when some of the High School pupils called him "sissy" because he did housework for his board. Let them call! Some day the laugh would be on the other side. His pockets might be empty but his head wasn't.

루이스 앨런은 앤이 아끼는 학생이다. 뉴브런즈윅에서 태어나 그곳에서 살다가 열 살 때 부모가 죽고 난 후, 엄마의 사촌언니 집이 있는 서머사이드로 오게 되었다. 3년 전, 이모마저 세상을 떠나고 혼자가 되었다. 여름에는 농장에서 일하고 하숙집에서는 집안일을 하면서 학비를 번다. 앤은 비록 가난하지만 용기와 꿈을 가진 루이스를 기특하게 여긴다. 루이스는 내면이 튼튼한 'philosopher(철학자)'이다. 세

속적인 가치나 타인의 평가에 크게 신경 쓰지 않고 자신의 신념에 따라 생각하고 행동하는 사람을 일컬어 'philosopher'라고 한다. 세상에는 수많은 루이스들이 있다. 주머니는 비어 있을지 몰라도 머릿속은 꽉 찬 젊은이들 말이다.

초등학교 동창들 중에도 그런 친구들이 여럿 있다. 만나지는 않아도 그들의 소식을 줄곧 전해 듣는다. 일찍 돌아가신 아버지를 대신해 가장 역할을 하면서 동생 공부시키고, 어머니께 효도하고 자기 삶을 일군 친구의 이야기는 나를 반성하게 한다. 어릴 적 기억에 그들은 한 번도 그늘진 얼굴을 하지 않았고 하소연도 하지 않았으며, 그저 아무일 없다는 듯 잘 놀고 잘 웃고 잘 떠들었다.

그때는 시골 사람들 형편이 고만고만했으니 가난이 놀림의 이유가 되지 않았다. 술 취한 아버지를 부축해서 집으로 돌아가는 일이 다반사였다. 어른들 심부름으로 노란 양은 주전자를 들고 양조장에 술을 받으러 가거나 가겟집에 담배와 소주를 사러 가기도 했다. 요즘 같으면 아동 학대로 바로 신고당할 일이다. 대학생 때 홀어머니 병 수발하느라 어렵게 모은 돈을 다 쓰고 처음부터 다시 시작한 친구도 있다. 세월이 흐른 지금, 그 친구들 모두 행복하게 잘산다. 고생 끝에 낙이 와서 참 다행이다. 유년기부터 'philosopher'였던 친구들이 무척 자랑스럽다.

중학교 동창 중에도 그런 친구가 있다. 지금까지의 인생 이야기를 들어보면 70·80대 할머니보다 더 기구한 삶을 살았다. 나는 만날 때마다 그 세월을 어떻게 견뎠냐고 묻는다. 친구는 아무리 가난

해도 떳떳하게 일해서 돈을 벌었고 누구보다 열심히 살았기에 궁핍했던 지난날이 조금도 부끄럽지 않다고 말했다. 가족을 위해 억척스럽게 살아온 그녀도 'philosopher'이다. 더는 친구의 앞날에 먹구름이 끼지 않기를 바라고 또 바란다. 그리고 세상의 모든 'philosopher'를 응원한다.

"당신이 정말 가여워요. 당신은 삶을 가로막고 있어요. 그리고 지금은 삶이 당신을 막아버리고 있죠. 캐서린 선생, 이제 그런 짓은 그만두세요. 인생의 문을 활짝 열어야 해요. 그러면 삶이 그 안으로 들어올 거예요."

"I am sorry for you. Because you've shut out life . . . and now life is shutting you out. Stop, it, Katherine. Open your doors to life . . . and life will come in."

서머사이드 고등학교 교사인 캐서린은 프링글 가문 사람들 못지않게 앤을 힘들게 한다. 냉소적이며 다른 사람에게 가시 돋친 말을 서슴지 않는 그녀는 앤에게 유독 적대적이다. 빈정거림이 다른 사람에게 자신을 각인시킬 수 있는 방법이라는 그릇된 신념을 가지고 있다. 자기보다 나이 어린 사람이 교장으로 온 게 못마땅한 데다 모든 것을 가진 듯 보이는 앤을 질투하기 때문이다. 그녀는 앤이 진주 반지를 끼고 있는 것조차 자랑하는 거라고 생각한다.

하지만 앤은 캐서린의 이런 행동이 짙은 외로움에서 비롯되었다는 것을 알아차린다. 그래서 직접 하숙집을 찾아가 그녀의 궁핍한 삶을 눈으로 확인하고는 이번 크리스마스를 초록지붕집에서 함께 보내자고 제안한다. 자신에게 자선을 베풀지 말라는 캐서린의 말에 앤도 더는 참지 않는다. 나이와 직위를 떠나 진심으로 안타까워하며 맵게 충고한다. 틀린 말 하나 없다. 그런데 캐서린은 마치 기다렸다는 듯 그동안 자신이 했던 못난 생각과 행동을 고백하며 앤에게 마음을 연다. 드디어 인생의 문을 열고 삶을 안으로 들이기 시작한 것이다.

캐서린은 열등감으로 똘똘 뭉친 인물이다. 열등감은 자신을 남보다 못하거나 무가치한 사람으로 낮추어 평가하는 감정을 말한다. 사람들은 열등감을 감추려고 부단히 애쓰는데 그럴수록 더 도드라져서 다른 사람에게 들키고 만다. 열등감은 감출수록 커지고 솔직하게 인정하면 조금씩 작아지다 없어진다. 숨기거나 부끄러워할 이유가 전혀 없다. 그런데도 사람들은 자신의 열등감이 약점으로 비칠까 봐 감추려고 애쓴다.

우리 주위에는 열등감에 빠져 자신을 괴롭히는 사람이 외의로 많다. 성형외과 의사이자 『성공의 법칙』(비즈니스북스) 저자로 유명한 맥스웰 몰츠Maxwell Maltz는 현대인들의 95%가 열등감에 시달린다고 한다. 그리고 인생을 긍정적으로 변화시키려는 사람들에게 필요한 것은 외모를 뜯어고치는 외과적 수술이 아니라 '마음의 성형'임을 강조한다. '마음의 성형'은 자기 의지와 용기가 있어야 가능하다.

캐서린은 앤 덕분에 자신의 문제를 직면하고 과거의 상처에서 벗어나 인생이라는 집에 불을 밝히기 시작한다. 사람들과의 건강한 교감을 시작하고 일상에서 소소한 즐거움을 찾음으로써 '마음의 성형'에 성공한다. 늘 싸우기만 하다 일찍 돌아가신 부모님, 일곱 살 이후 삼촌 집에 얹혀 사는 동안 받은 설움, 자신이 쓴 돈을 삼촌에게 갚느라 가난에 허덕인 지난날, 어른들로부터 들었던 모진 말들도 더는 그녀의 앞날에 걸림돌이 되지 않았다. 오래전부터 세계를 여행하고 싶었던 자신의 꿈을 향해 나아간다. 마음의 성형을 하고 싶다면 캐서린처럼 하면 된다. 가장 먼저 해야 할 일은 자신과 타인, 세상을 향해 마음의 문을 여는 것이다.

"눈여겨 보고 귀 기울여 들으면 언제나 사랑스러운 걸 찾을 수 있어요." 앤이 말했다.

"One can always find something lovely to look at or listen to," said Anne.

저녁노을로 물든 숲을 거닐면서 앤이 캐서린에게 한 말이다. 두 사람은 초록지붕집에서 크리스마스를 함께 보내며 한층 가까워진다. '연인의 오솔길'과 '유령의 숲'까지 멀리 산책을 나가 겨울 숲을 즐긴다. 눈여겨 보고 귀를 기울이며 언제나 사랑스러운 걸 찾아내는 사람들을 보면 기분이 좋다. 공공도서관 길 위의 인문학 프로그램 일환으로 전라도 지역을 탐방한 적이 있다. 유독 발걸음이 경쾌해 보이는 한 참가자에게 말을 건넸더니 "네, 제 눈과 귀는 몹시 바쁘답니다. 세상천지가 아름다움으로 가득한데 게으르게 있으면 안 되죠"라고 화답했다.

순간 나태주 시인의 시 「풀꽃」이 떠올랐다. "자세히 보아야 예쁘다 / 오래 보아야 사랑스럽다 / 너도 그렇다." 대한민국에서 이 시를 모르는 사람은 없을 테다. 많은 이들의 마음을 훔쳤으니 아름다운 도

둑이라고 생각한다. 가끔 연락하고 지내는 대학 선배한테서 어느 날, 문자 메시지가 왔다. 항상 "은아 후배님" 하고 깍듯하게 부르는 선배는 시인이기도 하다. "이렇게 바꿔서 써봤는데 어때요? 자세히 보아야 예쁘다 / 오래 보아야 사랑스럽다 / 너는 예외다." 나태주 시인께는 죄송하지만 기발한 모방시에 무릎을 '탁' 쳤다.

물론 여기서 '너'는 '나'를 가리키는 게 아니라는 걸 안다. 그런데도 조금 심각해졌다. '자세히 보아야 예쁘고 오래 보아야 사랑스러운 사람, 자세히 봐도 예쁘고 오래 봐도 사랑스러운 사람이 되어야 한다. 예외인 사람이 되지 말자.' 하고 다짐했다.

"세상에는 수많은 뷰글들이 살고 있어. 어니스틴만큼 심한 뷰글병이 아니더라도 말이야. 내일 어떻게 될지 모른다는 이유로 오늘을 즐기지 못하고 흥을 깨는 사람들이 아마도, 아주 많겠지."

"There are so many Bugles in the world . . . not many quite so far gone in Buglism as Cousin Ernestine, perhaps, but so many killjoys, afraid to enjoy today because of what tomorrow will bring."

서머사이드에서의 둘째 해 4월 20일, '바람 부는 포플러나무집' 옥탑방에서 앤은 여느 때처럼 길버트에게 편지를 쓴다. 이번에는 체티와 케이트 이모의 사촌인 어니스틴 뷰글의 얘기이다. 뷰글 집안 사람들도 대체로 고집스럽고 별난 데가 있다. 그런데 어니스틴은 자신의 일뿐만 아니라 남의 일까지 걱정을 떠안고 사느라 오늘을 즐길 겨를이 없다. 그런데다 다른 사람들의 흥마저 깨어버린다.

'바람 부는 포플러나무집' 저녁 식사에 초대받은 날에도 그녀는 온갖 걱정을 쏟아냈다. 지쳐 보이는 앤에게 빨간색 머리카락을 가진 사람들은 건강한 체질을 타고난 것 같지 않아서 걱정이라고 말한다. 앤은 미소를 지은 채 자신의 건강에는 아무 문제가 없으며, 오늘

밤은 목이 좀 아플 뿐이라고 한다. 그런데도 그녀는 끝까지 자신의 불길한 예감을 포기하지 않는다. 디프테리아와 편도선염은 사흘째 되는 날까지 목 아픈 증상이 똑같다나….

어딜 가든 뷰글 같은 사람들이 꼭 있다. 1_걱정도 팔자인 사람, 2_걱정을 가장한 잔소리꾼, 3_굳이 안 해도 될 말을 해서 불안을 일깨우는 사람, 4_남의 흥에 찬물을 끼얹는 사람들. 이 네 유형 중에서 나는 1·2·3에 해당한다. 언젠가 첫째 조카가 "이모는 다 좋은데 걱정이 너무 많아" 그러는 거다. 막내 조카랑 통화할 때도 걱정 어린 말을 하면 "고모는 내가 아직도 아기인 줄 아나 봐" 하고 귀엽게 발끈한다. 3번은 남의 인생에 주제넘게 나설 때이다.

'세상에는 불쾌한 일이 이미 너무 많으니 굳이 더 생각해서 보탤 필요가 없다.' 언젠가 앤이 데이비의 잘못을 야단치면서 했던 생각이다. 그동안 걱정과 관심, 애정이라는 이름으로 남들에게 개인적인 견해를 많이 보탰다. 그런데 과연 좋은 쪽으로 보탬이 됐는지는 의문이다. 아무튼 내 주위에는 4번 유형이 많다. 그런데 그들의 행동이 귀엽다. 우리들의 흥에 찬물을 끼얹으면서도 그 자리에 끝까지 남아 자리를 빛낸다. '바람 부는 포플러나무집'에서의 저녁 만찬을 끝까지 즐긴 어니스틴을 생각나게 한다.

제임시나 아주머니는 이렇게 말씀하시곤 했어. '되도록이면 나쁜 소식을 전하는 사람은 되지 말아.' 아주머니는 다른 것과 마찬가지로 이 점에서도 현명하시지. 앤은 반성했다. "자, 이제 다 왔군."

"Aunt Jamesina used to say, 'Never, if you can help it, be the bringer of ill news,'" reflected Anne. "She was as wise in that as in everything else. Well, here I am."

서머사이드에서의 셋째 해 11월이 지난 어느 날, 앤은 느릅나무 저택의 주인인 프랭클린 웨스트콧을 만나러 간다. 그의 딸 도비가 아버지 몰래 결혼했다는 소식을 전하고 그 일을 적극적으로 주도한 사람으로서 책임지고 사죄하기 위해서이다. 이 장의 스토리가 조금 억지스럽긴 해도 세계 곳곳에서 부모의 반대를 무릅쓰고 결혼한 이들이 있으니 터무니없는 이야기는 아니다. 프랭클린을 만나러 가는 길이 유쾌하지 않은 앤은 가능하다면 나쁜 소식을 전하는 사람이 되지 말라던 제임시나 아주머니의 말을 떠올리며 혼잣말을 한다. 그러나 앤은 언제나 '선의'를 전제로 행동하기에 느릅나무 저택으로 가는 일의 부담을 기꺼이 감내한다. 일을 해결하기 위함이니 앤은 나쁜 소식을 전할 자격이 있다.

누구나 메신저 역할을 하면서 살아간다. 때로는 좋은 소식을 전하고 때로는 나쁜 소식을 전하면서…. 그런데 좋은 소식보다 나쁜 소식을 전할 때가 더 많은 것 같다. 좋은 소식은 게으르고 나쁜 소식은 부지런하다. 빨리 퍼졌으면 하는 좋은 소식은 겨우 몇 명에게만 전해지고, 묻혔으면 하는 나쁜 소식은 순식간에 퍼지는 일들을 보면서 한 생각이다.

나쁜 소식만 주로 전하는 사람들도 있다. 이들은 거리낌이 없으므로 그런 소식을 전하는 데 시간과 장소를 가리지 않는다. 그런 소식을 전하는 일을 즐기는 이들은 상대방이 당황하고 불안해하는 모습을 보면서 쾌감을 얻는다. 반대로 진심으로 축하하는 마음으로 좋은 소식을 전하는 사람들은 상대를 배려하고 조심한다. 호사다마好事多魔를 생각하고 말이 앞서는 걸 경계하기 때문이다. 좋은 소식과 나쁜 소식이 전파되는 속도를 비교하는 연구가 이뤄지면 흥미로울 것 같다. 이 글을 쓰면서 반성한다. 나는 좋은 소식을 전하는 데도 적극적이지만 나쁜 소식을 전하는 데도 좀 부지런하다.

"사랑하는 셜리 선생님, 말로는 저의 진심을 전할 수 없을 것 같아 이 글로 작별인사를 전합니다. 지난 3년 동안 선생님은 우리와 같은 지붕 아래서 지냈습니다. 쾌활한 정신과 젊음의 흥겨움을 천성적으로 누릴 줄 아는 선생님은 행운의 소유자입니다. 경박하고 변덕스러운 사람들이나 뒤좇는 헛된 쾌락에 굴복하는 일이 결코 없었지요. 선생님은 어떤 경우에도 모든 이들에게, 특히 이 글을 쓰고 있는 사람에게 더없이 세심한 배려를 해주셨습니다. (…) 이런 말을 해도 될지 모르겠지만, 당신을 향한 나의 존경심과 애정이 줄어드는 일은 결코 없을 겁니다. 혹시나 시간이 날 때 가끔은 나 같은 사람이 있다는 사실을 부디 떠올려주시기 바랍니다.
당신의 충실한 하인, 리베카 듀.
신의 축복이 함께하기를."

"Dear Miss Shirley," wrote Rebecca Dew, "I am writing this to bid farewell because I cannot trust myself to say it. For three years you have sojourned under our roof. The fortunate possessor of a cheerful spirit and a natural taste for the gaieties of youth, you have never surrendered yourself to the vain pleasures of the giddy and fickle crowd. You have conducted yourself on all occasions and to every one, especially the one who pens these lines, with the most refined delicacy. (…) My esteem and, may I say, my affection for you

will never lessen, and once in a while when you have nothing better
to do will you kindly remember that there is such a person as
Your obedient servant, Rebecca Dew.
P.S. God bless you."

서머사이드에서의 3년을 그린 4권은 앤이 길버트에게 보내는
편지로 시작해서 리베카 듀가 앤에게 쓴 편지로 끝이 난다. 리베카 듀
는 15년 전, '바람 부는 포플러나무집'에 일하러 온 여성이다. 신념 있
는 독신주의자로 케이트와 채티, 앤을 향해서만큼은 충성스럽고 정
직하다. 그녀는 앤에게 서머사이드 사람들 이야기를 자주 들려주는
가 하면, 앤이 '바람 부는 포플러나무집'에서 즐겁고 편하게 지낼 수
있도록 돕는다. 작별하는 날 차마 마주 보고 인사할 자신이 없기에 편
지로 자신의 마음을 전한다. 한 사람을 향한 찬사와 존경심이 담긴 편
지 내용은 평소 그녀가 즐겨 읽던 『예법사전』에서 가져왔다 할지언정
앤을 감동시키기에 충분했다. 그녀는 앤의 하인이 아니었음에도 마음
의 비유를 위해 그렇게 했다. 리베카 듀의 편지가 주는 여운이 짙어서
몇 번을 반복해서 읽었다. 누군가로부터 이런 편지를 받는다면 적어
도 그 사람으로부터 인정을 받았다는 뜻이다.

20년 남짓 강의하면서 팬(?)들로부터 편지를 많이 받았다. 보

물상자에 차곡차곡 쌓인 편지들은 나의 애장품이자 자랑으로 초심을 다지게 한다. 한번은 몇 통이 들어 있는지 궁금해서 거실에 모두 펼쳐보았다. 수많은 이들의 마음이 담긴 편지가 나를 웃기고 울리고 반성하게 했다. 넘치는 사랑을 받고 있다는 사실을 알면서도 자주 망각한다. 편지를 다시 챙겨 넣으면서 모두의 안녕을 기원했다. 고마운 사람들, 나를 성장으로 이끈 이들에게 보답하는 방법은 그저 잘사는 것뿐이다.

그런데 4권을 덮으면서 또 쓸데없는 물음표가 생겼다. 길버트는 왜 3년 동안 앤의 편지에 답장을 한 번도 하지 않았을까? 이 질문을 어느 강의에서 했더니 한 참여자가 고개가 끄덕여지는 말로 깔끔하게 정리해줬다. "의대 공부하느라 바빠서 그랬겠죠."

A Love,

Anne's
Autumn
3장 가을

주요 인물

"하면 부인이 하는 말은 신경 쓸 필요 없어. 물론 결혼생활은 좋을 때도 있고 나쁠 때도 있거든. 모든 일이 항상 순조로울 거라고 기대해서는 안 되지만, 너랑 맞는 남자와 결혼하면 행복한 인생을 살 수 있다는 것만은 확실해." 결혼한 지 4년 된 다이애나가 차분하면서도 확신에 차서 말했다.

"You needn't let what Mrs. Harmon says worry you," said Diana, with the calm assurance of the four-years matron. "Married life has its ups and downs, of course. You mustn't expect that everything will always go smoothly. But I can assure you, Anne, that it's a happy life, when you're married to the right man."

하면 앤드루스 부인은 제인의 엄마이다. 그동안 앤에게 결혼과 인생에 대해 많은 말을 했는데 그중에 기분 좋은 얘기는 하나도 없다. 어쨌든 다이애나는 먼저 결혼한 선배로서 확신에 찬 조언을 한다. 벌써 두 아이의 엄마로서 만족스러운 결혼 생활을 하고 있는 다이애나는 항상 좋을 수는 없지만 'the right man'과 결혼하면 행복한 인생을 살 수 있다고 말한다.

여기서 'the right man'은 함께 행복을 추구할 수 있는 사람, 감정적으로나 성격적으로 잘 맞는 이상적인 배우자를 의미한다. 이에 더해서 사회적 기준이나 기대에 부합하는 사람 즉, 경제적 안정성과 사회적 지위, 가정에 대한 책임감 등을 갖춘 사람이어야 한다. 무엇보다 도덕적으로 올바르고 신뢰할 수 있는 사람이라는 전제가 따른다. 그러고 보니 완벽한 남자를 의미하는 것 같다. 길버트가 딱 'the right man'이다. 앤도 길버트의 아내가 되기에 부족함이 없으니 서로가 'the right man'을 만났다.

'남편을 잘못 만나면 당대 원수, 아내를 잘못 만나도 당대 원수'라는 한국 속담이 있다. 결혼을 잘못하면 일생 동안 불행하다는 말이다. 『실낙원』을 쓴 존 밀턴John Milton(1608~1674)은 "결혼은 낙원으로 가는 문이기도 하고, 때로는 지옥으로 가는 문이기도 하다"라는 말을 했다. 그러니 'the right man'을 만나는 것은 여성과 남성 모두의 인생에서 정말 중요한 일이다. 'the right man'까지는 아니어도 생각과 가치관이 어느 정도 맞는 사람과 결혼하면 절반은 성공했다고 봐야 한다.

결혼에 관한 수많은 격언과 명언, 속담이 전해지지만 행복한 결혼 생활을 유지하고 있는 보통 사람들의 말이 더 현실적으로 와닿는다. 오래전, 어느 TV 토크쇼에서 사회자가 한 여성 방청객에게 결혼 생활이 어떠냐고 물었다. 그녀는 환하게 미소 지으며 "결혼은 인생의 무덤이라고 하지만, 막상 들어가보니 그 안에도 빛이 있더라고요"라는 말로 모두의 공감을 샀다. 버라이어티한 결혼 생활을 27년째 하고 있는 지인이 언젠가 이런 말을 했다. "세상에는 길버트 같은 남자들도 많은데 우리 집이 아닌 남의 집에 있다는 게 슬픈 현실이죠." 그런데 반대로 남성들도 같은 생각을 하지 않을까. 그러니 그럭저럭 만족스러운 결혼 생활을 하고 있다면 내가 선택한 배우자가 길버트이고 앤이라 생각하면서 사는 게 서로를 위해 유익하다.

린드 부인이 말했다. "그렇죠. 그건 행운을 가져온 실수였어요. 하지만 마릴라도 알다시피 그렇게 생각하지 않은 적도 있어요. 내가 처음 앤을 보러 왔던 날 저녁, 엄청난 소동으로 우리를 기겁하게 했잖아요. 그 뒤로 많은 것이 달라졌네요."

"Well, it was a fortunate mistake," said Mrs. Rachel Lynde, "though, mind you, there was a time I didn't think so—that evening I came up to see Anne and she treated us to such a scene. Many things have changed since then, that's what."

1권 9장 초반에 엄청난 말들이 쏟아진다. "Well, they didn't pick you for your looks, that's sure and certain." "And hair as red as carrots!" "Did anybody ever see such a temper!" "I hate you." "And I'll never forgive you for it, never, never!" "얼굴이 예뻐서 데려온 게 아닌 것만은 분명하군요." "머리가 당근처럼 빨갛구나!" "저런 성질머리를 봤나!" "나는 아주머니가 싫어요." "당신을 절대, 절대 용서하지 않겠어요!" 그야말로 막말 대잔치이다.

14년 전, 앤과 린드 부인의 첫 만남은 큰 사건이자 모두가 기겁할 만한 소동이었다. 물론 처음 보는 여자아이의 깡마른 몸과 주근깨, 빨간 머리를 운운한 린드 부인이 백번 잘못했으나 분노를 조절하지 못하고 집에 찾아온 손님에게 버릇없이 군 앤의 태도에도 문제가 있었다. 마릴라의 단호한 훈육과 매슈의 온화한 설득 덕분에 두 사람은 화해했으나 이후에도 린드 부인은 앤이 노력해야만 좋아할 수 있는 사람이었다. 그러나 린드 부인은 앤의 진취적 성향과 개성에 기성세대의 시선으로 잔소리를 하면서도 언제나 애정 어린 지지자가 되어 준다.

앤이 초록지붕집을 떠나 대학에 진학할 수 있었던 것도 린드 부인이 있었기에 가능했다. 그녀는 남편이 오랜 투병 생활 끝에 죽자 집을 팔아 빚을 갚아야 하는 상황에 처했고 갈 곳이 없었다. 마릴라의 제안으로 그녀는 초록지붕집에서 살게 되고 앤은 두 아주머니의 자발적인 동거를 바라보며 마음 편히 킹스포트로 떠날 수 있었다. 앤과 길버트가 천생연분임을 직감하고는 두 사람의 결혼을 누구보다 바랐으며, 당시 유행하는 스타일의 침대보 두 장을 직접 만들어 앤에게 축하의 마음을 전한다.

만약 그때 착오가 일어나지 않았더라면 초록지붕집과 마릴라 그리고 앤의 운명은 어떻게 되었을까? 린드 부인의 말처럼 '운 좋은 실수' '행운을 가져온 실수'이다. 누군가에 의한 실수가 모두에게 행운을 가져다주었다.

인생을 살면서 저지르는 실수는 또 다른 인연을 맺는 통로가 되기도 한다. 지난날 앤이 저지른 크고 작은 실수들만 봐도 그렇다.

다이애나의 집에서 밤을 보내던 날, 조지핀 할머니가 누워 있는 줄도 모르고 침대에 올라가 뛰고, 앨런 부인을 식사에 초대한 날에는 진통제를 넣은 케이크를 만들었다. 해리슨 씨의 소를 팔아버리는 실수도 했다. 그 일을 계기로 앤에게는 후원자와 인생 멘토, 좋은 이웃이 생겼다.

실수가 행운으로 이어진 경험을 누구나 해보았을 테다. 실수로 탄생한 발명품, 실수에서 만들어진 음식물, 실수에서 탄생한 혁신기술, 실수가 낳은 위대한 발견에 얽힌 얘기가 언제 들어도 흥미로운 것처럼 '행운을 가져온 내 인생의 실수'를 주제로 수기 공모전을 열면 참여율이 높을 것 같다.

인간의 본성이란 한결같기 어려운 법이다.
Human nature is not obliged to be consistent.

하먼 앤드루스 부인은 자신의 딸이 백만장자와 결혼한 것을 으스대며 자랑한다. 결혼식 준비로 한창인 초록지붕집을 찾은 날에도 빨간 머리를 운운해서 앤의 들뜬 기분에 찬물을 끼얹는다. 마릴라에게는 자신의 딸은 엄청난 부자와 결혼하는데 앤은 가난한 의사와 결혼한다는 말을 기어코 하고 돌아갔다.

하먼 부인과 함께 온 재스퍼 벨 부인도 마찬가지다. 길버트가 의사를 하기에 너무 젊어서 사람들이 그를 신뢰할지 걱정이라는 말을 보탠다. 두 사람의 속 보이는 시샘을 마릴라와 앤이 모를 리 없다. 당시 캐나다에서도 의사는 존경받는 직업인 동시에 상류층의 삶이 보장되는 통로였기 때문이다. 그리고 또 하나는 고아나 다름없는 앤이 분에 넘치는 짝을 만났다고 생각하는 거다. 물론 그들의 말이 앤의 마음속 깊이 자리 잡은 행복감을 흔들지는 못하지만, 기쁨을 조금은 희석시키는 힘을 발휘했다.

그런데 아이러니하게도 두 사람은 앤의 적이 아니라 오히려 앤

을 좋아한다. 누가 앤을 공격하려 들면 자기 자식처럼 감싸줄 사람들
이다. 책에 그렇게 묘사되어 있다. 어느 쪽이 앤을 향한 진짜 마음일
까? 나는 하먼과 재스퍼 부인이 정은 많으나 선한 본성을 가진 사람
들은 아니라고 생각한다. 특히 하먼 부인의 말과 행동에는 꾸밈이 많
고 자신의 행위를 정당하게 포장하려는 모습이 강하게 나타난다. 앤
을 걱정하는 척하지만 누가 봐도 티가 나는 위장술이다.

　'인간의 본성이란 한결같기 어려운 법이다.' 이 말에 깊이 공감
할 만한 일을 최근까지 꽤 오랫동안 겪으면서 나의 민낯을 마주했다.
나를 사랑하고 위해주는 몇몇 지인이 있었다. 과거형으로 표현한 이
유는 지금은 그 관계가 종료되었기 때문이다. 나보다 나를 더 아끼고
자랑스러워하는 모습에 자주 가슴 뭉클함을 느꼈다. 누군가가 나에
대해 조금이라도 안 좋게 말하려 들면 정말로 대신 싸울 태세를 갖추
는 사람들이어서 그들의 존재가 참 든든했다.

　그런데 나는 '인간의 본성이란 한결같기 어려운 법'이라는 사
실을 놓치고 있었다. 가까워질수록, 경계가 허물어질수록 불편한 감
정이 수면 위로 올라왔다. 누구보다 나를 잘 안다고 생각해서 그랬는
지, 좋아하는 사람의 더 큰 성장을 바라는 마음에서였는지 모르지만
앞에서도 뒤에서도 자주 나에 대해 평가를 하고, 통화를 하거나 만나
면 기 싸움을 하려는 듯한 느낌이 들었다. 자꾸 마음이 상하고 에너지
를 뺏기는 게 싫어서 어느 날부터 일방적으로 거리를 두기 시작했다.
함부로 인연을 깨면 안 된다는 것을 알면서도 말이다. 현명하지 못한
방법이라는 것도 잘 안다. 영문도 모른 채 달라진 나의 싸늘한 행동에

그들이 느낄 당혹감과 불쾌감을 모르는 바도 아니다. 솔직하게 말하자면 이러니저러니 하면서 그동안의 심경을 얘기하는 게 구차스러워서 회피했다.

그들을 대하는 내 마음 또한 한결같지 않아서 이런 일이 생겼다. 내 본성도 내 마음 편한 대로 변덕을 부리니, 포장하고 감춘다고 해서 가려지는 것이 아닌 본성은 인간이 지닌 무서운 성질이다. 가끔 한결같지 못한 나를 타박한다. 인간관계든, 일이든, 문제를 대하는 자세든, 삶의 방향성이든 좋은 쪽으로 한결같은 본성을 유지하는 사람들이 참 부럽다. 그건 참으로 대단한 능력이다.

제인은 그다지 똑똑하지도 않고, 인생에서 귀담아 들을 만한 조언 같은 것도 할 줄 모르지만 남의 감정을 상하게 하는 말도 결코 하지 않았다. 그것은 드러나지 않는 재능일지 몰라도 분명 드물고 부러워할 만한 것이다.

Jane was not brilliant, and had probably never made a remark worth listening to in her life; but she never said anything that would hurt anyone's feelings—which may be a negative talent but is likewise a rare and enviable one.

제인은 엄마와 다른 결을 지녔다. 부자와 결혼해서 엄청난 부를 누리면서도 예전 그대로의 차분함과 상냥한 성품을 유지한다. 오랜 친구의 행복을 진심으로 기뻐하고 축하하며 앤의 혼수품이 자신이 결혼할 때 준비한 것에 비할 바가 아님에도 실크와 보석으로 치장한 것보다 좋다는 듯 세세한 부분까지 살피며 관심을 보인다.

제인도 다이애나 못지않게 좋은 친구이다. 제인은 퀸즈 아카데미에서 앤이 에이버리 장학금을 받았을 때 자신의 일인 양 기뻐하며 친구를 자랑스러워했다. 함께 대학을 다닌 프리실라도 마찬가지다. 그들은 언제나 앤의 장점을 크게 보았고 진심으로 추켜세웠다. 방송인 오프라 윈프리가 "여러분을 더욱 높이 올려줄 사람만을 가까이하세요"라고 했는데 다이애나와 제인, 프리실라가 앤에게 그런 사람들이다. 여기서 '여러분을 더욱 높이 올려줄 사람'을 부와 권력 또는 높은 지위나 특별한 능력을 가진 사람이 아닌, 상대방의 장점을 알아주고 그것을 빛나게 해주는 사람으로 해석해도 될 듯싶다. 그러니 제인이 가진 재능이 비록 드러나지 않을지 몰라도 드물고 부러워할 만하다.

동창회에 갔다가 마음만 상했다는 사람들, 체육대회 경품 준비를 하면서 의견 차이로 대판 싸우고 탈퇴했다는 이들의 얘기를 들을 때마다 혼잣말을 한다. '다들 너무 똑똑해서 그래!' 중학교 때부터 이어온 50년 인연을 자랑하던 이들이 우정 여행을 떠났다가 다시는 안 볼 사이가 되어 돌아왔다는 이야기를 들은 적이 있다. 한 사람의 습관적인 지각에 대한 지적이 싸움의 시발점이었다. "그래. 너희들은 옛날부터 그렇게 똑똑한 척을 하더니 여기 와서까지 훈수를 두냐? 그래, 모두들 잘나서 참 좋겠다." 이 말을 남긴 채 짐을 싸서 집으로 홱 가버렸다고 한다. 남은 친구들도 서로의 잘잘못을 따지며 말다툼을 벌였고 남은 일정이고 뭐고 원수가 되어 헤어졌다는 웃기고 슬픈 이야기가 곳곳에서 들려오니 '똑똑함'과 '조언'은 오랜 우정을 단번에 날려버릴 만큼 힘이 세다.

"(…) 만약 가능하다면 내가 언제, 어디서 결혼하고 싶은지 아세요? 동이 틀 무렵이에요. 찬란하게 해가 떠오르고 정원에 장미꽃이 만발한 6월의 새벽이요. 저는 살짝 걸어 나가 길버트를 만나서 둘이 함께 너도밤나무숲 한가운데로 들어가는 거죠. 그리고 화려한 대성당 같은 초록빛 아치 아래서 결혼식을 올리는 거예요."

"(…) Do you know when and where I'd like to be married, if I could? It would be at dawn—a June dawn, with a glorious sunrise, and roses blooming in the gardens; and I would slip down and meet Gilbert and we would go together to the heart of the beech woods,—and there, under the green arches that would be like a splendid cathedral, we would be married."

당시 캐나다에서는 응접실에서 결혼식을 올리는 풍습이 있었으나 앤은 찬란한 햇살이 비치는 과수원을 결혼식 장소로 택한다. 그러면서 마릴라 아주머니와 린드 부인에게 자신이 진짜 결혼식을 올리고 싶은 장소와 시간을 말해서 두 사람을 아연실색하게 만든다. 결론은 길버트와 단둘이서 결혼식을 올린다는 얘기가 되

나. 하객은 새벽이슬에 젖은 나무와 풀, 일찍 일어난 숲 속의 새들이 되겠다. 나는 이 장면에서 배우 원빈과 이나영의 결혼식이 생각났다. 2015년 5월 30일, 두 사람은 원빈의 고향인 정선읍 덕우리 대촌마을 밀밭에서 결혼식을 올렸다. 인위적이지 않고 자연의 기운이 넘치는 곳에서 주례도 없이 가족 30여 명만 참석한 가운데 치러진 결혼식이다. 그때 많은 이들이 소박하고 경건한 그들의 결혼을 축복하고 응원했다.

그런데 이야기가 아닌, 현실에 적용해 보자. 아는 사람이 동이 틀 무렵, 너도밤나무숲 한가운데서 결혼식을 올린다고 하면 주위에서 뭐라고 할까? 양가 가족만 참석한다면 누구도 이러쿵저러쿵 말하지 못하지만 청첩장을 돌리는 순간 온갖 말들이 돌아다닐 것 같다.

이런 가정법이 무색한데, 나는 다시 결혼한다면 형식이 덕지덕지 붙은 결혼식은 절대 하지 않겠다. 나는 예식을 생략하고 그냥 살고 싶었다. 늦은 나이에 결혼하는 게 무슨 자랑이냐 싶었고, 예식 비용이 아깝다는 생각이 들었다. 다들 바쁜데 전국 각지에 흩어져 사는 일가친척과 지인들을 멀리까지 오게 하는 게 마음 불편했다. 그러나 나의 의견은 묵살되었다. 다 지난 일이지만 강하게 고집 부리지 않은 것을 지금도 후회한다. 그래서인지 요즘 젊은 세대들의 스몰 웨딩, 예단과 패물을 생략하고 주례사 없이 자기들만의 축제를 열 듯 경쾌하게 결혼식 올리는 모습을 보면 흐뭇하다.

이런 가정법도 터무니없지만 결혼 40주년을 맞은 부부들은 리마인드 웨딩을 꼭 해야 한다는 법이 만들어지고, 정부가 장소 제공 지원을 해준다면 나는 결혼식 장소로 유서 깊은 공공 도서관을 선택하겠다. 이는 2008년에 개봉한 영화 〈섹스 앤 더 시티Sex and the city〉에서 영감(?)을 얻은 것이다. 주인공인 캐리 브래드쇼는 자신의 사랑 이야기에 어울리는 고전적이고 위대한 결혼식 장소로 뉴욕 공공 도서관을 선택한다.

2017년 여름, 이곳 어린이실에 '곰돌이 푸 마을'이 있다고 해서 보러 갔다가 도서관의 웅장함에 입이 쩍 벌어졌다. 특히 2층으로 올라가는 대리석 계단과 기부자들의 이름이 새겨진 벽면이 인상적이었는데, 부케를 든 캐리가 미스터 빅을 기다린 곳이다. 눈으로 직접 본 곳이라 반가웠고 신부의 하얀 웨딩드레스와 잘 어울리는 공간이라는 생각이 들었다. 결혼에 부담을 느낀 미스터 빅이 나타나지 않아서 결혼식은 무산되지만 영화에서 무척 중요한 장면으로 꼽힌다.

참고로 덧붙인다. 몽고메리는 프린스에드워드섬의 파크코너에 있는 이모 집 응접실에서 결혼식을 올렸다. 그녀는 어릴 때부터 이 집을 좋아해서 '실버 부시Silver Bush', '은빛 수풀의 집'이라는 이름을 지어주었다. 앤 박물관으로 운영되고 있는 이 집의 1층 왼쪽 응접실에는 몽고메리의 결혼식 날 사촌이 연주한 오르간과 당시에 쓰던 가구가 그대로 보존되어 있다. 결혼식을 준비하던 방에는 신혼 여행지에 챙겨 갈 옷을 입고 찍은 몽고메리와 그녀의 남편 사진이 걸려 있는데 당시 여성들의 신혼여행 패션을 보여준다. 해마다 여름이면 집 둘레에 원추리꽃이 피고 농장 아래에는 앤이 이름 붙인 '반짝이는 호수'가 있다. 눈부신 윤슬을 보면서 생각했다. '정말 반짝이는 호수 맞네.'

"내일 매슈 아저씨가 여기 계신다면 얼마나 좋을까? 하지만 벌써 알고 어딘가에서 기뻐하고 계실 거야. 어느 책에서 봤는데 '*우리가 세상 떠난 이들을 잊지 않는 한 그들은 결코 죽지 않는다*'라고 했어. 아저씨는 영원히 살아 계셔. 나는 결코 아저씨를 잊지 않을 테니까." 앤이 속삭였다.

"How glad Matthew would be tomorrow if he were here," she whispered. "But I believe he does know and is glad of it—somewhere else. I've read somewhere that 'our dead are never dead until we have forgotten them.' Matthew will never be dead to me, for I can never forget him."

앤은 공부와 일로 에이번리를 떠나 있을 때도 방학이면 초록 지붕집으로 돌아와 제일 먼저 매슈 아저씨의 무덤을 찾았다. 결혼식 전날에도 포플러나무 그늘이 드리워진 무덤을 찾아가 꽃을 놓아두고 아저씨와 함께한 추억에 잠긴다. 매슈는 앤에게 영원히 잊히지 않는 사람이다.

나는 누구의 결혼식이든 가기만 하면 울컥한다. 양가 부모의

200

축복 속에서 신부가 명랑하게 웃고 있는 데도 눈물이 난다. 옛날처럼 재 너머 멀리 시집가는 것도 아니고, 내가 엄마도 딸도 아닌데…. 사촌 여동생이 결혼하던 날에는 눈이 빨개지도록 울었다. 신부의 손을 잡고 입장한 사람은 작은아버지가 아닌 큰아버지다. 큰아버지는 하객들을 향해 "하늘에 있는 내 동생을 대신해 이 자리에 섰습니다"라는 말로 인사말을 시작하셨다. 목소리의 떨림이 전해졌다. 결혼식 날 사촌동생이 아버지를 그리워했을 마음을 다 알지 못한다. 하지만 이 자리에 아버지가 계셨다면 얼마나 좋았을까? 내내 생각했을 것 같다. 우리 가족 모두가 각자의 방식으로 슬픔을 삼킨 날이다.

천사 같던 작은아버지도 오래전에 사고로 돌아가셨다. 할머니는 그렇게 또 한 명의 아들을 떠나보냈고 작은어머니는 일찍 혼자가 되었다. 작은어머니는 집안을 책임지기 위해 공장 일을 오래 하셨다. 감사하게도 동생들이 너무도 밝고 착하게 자랐다. 알아서 공부하고, 알아서 취직하고, 각자의 능력으로 결혼하고 부모가 되었다. 사촌 여동생은 세 아이의 엄마다. 어쩜 그렇게 씩씩하게 아이들을 키우는지 힘들다는 얘기를 좀체 하지 않는다. 조카들에게 책 한 권을 선물해도 고마워하면서 인증 숏을 보내온다. 나는 막냇삼촌을 그리워하듯 작은아버지도 때때로 생각한다. 어릴 적 할머니 댁에 놀러 가면 작은아버지가 나를 지게에 태워 놀아주셨다. 그 장면이 담긴 사진을 아직도 갖고 있다. 내가 갖고 있는 작은아버지의 유일한 사진이다. '우리가 세상 떠난 이들을 잊지 않는 한 그들은 결코 죽지 않는다.' 작은아버지도 우리 가족 모두의 마음속에 살아 있다.

◀ '우리가 세상 떠난 이들을 잊지 않는 한 그들은 결코 죽지 않는다'

벨기에 극작가인 모리스 폴리도르 마리 베르나르 마테를링크Count Maurice Polydore Marie Bernard Maeterlinck(1862~1949)의 희곡 『파랑새』를 관통하는 주요 주제이다. 틸틸과 미틸은 크리스마스 이브에 요정 베릴룬의 안내를 받아 파랑새를 찾아 떠난다. 여러 장소를 여행하다 죽은 조상들이 존재하는 '추억의 나라'에 도착한다. 이곳에서 두 아이는 오래전에 돌아가신 할아버지와 할머니를 다시 만난다. 그들은 틸틸과 미틸에게 자신들이 그들의 기억 속에서 살아간다는 사실을 알려준다. 할아버지와 할머니는 "우리를 잊지 않는 한 우리는 죽지 않는다"라고 말한다. 작가는 사랑하는 사람을 잊지 않는 한, 그들은 영원히 우리와 함께 살아 있다는 생각을 독자들에게 전한다.

"하지만 진주는 눈물을 의미한다는 전설이 있어." 길버트가 반대했다.

"그건 두렵지 않아. 눈물은 슬플 때도 나지만 행복할 때도 흘릴 수 있잖아. 난 가장 행복한 순간에 눈물이 나던걸. 마릴라 아주머니가 내게 초록지붕집에서 살아도 좋다고 하셨을 때, 매슈 아저씨가 처음으로 예쁜 드레스를 선물로 주셨을 때, 그리고 네가 장티푸스를 이겨냈다는 얘기를 들었을 때 난 행복해서 눈물이 났어. 그러니까 결혼반지는 진주로 해줘. 길버트, 난 인생의 기쁨과 함께 슬픔도 기꺼이 받아들일 거야."

"But pearls are for tears, the old legend says," Gilbert had objected.

"I'm not afraid of that. And tears can be happy as well as sad. My very happiest moments have been when I had tears in my eyes—when Marilla told me I might stay at Green Gables—when Matthew gave me the first pretty dress I ever had—when I heard that you were going to recover from the fever. So give me pearls for our troth ring, Gilbert, and I'll willingly accept the sorrow of life with its joy."

결혼식 전날 저녁, 앤과 길버트는 산책을 한다. 앤의 손가락에는 진주알이 박힌 약혼반지가 빛나고 있다. 앤이 다이아몬드 반지는 싫다고 했다. 사랑스러운 자줏빛이라고 상상해온 다이아몬드를 처음 본 날의 실망스러움을 계속 떠올리게 될 것 같아서다. 앤의 성품으로 보나, 길버트의 가난한 형편으로 보나, 상징적 의미로 보나 진주가 어울리긴 한데, 그렇다면 굳이 진주로 된 반지를 또 해달라고 할 필요가 있을까? 이야기에 빠져 있다가도 현실적인 생각을 했던 대목이다.

아무튼 앤에게 진주는 특별하다. 화이트샌즈 호텔에서 열린 자선 콘서트에 시 낭송을 하러 갔을 때 다이아몬드로 치장한 부인들을 보고도 앤은 전혀 부러워하지 않았다. 매슈 아저씨의 사랑이 담긴 진주 목걸이가 더 소중하기 때문이다. 앤은 결혼한 이후로 인생의 기쁨과 함께 슬픔도 기꺼이 받아들일 거라는 약속을 지킨다. 신혼의 즐거움을 만끽하고 새로 사귄 이웃과의 연대를 견고히 했으며 가족이라는 울타리 속에서 충만한 기쁨을 누린다. 첫째 아기 조이스가 태어나자마자 죽었을 때도, 세 아들이 나라를 위해 전쟁터로 나갔을 때도, 자신을 가장 닮은 둘째 아들 월터가 전사했을 때도 참혹한 슬픔을 견뎌냈다.

한번은 인공지능에 루시 모드 몽고메리 작가에게 '진주'의 의미가 무엇인지 물어보았다. 그러자 "그녀의 작품에서 진주는 순수함, 희생 그리고 아름다움을 상징합니다. 또한 진주는 변화를 통해 얻어진 가치라는 개념과도 연결됩니다. 조개 안에서 오랜 시간에 걸쳐 만들어지는 진주는 어려움과 고난을 통해 성숙해진 인격이나 마음을 비유적으로 표현할 때 사용합니다. 몽고메리의 작품은 자연과의 연결, 인생의 소소한 순간에서의 기쁨 그리고 인간관계의 복잡성을 강조하는 경우가 많기 때문에, 진주는 이러한 주제들과 관련된 심미적이면서도 깊은 상징으로 등장합니다. 특히 그녀의 대표작인 『빨간 머리 앤 *Anne of Green Gables*』 시리즈에서 진주는 주인공 앤 셜리의 성장과 그녀의 내적 아름다움을 표현하는 도구로 활용됩니다. 따라서 몽고메리의 작품에서 진주는 순수하고 소중한 것, 그리고 그 가치가 쉽게 얻어지지 않는다는 것을 뜻하며, 이러한 의미는 그녀의 인물들과 이야기에 깊이를 더해줍니다."

우와, 정말 똑똑하다. 놀랍고 신기하다. 한편으론 무섭다. 그런데 고맙다.

"우리 집에 온 걸 환영해." 길버트가 속삭였다. 두 사람은 손을 잡고 나란히 '꿈의 집' 문턱을 넘었다.

"Welcome home," he whispered, and hand in hand they stepped over the threshold of their house of dreams.

앤과 길버트는 아름다운 항구 마을인 **포윈즈**❤에서 신혼생활을 시작한다. 두 사람의 작은 보금자리는 '꿈의 집'이다. 포윈즈에서 가장 오래된 집으로 지은 지 60년이나 됐다. 길버트는 전 주인 할머니가 쓰던 가구들을 모조리 헐값에 샀다. 신혼살림이 중고여도 앤에게 그런 것쯤은 대수롭지 않다. 두 사람은 그저 행복해하며 손을 잡고 나란히 '꿈의 집' 문턱을 넘는다. 앤이 집을 대하는 태도에서 품격이 느껴진다. 비록 빌린 집이지만 길버트와 함께 살 첫 집이기에 특별하다. 길버트의 낭만도 돋보인다. "우리 집에 온 걸 환영해"라고 속삭인다.

신혼집을 신랑 혼자 결정하고 전 주인이 쓰던 가구를 헐값에 사서 그대로 쓰는 일은 오늘날의 신혼부부에게는 있을 수 없는 얘기다. 요즘은 부부의 취향을 반영한 아파트 리모델링은 기본이고, 집이 넓든 좁든 새 가구로 기분 좋게 결혼 생활을 시작한다. 그런데다 아파트 현관문은 두 사람이 나란히 손을 잡고 들어갈 넓이도 안 되지만 문턱도 없다. 집 계약과 동시에 이것저것 나르고 들이고 꾸미느라 수도 없이 드나들었기에 "우리 집에 온 걸 환영해"라는 말을 할 필요가 없다.

나는 신혼집에 들어가던 날, 쌀이 든 밥솥을 안았고, 남편은 굵은소금이 든 항아리를 들었다. 새집에 들어갈 때 밥솥이 먼저 들어가야 좋은 기운이 들어오고 부자가 된다는 부모님 말씀을 새겨들었고, 소금 단지를 현관에 놓아두면 부정 타지 않고 나쁜 기운이 없어진다고 해서 그 말도 따랐다.

그런데 지금 생각해보니 참 이상하다. 나는 어릴 때부터 부모님 말씀을 고분고분 잘 듣는 자식이 아니었는데, 왜 결혼할 때만큼은 양가 부모님 의견을 전적으로 따랐을까. 밥솥에 쌀을 가득 넣었는데도 아직 부자가 되지 않은 걸 보면 이건 믿음이 덜 간다. 그런데 남편과 내가 지금까지 사고 없이, 크게 다치거나 아프지 않고 지내온 건 소금 덕분인가. 아, 그런데 그때 내가 왜 더 무거운 걸 들었는지 모르겠다. 다 지난 일이지만 묘하게 기분 나쁘다. 그래도 언젠가 예쁜 주택을 지어 살게 되면 밥솥도, 소금 항아리도 아닌 남편 손을 꼭 잡고 현관문을 들어서는 낭만적 행동을 해보고 싶다. 그러자면 현관문을 넓게 만들어야 한다. 설렘과 경건한 마음으로 집을 대하는 앤의 태도는 오늘날에도 새길 만하다.

🍂 포윈즈

포윈즈Four Winds의 배경인 프렌치리버French River는 몽고메리가 태어난 집에서 파크코너로 가는 길에 있다. 조용하고 고즈넉한 어촌이다. 포윈즈 항구의 모델은 뉴런던 항구이며 마을 끝자락(뉴런던 만 입구)에는 1876년에 건설된 뉴런던 등대가 있다. 캐나다의 유서 깊은 등대 중 하나로 해안을 따라 항해하는 선박들에게 중요한 항로 표시 역할을 해왔다. 포윈즈 등대의 모델로 추정되며 몽고메리는 실제로 이곳을 자주 방문했고, 등대와 그 주변의 풍경이 그녀의 작품에 큰 영감을 주었다고 한다.

"(…) 이 집 벽에는 웃음과 즐거운 시간들이 잔뜩 스며 있을 겁니다. 블라이드 부인은 이 집에 온 세 번째 신부입니다. 그리고 가장 아름답기도 하고요."

"(…) The walls of this house must be sorter soaked with laughing and good times. You're the third bride I've seen come here, Mistress Blythe—and the handsomest."

앤과 길버트가 '꿈의 집'에 들어서자 데이비드 블라이드 선생 부부와 짐 선장이 두 사람을 맞이한다. 데이비드 선생은 길버트의 종조부로 의사다. 짐 선장은 평생을 항해하다 5년 전에 그만두고 지금은 포윈즈 등대를 지키며 산다. 이 마을의 터줏대감이다. '꿈의 집'의 역사를 모두 알고 있는 유일한 사람으로서 젊은 부부를 축복하며 많은 이야기를 들려준다. 물론 아름답고 기분 좋은 이야기를 들려준다.

앤은 짐 선장을 처음 보는 순간 'Kindred Spirits'임을 알아차린다. 이곳에서도 영혼을 부르는 벗, 마음이 통하는 벗을 만났다. 짐 선장은 이 집을 거쳐간 두 명의 신부가 행복했으니 당신도 그럴 것이고, 세 명의 신부 중에서 가장 아름답다는 찬사를 더한다. 요즘은 '아름답다' '잘생겼다' '매력적으로 보인다'라는 말을 잘못했다가는 자칫 성희롱이 되고 신고를 당하는 예민한 세상이지만, 어떤 상황에서 누가 하느냐에 따라 이런 말은 상대방을 기분 좋게 한다. 짐 선장은 연륜이 있는 어른으로서 지혜롭게 앤을 환영했다. 그리고 앤은 이를 자신이 좋아하는 제비꽃을 닮은 칭찬으로 여기며 기쁘게 받아들인다. "이 집 벽에는 웃음과 즐거운 시간들이 잔뜩 스며 있을 겁니다." 신혼부부가 살게 될 집을 향한 찬사로 이보다 멋진 표현이 또 있을까.

신혼집을 고를 때 시어머니의 의견이 강하게 작용했다. 당시 지은 지 10년 정도 된 아파트였는데 정남향인 데다 안동에서는 튼튼하게 지었다고 소문이 나서 시어머니는 아들 내외의 신혼집으로 처음부터 마음에 두고 있었다. 그런데 결혼식이 다가오는데 매물이 나오지 않았다. 결혼하고 두 달 동안 시부모님 집에 얹혀 살면서 아파트가 나오기를 기다렸다. 어느 날 부동산으로부터 이사 나간 집이 있다는 연락을 받고 달려갔더니 중개인이 집을 보여주면서 전 주인에 대해 시시콜콜한 것까지 이야기를 했다. 몇 살이고 무슨 일을 하는 사람인지, 돈을 얼마나 벌었고 아이는 몇 명인지…. '일면식도 없는 전 주인의 나이와 직업이 나와 무슨 상관이 있다고 저런 얘기를 하는 거지?' 고객 정보를 아무렇지도 않게 흘리는 중개인의 태도가 의아스러웠다. 그런데 나쁜 얘기는 조금도 없었고 이 집에서 잘되어 나갔다는 게 결론이었다. '그러니 이 집에 들어오면 당신도 잘될 거예요'라는 뜻에서 그런 말을 한 거라고 생각했다.

다행히 10년 동안 잘살았다. 어른들이 남향집의 장점을 얘기해도 그게 무슨 뜻인지 몰랐는데 살면서 알게 되었다. 가끔 벽에서 아이들의 웃음소리가 들리는 것 같기도 했다. 세 명이었으니 매일 우당탕거렸을 테고, 까르르 웃었을 테고, 생일 축하 노래를 불렀을 테고, 엄마한테 혼이 났을 테고, 형제끼리 티격태격하느라 시끄러웠을 테다. 남편과 나는 있는 듯 없는 듯 조용히 살다가 조용해 보이는 할머니께 집을 팔고 인근 동네로 이사를 했다. 벽에 묻은 고요함을 두고 떠났다. 웃음도 많이 넣어두고 나올 걸 그랬다.

한번은 그가 느닷없이 이런 말을 했다. "사람들은 내가 좋은 사람이라고 합니다만, 가끔은 하느님이 나의 됨됨이를 지금의 절반만 좋게 해주시고 나머지는 외모에 쏟아주셨으면 좋았을걸 한답니다. 하지만 하느님은 좋은 선장의 자질을 아시니 알아서 저를 잘 만드셨겠지요. 우리 중에는 못생긴 사람도 있고 블라이드 부인처럼 예쁜 사람도 있는 거죠. 물론 예쁜 사람이 보기 드물긴 하지만요."

"Folks say I'm good," he remarked whimsically upon one occasion, "but I sometimes wish the Lord had made me only half as good and put the rest of it into looks. But there, I reckon He knew what He was about, as a good Captain should. Some of us have to be homely, or the purty ones—like Mistress Blythe here—wouldn't show up so well."

9월 말이 되어서야 앤과 길버트는 짐 선장이 있는 포윈즈 등대를 방문할 수 있었다. 그곳에서 함께 시간을 보내던 중 앤은 자신의 외모를 아쉬워하는 짐 선장을 보며 언젠가 그가 했던 말을 떠올린다. 짐 선장은 아름다움에 대한 갈증이 있었기에 자신의 볼품없는 외모를 때때로 아쉬워했다. 짐 선장은 어떤 모습을 하고 있기에 자신의 외모를 아쉬워한 걸까?

짐 선장은 일흔 여섯이다. 평생을 바다 위에서 보냈다. 50년도 훨씬 전, 떠내려가는 배와 함께 실종된 첫사랑을 그리워하며 평생을 혼자 살고 있다. 20년 동안 짐 선장과 이웃으로 지낸 코닐리어는 지금까지 그가 화내는 걸 한 번도 보지 못한 것이 유일하게 못마땅한 점이라고 말한다. 젊은이들과의 대화를 즐기며 정의롭지 못한 장면은 그냥 지나치지 않는다. 인생의 조언이 필요한 이들에게는 자신의 지혜를 나눠준다. 이 정도 설명이면 짐 선장의 이미지를 그려내기에 충분할 듯하다. 한 줄로 요약하면 고결한 정신(high-souled)과 순박한 마음(simple-minded)을 지닌 노인이다.

짐 선장은 자신의 외모를 아쉬워하지만 정작 책에서의 묘사는 멋스럽다. 큰 키에 약간 굽은 등, 깔끔하게 면도한 구릿빛 얼굴, 깊은 주름살, 어깨까지 내려오는 풍성한 철회색 머리카락, 움푹 들어간 푸른 눈에서는 뱃사람의 단단한 힘과 끈기가 느껴진다.

"하느님이 나를 만드실 때 됨됨이는 지금의 절반만 좋게 해주시고 나머지는 외모에 쏟아주셨으면 좋았을 텐데"라는 말에 공감하는 독자들이 많을 것 같다. 세상에는 모든 걸 가진 필리파 같은 사람도 있지만, 신체의 어느 한 부분이 못나서 내내 그것을 아쉬워하는 이들도 있다. 그러나 곧바로 자신과 타협하고 가진 것을 찾아낸다.

무조건 옳다, 그렇게 살면 된다. 그러다 보면 어느 순간 키가 훌쩍 큰 사람, 잘생기고 예쁜 사람으로 보인다. 그게 심상心象이다. 미의 기준으로는 볼 때는 별로인데 마음의 바탕이 훌륭하면 못생김이 숨겨진다고 한다. 잘생기거나 예쁘지 않은데도 인상 좋아 보이는 사람들이 있다. 연예인으로 살 게 아니라면 이만하면 됐다. 다만, 구상(具常, 1919~2004) 시인의 시 「가장 사나운 짐승」의 한 구절은 새기는 게 좋겠다. "오늘날 우리도 때마다 / 거울에다 얼굴도 마음도 비춰보면서 / 스스로가 사납고도 고약한 짐승이 / 되지나 않았는지 살펴볼 일이다."

"내 아버지는 우리가 이해할 수 없는 것들에 대해서는 절대 말해서는 안 된다고 하셨지만 의사 선생님, 만약 그렇게 한다면 대화의 주제가 몇 안 될 거요. 신들이 우리의 이야기를 듣고 자주 웃을 거라 생각합니다. 그러나 우리가 한낱 인간일 뿐이라는 사실을 명심하고, 신처럼 선과 악을 모두 안다고 착각하지 않으면 그게 무슨 문제가 되겠습니까? 우리의 논쟁은 누구에게도 해가 되지 않으니 오늘 저녁, 우리가 어디에서 왔는지 그리고 어디로 가는지에 대해 다시 한 번 논쟁을 벌여봅시다."

"My father held that we should never talk of things we couldn't understand, but if we didn't, doctor, the subjects for conversation would be mighty few. I reckon the gods laugh many a time to hear us, but what matters so long as we remember that we're only men and don't take to fancying that we're gods ourselves, really, knowing good and evil. I reckon our pow-pows won't do us or anyone much harm, so let's have another whack at the whence, why and whither this evening, doctor."

가을이 되면서 앤과 길버트는 등대에서 자주 저녁 시간을 보낸다. 짐 선장과 길버트는 복잡하고 심오한 주제로 긴 논쟁을 벌이곤 하는데 그사이 앤은 옆에서 이야기를 듣거나 상상에 잠겼다. 길버트와 앤이 포윈즈에 와서 가장 신이 난 사람은 짐 선장이다. 마음이 통하는 벗과 대화가 통하는 벗이 동시에 생겼기 때문이다. 세 사람은 대화를 즐기고 마음이 열려 있으며 행동하는 지성인이라는 점이 닮았다.

박사라고 해서, 남들이 부러워할 만한 직업을 가졌다고 해서, 지식이 풍부하다고 해서, 많이 안다고 해서 우리는 그들을 지성인이라 부르지 않는다. 진정한 지성인은 이성적이고 합리적인 사고를 바탕으로 상식적인 행동을 하고 보편적인 것을 실천하면서 산다. 풍부한 지적 재산을 갖고 있어야 하는 것도 하나의 전제이다.

그런데 요즘 사람들은 깊이 있는 대화를 부담스러워하고 피하려고 한다. 가볍고 경쾌한 대화를 나누며 쉬고 싶어하는 마음은 이해하지만, 가끔은 짐 선장과 길버트 식의 대화가 그립다. 여러 사람이 모인 자리에서 종교, 정치, 성평등, 취업, 시험, 결혼 외에도 피해야 하는 이야기 주제가 자꾸 늘어난다. 이런 현상에 대해 사회학을 전공한 지인은 이렇게 말했다. "이것도 불편하고 저것도 불편하면 아무 말도 하지 말고 살아야죠. 뭐!"

어느 강좌에서 왜 우리는 짐 선장과 길버트처럼 어디로부터 와서 어디로 가는지에 대해 논쟁을 벌이지 못하는지 그 이유를 생각해보자고 했더니, 웃음이 터지는 대답이 나왔다. "우리 모두 무식해서 그렇습니다."

"새해여, 어서 오라!" 마지막 종소리가 사라지자 짐 선장은 고개 숙여 인사하며 말했다. "여러분 인생에서 가장 멋진 해가 되길 바랍니다. 새해에는 무슨 일이 생기더라도 최고의 선장이 대기하고 있다는 사실을 잊지 마세요. 어떻게든 우리는 멋진 항구에 도착할 겁니다."

"Welcome, New Year," said Captain Jim, bowing low as the last stroke died away. "I wish you all the best year of your lives, mates. I reckon that whatever the New Year brings us will be the best the Great Captain has for us—and somehow or other we'll all make port in a good harbor."

앤과 길버트, 레슬리 무어, 마셜 엘리엇, 짐 선장의 어린 종손자 조는 포윈즈 등대의 벽난로 앞에 모여 앉아 새해를 기다린다. 시계가 열두 시를 알리자 짐 선장은 활짝 열어둔 문으로 새해를 들이며 모두를 축복한다. 새해맞이 덕담이 한 편의 문학 같다. 이 장면을 그려 보았다. 등대 안은 따뜻하고 즐겁고 흥겨우면서도 경건한 기운으로 가득하다. 해가 질 무렵부터 등대에 모여 앉아 이야기를 나누고, 악기를 연주하며 춤추고, 그해의 남은 한 시간을 조용히 보내다 멋진 노신사의 희망찬 인사와 함께 새해를 맞이한 이들은 각자 어떤 각오를 다졌을까?

우리는 해마다 섣달 그믐날 자정이면 보신각 종소리를 들으며 새해를 맞이한다. 부지런한 사람들은 해돋이를 보러 강릉으로, 속초로, 포항으로, 영덕으로 일출 명소를 찾아 떠나는데 나는 한 번도 그 행렬에 끼어본 적이 없다. 심지어 새해 아침에 늦잠을 잔다. 한 해의 마지막 날도 딱히 의미 있게 보내지 않는다. 한 해를 보내고 새해를 맞이하는 자세에 성의가 없다. 중대한 결심을 하지도, 새로운 계획을 세우지도, 마음가짐을 새롭게 하지도 않는다. 지인들이 보내오는 새해 맞이 인사 문자와 시즌을 겨냥해 출시된 센스 있는 이모티콘들이 '까톡' 소리를 내며 도착해도 답장을 미룬다. 의례적인 인사 같기도 하고, 공해가 될 것 같다는 생각이 들어서다.

그런데 내년부터는 좀 달라져야겠다. 짐 선장처럼 멋진 송구영신送舊迎新 메시지를 만들어서 지인들에게 보내는 일로 새해를 열어볼까 한다.

2023년 여름, 포윈즈의 배경지인 프렌치리버를 찾았을 때 등대 주위는 길게 자란 풀들로 가득했다. 흐린 날 바람의 방향을 따라 초록색 파도를 일으키는 풍경이 아름다우면서도 회색 하늘을 이고 있어서인지 몹시 쓸쓸해 보였다. 몽고메리의 인생을 닮은 듯해서 마음이 아렸다.

"아, 잘은 모르지만 저도 정원을 사랑하고 가꾸는 일을 좋아해요. 식물을 심고 가꾸면서 날마다 자라는 싹을 보고 있으면 뭔가 창조하는 일에 손을 보태는 기분이 들어요. 지금 제 정원은 믿음 같아요. 아직 보이지 않지만 잘될 거라 확신하고 기대하는 거죠. 시간이 조금 걸리겠지만요."

"Oh, I don't know—but I love my garden, and I love working in it. To potter with green, growing things, watching each day to see the dear, new sprouts come up, is like taking a hand in creation, I think. Just now my garden is like faith—the substance of things hoped for. But bide a wee."

4월이 되자 겨우내 얼어붙었던 포윈즈 항구가 기지개를 켠다. 포윈즈의 등대에도 불이 켜지고 배들이 입항과 출항을 시작한다. 짐 선장은 *정원*◀을 가꿀 때 쓰라며 조개껍데기 한 무더기와 모래 언덕 너머를 산책하다 발견한 향기로운 풀 한 다발을 앤에게 가져다준다. 한때 '꿈의 집'의 주인이었던 쉘윈 부인이 항상 화단 주변을 우윳빛 조개껍데기로 장식했으며, 그녀가 꽃을 잘 가꾸고 식물을 쑥쑥 자라게 하는 재능을 가진 사람이었다는 얘기를 짐 선장으로부터 들은 앤은 자신에게도 그런 능력이 있는지 잘 모르겠다고 하면서도 정원을 사랑하고 가꾸는 일을 좋아한다고 말한다.

'Substance of things hoped for'에 집중해보았다. 히브리서 11장 1절에서 유래한 표현으로 직역하면 '바라는 것들의 실체', 즉 아직 눈에 보이지 않지만 앞으로 실현될 것을 확신하는 마음 상태를 의미한다. 앤은 정원을 가꾸는 일을 믿음에 비유해서 말한다. 정원사들은 아직 싹이 나지 않았고 꽃도 피지 않은 상태이지만 앞으로 그렇게 될 거라고 믿고 기대하며 생명을 길러내는 창조적인 일에 손을 보탠다. 미래에 대한 긍정적인 기대를 아름답게 표현했다고 봐도 될 듯하다. 아무튼 부지런한 사람만이 정원을 가꿀 수 있다는 건 분명하다.

솔직히 나는 식물 가꾸는 일에 관심도 없고 무지해서 집에 조그만 화분 하나도 두지 않는다. 문학적 감수성과는 별개로 무미건조한 면이 있다. 그래서인지 몇 번을 읽어도 이 문장이 썩 와 닿지는 않았다. 그런데 주위에 식물 가꾸기의 달인들이 많아서 간접 경험치는 높은 편이다. 지인들이 전원주택에서, 빌라 옥상에서, 베란다에서 키우는 식물을 사진 찍어서 보내올 때마다 그들의 표정에 깃든 기쁨이 읽힌다.

친정에도 엄마의 정원이 있다. 누군가로부터 식물을 선물로 받으면 쏜살같이 시골로 달려가 엄마에게 떠안긴다. 잘 키워달라는 부탁과 함께. 바빠서 며칠 차에 싣고 다니다가 시들해진 꽃나무를 들고 갈 때도 있다. 소생시켜달라는 부탁과 함께 또 떠안긴다. 다음에 가면 그 식물들이 튼튼하게 자라고 있다. 엄마 손은 약손이다. 한번은 엄마의 정원 한 모퉁이에 소라 껍데기로 꾸며진 작은 원이 눈에 띄어 가까이 가서 보았더니 '다알리아'라고 적힌 작은 팻말이 꽂혀 있었다. 언젠가 영덕에 사는 지인이 직접 잡은 소라를 보내줬는데 엄마가 껍데기를 버리지 않고 뒀다가 정원 꾸미는 데 사용하신 거다. 엄마의 센스에 '엄지 척'을 했다. 내 눈에는 그 작은 공간이 '꿈의 집' 정원처럼 보였다.

이 책의 문장을 함께 번역한 이는 튤립 가꾸기에 진심이다. 가을에는 국화를 사서 현관 계단에 놓아둔다. 지나가는 사람들이 보면 얼마나 기분이 좋겠냐고 하면서. 해마다 봄이면 집 앞 작은 정원에 튤립이 가득 피는데 예쁘다고 동네에 소문이 났다고 한다. 언니와 형부는 겨우내 꽁꽁 언 땅속에서 추위를 견딘 알뿌리가 봄이면 어김없이 줄기를 세우고, 꽃을 피우는 모습이 너무 신기하다고 했다. '올해는 얼마나 필까?' '얼마만큼 예쁠까?' 정원사들은 식물이 자라는 것을 기다리는 시간이 행복한가 보다.

🍃 정원
몽고메리도 꽃을 사랑하고 정원 가꾸는 일을 사랑했다. 매일 아침 정원으로 달려가 밤사이 새로 핀 꽃을 보며 기뻐했다고 한다. 6권 5장에는 정원에 관한 그의 생각이 잘 녹아 있다. 지는 해를 보며 감상에 잠긴 앤은 수잔에게 완벽한 정원은 별로 재미가 없을 것 같다고 말한다. 직접 풀을 뽑고 땅을 파서 옮겨 심고, 가지를 잘라내며 가꾸지 않으면 그 정원은 의미가 없기 때문이다.

“언제까지나 이렇게 아프진 않을 게다, 앤.”

“마릴라 아주머니, 언젠가는 아픔이 그칠 거라는 생각이 저를 더 아프게 해요.”

“그래, 나도 안다. 다른 일 때문이기는 해도 나도 그런 기분을 느낀 적이 있으니까. 하지만 앤, 우리 모두 너를 사랑한다. 짐 선장은 매일 네 안부를 묻고 무어 부인도 자주 집 앞을 서성거려. 브라이언트 양은 너를 위해 맛있는 음식을 만드느라 시간을 부쩍 쓰는 것 같더구나. 수잔은 그다지 좋아하지 않지만 말이야. 자기도 코닐리어만큼 요리를 할 수 있다고 생각하거든.”

“It won't hurt so much always, Anne.”

“The thought that it may stop hurting sometimes hurts me worse than all else, Marilla.”

“Yes, I know, I've felt that too, about other things. But we all love you, Anne. Captain Jim has been up every day to ask for you—and Mrs. Moore haunts the place—and Miss Bryant spends most of her time, I think, cooking up nice things for you. Susan doesn't like it very well. She thinks she can cook as well as Miss Bryant.”

길버트와 앤의 첫째 아기 조이스가 태어나자마자 죽는다. 앤도 목숨을 잃을 뻔했다. 비통함에 잠긴 앤에게 마릴라는 '시간이 약'이라는 뜻의 말로 위로한다. 앤도 그 사실을 알고 있다. 하지만 앤은 시간이 지나 첫아이를 잃은 슬픔이 옅어지는 것조차 두렵다. 마릴라는 그 마음까지 헤아린다. 그러면서도 이웃 사람들이 앤을 얼마나 사랑하고 있는지를 하나씩 알려주며 힘을 내게 한다. 그런데 짐 선장, 코닐리어와는 달리 무어 부인이 집 앞을 서성인 데는 그럴 만한 이유가 있다. 앤에게 생긴 불행이 질투심에 사로잡혀서 했던 자신의 못된 생각 때문이라고 자책하고 있었다.

꽤 오래전 사산으로 슬픔에 잠긴 30대 후반 여성이 내 강의를 들으러 온 적이 있다. 어렵게 가진 첫아기를 잃고 살아갈 의지를 놓았다가 1년 만에 겨우 세상 밖으로 나오게 되었다고 했다. 개인사를 알 리 없는 나는 엄마와 아이의 교감을 주제로 한 그림책 한 권을 소개했는데, 그것이 슬픔의 기폭제가 되어 그를 오열하게 만들었다. 태교용으로 산 그림책을 모두 버리고 다시는 그림책을 펼치지 않으려고 마음먹은 사람에게 아무것도 모르고 한 행동은 무척 잔인했다. 머릿속이 복잡해졌고 할 말이 없었다. '이를 어쩌나?' 하던 차에 다른 수강자 한 명이 비슷한 경험을 고백했다. 더 아픈 사연을 고백하는 이도 있었다. 동병상련이 준 치유의 힘이었을까.

그날 밤 장문의 문자 메시지가 도착했다. 강의가 끝나고 뒷정리를 할 때 그분의 요청으로 폰 번호를 알려줬는데 그제야 이유를 알았다. 인사하려고 번호를 물었던 것이다. 같은 아픔을 가진 이들 덕분에 힘을 얻었다고 했다. 자신에게만 닥친 불행인 줄 알았는데 그렇지 않다는 사실이 큰 위로가 되었고, 다시 그림책을 펼칠 용기가 생겼으며 누구보다 딸을 걱정하는 부모님께 못되게 군 것에 사과할 거라는 말도 했다. 아기는 또 가지면 되니까 빨리 털고 일어나라는 부모님의 위로가 듣기 싫어 한동안 왕래없이 지냈는데 그게 어리석은 투정이라는 것을 알았다고 했다.

그제야 나는 무거운 마음을 내려놓았다. 사람의 힘이 이처럼 크다. 알든 모르든 누군가가 고통스러운 일을 겪고 그것을 고백할 때는 같이 용기를 내어주는 사람이 가장 훌륭한 치료사다. 그리고 타인의 조언을 귀담아 듣고 자신을 돌아볼 줄 아는 사람은 자가 치료에 성공했다. 강의할 때마다 위기에서 나를 구해주는 이들이 있다. 나를 그들을 '구원자'라 부른다.

"나는 당신의 눈에서 적개심을 느꼈어요. 하지만 설마 했죠. 내가 잘못 본 거라고 생각했어요. 무슨 이유로 그랬던 거예요?"

"당신이 너무 행복해 보였거든요. 아, 이제 내가 얼마나 끔찍한 짐승인지 알았을 거예요. 단지 행복해 보인다는 이유로 다른 여자를 미워하다니요. 그 여자가 나에게서 행복을 빼앗아간 것도 아닌데 말이에요. 그래서 처음에 당신을 만나러 가지 않은 거예요. (…)

"I felt the resentment in your eyes—then I doubted—I thought I must be mistaken—because why should it be?"

"It was because you looked so happy. Oh, you'll agree with me now that I am a hateful beast—to hate another woman just because she was happy,—and when her happiness didn't take anything from me! That was why I never went to see you. (…)"

아기를 잃은 슬픔에서 벗어나 일상으로 돌아온 앤은 레슬리 무어와 집 근처 개울 둑에 앉아 이야기를 나눈다. 두 사람은 첫 만남에서부터 지금까지 마음에 품었던 생각과 감정을 솔직하게 털어놓으며 진정한 친구로 거듭난다. 앤은 길버트와 처음 '꿈의 집'에 온 날, 거위 떼를 몰고 언덕을 내려오던 레슬리 무어와 마주쳤다. 그때 그녀의 눈에 서린 적개심을 느꼈고 몇 주 동안 누구인지 궁금해한다. 앤이 누구인지 알고 있던 레슬리는 마을의 관습대로 새로 이사온 이웃집에 찾아가야 하는 것을 알면서도 질투심 때문에 그렇게 하지 않았음을 고백한다.

그 여자가 내게서 행복을 빼앗아간 것도 아닌데, 행복해 보인다는 이유로 그 사람을 미워하는 게 끔찍한 짐승 같다고 생각할 일인지는 모르겠다. 레슬리와 같은 상황에 처해 있다면 누구라도 그렇게 하지 않을까? 어릴 적 마차 바퀴에 깔려 죽은 남동생의 얼굴이 또렷한 기억으로 남아 있다. 아들의 죽음에 상심한 아버지는 끝내 바다에 뛰어들어 목숨을 끊었다. 이후 어머니와 둘이 의지하며 살았다. 착한 레슬리는 어머니의 행복을 위해 사랑하지 않는 남자와 결혼한다. 어머니가 죽고 난 후 남편은 결혼 전에 사귀던 여자를 찾아 떠나버린다. 그런데 무책임한 남편이 사고로 머리를 다쳐 어린아이가 되어 돌아왔다. 그녀는 책임감으로 남편을 돌보고 있다. 젊디젊은 한 여성의 인생 이야기이다. 뭐 이런 인생이 다 있나 싶다.

소설에 과몰입해서가 아니라 레슬리의 이야기는 지금도, 어디선가 누군가에게 일어나고 있는 일이다. 오랜 시간 상담이라는 영역 안에서 다양한 삶의 이력을 가진 사람들을 만났다. '진정 이게 한 사람한테 일어날 수 있는 일인가?' 믿기지 않는 일들을 보고 들었다. 신이 있다면 이럴 수 없다는 생각을 했다. 어떤 사람에게는 행복을 다주고, 어떤 사람에게는 불행만 몰아준 것 같으니 말이다. 〈TV인생극장〉

보다 더 기구한 사연을 들은 날에는 한 사람이 견뎌낼 수 있는 고통의 무게가 얼마나 되는지를 생각해보게 된다. '고생 끝에 낙이 온다'라는 말이 그들의 인생에서 한 번쯤은 실현되기를 바라고 또 바란다.

"(…) 나는 이 집에서 당신과 길버트가 책과 꽃 그리고 온갖 살림살이에 둘러싸여 소소한 농담을 나누는 것을 보았어요. 서로를 바라보는 눈빛과 말에서는 사랑이 느껴졌죠. 당신은 의식하지 못했을 테지만요. 그리고 나는 아무것도 없는 집으로 돌아가야 했어요. 오! 앤, 나는 본래 남을 질투하고 시기하는 사람은 아니에요. (…)"

"(…) I would come here and see you and Gilbert with your books and your flowers, and your household gods, and your little family jokes—and your love for each other showing in every look and word, even when you didn't know it—and I would go home to— you know what I went home to! Oh, Anne, I don't believe I'm jealous and envious by nature. (…)"

레슬리는 삶이 너무 고단해서 약간 비틀린 것뿐이다. 이처럼 용기 있게 자신의 못난 마음을 고백하고 용서를 구할 줄 안다면 본래 성품은 착하고 강인하며 아름다운 사람이다. 책임지지 않아도 될 전 남편을 자신의 숙명처럼 돌보는 것만 봐도 그렇다. 앤과 길버트가 나눈 'little family jokes'는 그 앞에 있는 레슬리를 더욱 외롭게 만들었을 것이다. 이는 일반적인 농담이 아닌, family jokes이다. 그 가족만이 이해할 수 있는 유머나 특별한 경험에 가깝다.

며느리가 시가에서, 사위가 처가에서 외로움을 느끼는 순간이 있다. 자기들만 아는 얘기를 할 때다. 그 추억을 공유한 적 없는 이들은 저게 무슨 소리인가 싶어서 웃음 포인트를 찾지 못한다. 하물며 레슬리는 집에 온 손님이다. 자신의 집에는 농담을 주고받을 대화 상대도, 따뜻한 눈빛과 말을 주고받을 사람도, 변변한 살림살이도 없다. 그러니 앤과 길버트를 보면서 느낀 질투심은 레슬리의 자격지심이 아니라 그 상황이라면 누구라도 가질 법한 당연한 감정이다. 만약 앤과 길버트가 레슬리의 처지를 알고 있었다면 그 앞에서 조금은 무심한 부부 사이를 연출하지 않았을까.

언젠가 상담센터를 운영하는 지인이 이런 말을 했다. 무난한 나의 일상과 평범한 행복이 힘들게 사는 누군가에게 상실감을 줄 수 있기에 자신은 SNS를 하지 않는다고. 그 말을 들었을 때 깊이 공감했다. 나도 아직 인스타그램과 블로그를 운영하지 않고 있다. 계정만 있고 게시물은 없다. 지인이 한 말 때문은 아니다. 게으름이 가장 큰 이유다. 요즘은 무슨 일을 하든 SNS가 중요한 홍보 수단이지만 아직도 나는 아날로그 방식을 선호한다. 그게 내 속도에 맞다. 언젠가 꼭 필요한 때가 오면 부지런히 하겠지만 그 마음을 먹는 게 쉽지 않다. 아무튼 누군가가 힘든 처지에 있다는 사실을 안다면 그 앞에서는 행복을 과시하지 않도록 조심해야 한다.

코닐리어가 물었다.

"아기 이름을 뭐라고 지을 건가요?"

길버트가 대답했다.

"앤이 이름을 정했습니다."

그러자 앤은 짓궂은 눈길로 길버트를 바라보며 말했다.

"제임스 매슈예요. 길버트에게 물어보지도 않고 내가 아는 가장 훌륭한 두 신사의 이름을 땄답니다."

"What are you going to call him?" asked Miss Cornelia.

"Anne has settled his name," answered Gilbert.

"James Matthew—after the two finest gentlemen I've ever known— not even saving your presence," said Anne with a saucy glance at Gilbert.

앤의 출산을 축하하러 짐 선장과 코닐리어가 '꿈의 집'을 찾아온다. 조이스가 첫째였으니 제임스 매슈는 앤과 길버트 사이에서 태어난 두 번째 아이이자 앤이 처음으로 품에 안은 아들이다. 앤은 아기의 이름을 제임스 매슈로 짓는다. 물론 앤에게는 세상에서 길버트가 가장 멋진 남자이지만, 자기가 알고 있는 가장 훌륭한 두 신사인 짐 선장과 매슈 아저씨의 이름을 땄다. 두 분에 대한 존경심과 아들이 훌륭한 인품을 가진 사람이 되기를 바라는 마음에서다.

보통 아이 이름은 부부가 함께 짓는데 앤 혼자 이름을 지었다는 사실이 1800년대 후반을 배경으로 펼쳐지는 이야기임을 감안할 때 꽤 신선한 일이다. 그렇지만 분위기나 정황상 길버트가 암묵적으로 동의했을 거라는 짐작이 가능하다. 이어진 대화에서 길버트도 그 이름에 동의하거나 존중하는 태도를 보인다. 짐 선장은 햇볕에 그을린 커다란 손으로 작은 생명체를 안고는 다정한 눈길로 바라보았다. 아기가 앞으로 자라면서 자신과 같은 이름으로 불릴 것을 생각하니 얼마나 가슴이 벅찰까.

사람의 운은 이름을 따라간다는 말이 맞는지 모르지만 평소 존경하는 인물, 나에게 특별한 의미가 있는 사람의 이름을 따서 아들·딸의 이름을 짓는 일이 낭만적이면서도 의리 있는 일처럼 느껴진다. 이 일은 앤보다 다이애나가 먼저 시작했다. 다이애나의 첫딸 이름은 '앤 코델리아'이다. 주위 사람들은 다이애나가 딸의 이름을 앤으로 지을 거라는 건 예상했지만 가운데의 '코델리아'는 양쪽 집안 어디에도 없는 이름이었기에 의아해했다. 이는 앤과 다이애나 두 사람만이 아는 비밀이다.

부부가 아이 이름을 결정하는 데 기여한 적이 있다. 첫 번째는 직장 생활할 때 친한 선배가 딸을 낳고는 이름을 고민하기에 이렇게 말했다. 예쁜 이름보다 건강하게 느껴지는 이름이 좋을 것 같다고 했더니 "아하! 은아 씨, 땡큐!" 하고는 바로 결정했다. 두 번째는 올케가 둘째 아들을 낳았을 때이다. 남동생이 엄마가 철학관에서 받아온 세 개의 이름을 보여주면서 어떤 게 좋은지 물어왔다. 그중에 존경하는 선배의 아들과 같은 이름이 있었는데 그 아들은 고등학교 다닐 때 내내 전교 1등을 했고 단번에 S대학교에 합격했다. 이 사실을 남동생에게 얘기했더니 "누나, 땡큐!" 하면서 바로 출생 신고를 하는 거다. 나는 그 일이 조카에게 두고두고 미안하다. 아무것도 모르는 새 생명이 고모의 사심(?)에 의해 이름이 정해졌다. 순수하지 않은 목적을 제공한 사람으로서 조카가 공부를 잘하기보다 늘 행복하기를 언제나 기도한다.

(···) “그것 말고 다른 할 말이 있어요. 오늘 이 이야기를 하려고 일부러 온 거예요. 나 결혼해요.”

(···) “I will tell you something else. I came today on purpose to tell it. I am going to be married.”

8월의 어느 나른한 오후, 코닐리어가 ‘꿈의 집’을 찾아와 길버트와 앤에게 뜻밖의 소식을 전한다. 마셜 엘리엇과 결혼한다는 것이다. 평소에 ‘남자가 어쩌고저쩌고’를 입버릇처럼 말하던 그녀다. 세상에서 가장 멋진 남자가 청혼해도 결혼 같은 건 하지 않겠다고 노래를 부르더니, 성질 있고 고집 세다고 소문난 남자와 결혼하겠다고 선언한다. 엄청난 사건이고 반전이다. 말을 해놓고 후련함을 느끼는 모습에서 그녀가 이 말을 전하러 오기까지 주저했을 마음이 읽힌다. 앤과 길버트는 당혹스러움을 애써 감추고 축하 인사를 건네지만 어딘가 영 어색하다.

나도 한때 결혼하지 않고 혼자 살겠다고 노래를 불렀다. 세 명의 자식 중에서 둘이 결혼했으니 둘째인 내게는 결혼 같은 건 기대하지 말라는 식이었다. 만약 결혼을 한다면 다른 건 안 보고 키 큰 사람과 결혼할 거라고 입이 아프도록 얘기했다. 그렇게 서른다섯 살까지 있다가 지금의 남편을 만나 서른여섯 살에 결혼했다. 주위에 결혼한다는 소식을 알리는 게 몹시 쑥스러웠다.

　　부모님은 나의 결혼 선언을 반가워하기보다 이게 무슨 소리인가? 하는 반응을 보이셨다. 남편을 처음 인사시킨 날, 할 말을 잃은 듯한 두 분의 표정이 아직도 기억난다. 안동이 고향이고 안동에서 직장생활을 하고 있으며, 한 집안의 장남이다. 엄마는 키 크고 인물 훤한 맏사위에 비해 키 작고 외모가 조금(?) 부족해 보이는 점을 마음에 안 들어하셨다. 더 큰 이유는 따로 있다. 자기 목소리 강한 딸이 안동에 가서 살겠다고 하니 걱정이 될 수밖에…. 반면 아버지는 내 편을 들어주셨다.

　　어느새 소문이 고모들한테까지 날아갔고, 말수 적고 수줍음 많은 남편은 고모와 고모부들 앞에서 진땀을 흘리며 신고식을 치렀다. 그렇게 결혼을 했고, 그렇게 14년이 지났으며, 남편은 친정에서 사랑을 듬뿍 받는 사위가 되었다. 부모님은 둘째 사위가 세상에서 제일 큰 사람이라고 생각하신다. 고모들은 조카사위랑 통화할 때마다 "심 서방 고맙네" 하고 말씀하신다. 언니는 통화할 때마다 내가 결혼 잘했다는 얘기를 하고, 첫째 조카는 세상에 이모부 같은 남자가 없다고 한다. 이모부 생일이면 멀리 캐나다에서 꼭 축하 문자를 보내온다. 아무리 바빠도 잊어버리지 않는다.

　　그런데 참 신기한 건 인연이 되려고 했는지 첫 만남에서 남편의 작은 키가 보이지 않았다. 딱 봐도 무뚝뚝하고 말주변 없고 사회성도 부족해 보였지만 성격이 오르락내리락하지 않을 것 같았고, 견고한 마음의 틀이 확실하게 느껴졌다. 술을 한 방울도 못 마시는 사람한테서 캔 맥주 한 상자와 바나나 우유 한 개를 선물로 받고 결혼했다. 아버지를 닮아 나도 술을 좋아하니까, 작지만 귀여운 선물을 기쁘게 받아들였다. "아, 안 맞다, 안 맞아" 하면서 지금까지 잘살고 있다. 앗! 이것도 행복을 과시하는 걸까?

앤은 신부가 되어 처음 넘었던 낡고 오래된 계단에 무릎을 꿇고 입을 맞추며 말했다.

"안녕, 사랑하는 내 작은 꿈의 집."

Anne knelt down and kissed the worn old step which she had crossed as a bride.

"Good-bye, dear little house of dreams," she said.

10월의 어느 날, 앤은 정든 집을 떠나 잉글사이드에 있는 넓은 집으로 이사를 한다. 길버트가 유능한 의사로 소문이 나서 이제 '꿈의 집' 진료실은 일하기에 비좁은 데다 젬이 무럭무럭 자라고 있다. 앞으로 태어날 아이들을 생각하면 어쩔 수 없이 보금자리를 옮겨야 한다. 새집으로 이사하는 날, 앤은 길버트가 전나무 대문 앞에서 기다리는 동안 집 안을 돌아보며 모든 방들과 작별한다. 슬픔에 북받쳐서 눈물을 흘린다. 여기까지는 오늘날 우리도 하는 방식이니 그렇다 쳐도 낡고 오래된 계단에 무릎을 꿇고 입까지 맞출 일인가. 아무리 앤이라 해도 이건 과하다는 생각이 든다. 무엇보다 사람들이 수없이 밟고 오르내린 계단인데 비위생적이다. 나는 이 장면에서 나도 모르게 표정을 찡그리며 입을 '쓰윽' 닦았다.

그렇지만 5권의 마지막 페이지를 장식하는 이 문장이 참 사랑스럽다. 앤은 몇 년 동안 '꿈의 집'에서 신혼 생활을 만끽하며 좋은 이웃들과 함께했다. 조이스를 떠나보냈고, 젬을 품에 안았다. 생명의 탄생과 죽음을 맞이한 집이다. 앤이 정성껏 가꾼 작은 정원도 있다. 이 작은 집에 얼마나 애정을 쏟았을까. 오래됐지만 앤이 신경 써서 돌본 덕분에 환하게 빛났다. '꿈의 집'에서 살게 될 다음 주인은 운이 좋은 사람이다. 이 집 벽에는 앤과 길버트가 남긴 웃음으로 가득할 테니까.

그런데 또 쓸데없지만, 이 장면에서 길버트의 인내심이 대단하다는 생각이 들었다. 앤이 '꿈의 집'과 충분히 작별 인사를 할 때까지 밖에서 미소 지으며 기다려준다. 먼저 외출 준비를 다 하고는 빨리 가자며 아내를 재촉하는 부류의 남편과는 결이 다르다. 역시 앤과 길버트는 린드 부인이 말한 것처럼 천생연분이다.

나는 남편과 꼬박 10년을 산 아파트를 떠나면서 방마다 들여다보며 인사했다. "그동안 편하게 지낼 수 있도록 해줘서 고마워. 덕분에 잘 있다가 간다!" 앤에게서 집과 작별하는 자세를 배웠다.

'집으로 돌아가고 싶어지는 건 정말 행복한 일이야.' 앤은 이렇게 생각하며 가방에서 어린 아들로부터 받은 편지 한 통을 꺼냈다. 전날 밤, 그녀는 초록지붕집 사람들에게 읽어주면서 유쾌하게 웃었다. 그것은 앤이 자신의 아이에게서 받은 첫 편지였다.

'It's lovely to feel you like going home,' thought Anne, fishing out of her purse a certain letter from a small son over which she had laughed gaily the night before, reading it proudly to the Green Gables folks . . . the first letter she had ever received from any of her children. (…)

앤은 젬, 월터, 낸과 다이, 셜리의 엄마다. 초록지붕집에서 마릴라 아주머니와 보내는 시간, 다이애나와 함께하는 산책도 좋지만 아이들의 웃음소리로 가득한 집으로 얼른 돌아가고 싶다. 시아버지의 장례식을 치르고 난 후, 초록지붕집에서 혼자 일주일을 더 머문 앤은 카모디에서 잉글사이드로 가는 기차를 타고 집으로 향한다. 기차 안에서 젬이 보낸 편지를 꺼내 읽으며 행복감에 젖는다. 학교를 다니며 쓰기를 배운 지 1년밖에 안 된 젬의 편지는 일곱 살 아이가 쓴 것치고는 꽤 훌륭하다. 비록 철자가 틀리고, 한쪽에 커다란 잉크 얼룩이 지기는 했지만.

아이를 키우는 엄마들은 이 행복의 실체가 무엇인지 잘 안다. 엄마들은 흔히 맏이를 자신의 첫사랑이라고 표현한다. 첫아이라 자주 벅찬 감동에 젖으면서도 양육이 처음이라 온 신경을 기울여 작고 귀여운 생명체를 돌본다. 엄마에게는 첫아이의 모든 것이 소중하다. 특히 아이로부터 받은 첫 그림 편지를 보물처럼 간직한다. 아이가 처음으로 '엄마' 하고 부르는 소리를 들었던 날만큼 큰 감동을 받는 것 같다. 지갑에 넣어 다니며 자랑하는 엄마들의 얼굴에 번지는 웃음은 해바라기보다 더 화사하다. 이때까지는 아이에게 바라는 욕심이 전혀 없어 보인다. 나는 삐뚤삐뚤, 오르락내리락하는 글자들의 춤을 보면서 같이 웃고, 아이들이 엄마에게 좀 더 오래 기쁨을 주기를 바랐다. 초등학교 3학년 정도가 되면 아이들은 쑥스러워서 더 이상 엄마에게 편지를 쓰지 않기 때문이다.

언젠가 공공 도서관에서 엄마를 따라온 여섯 살 여자아이가 2시간을 꼬박 앉아서 견디는 게 신기했다. 들고 온 스케치북에 무언가를 열심히 그리고 있기에 살짝 가서 봤더니 예쁜 공주를 그려놓은 거다. 눈은 순정만화의 주인공처럼 크고 목에는 족히 100캐럿은 되어 보이는 다이아몬드 목걸이가 빛나고 있었다. 어떤 공주를 그렸는지 물었더니 "우리 엄마예요"라고 대답했다. 순간 나는 아이 엄마와 그림을 번갈아 보며 사실 관계를 확인했다. 나중에 자기가 크면 엄마에게 다이아몬드 목걸이를 사줄 거라며 귀엽게 웃는데, 엄마들이 이 맛에 아이를 키우는구나 싶었다.

　　스케치북에 그려진 공주가 자신과 조금도 닮지 않았음을 알면서도 엄마는 딸이 안긴 감동에 눈시울이 붉어졌다. 소감을 묻자 딸에게 미안한 마음이 크다고 했다. 둘째가 태어나서 힘들 때는 첫째가 좀 더 의젓하게 행동하기를 바랐고 둘째에 비해 첫째한테 엄격한 잣대를 들이댔으며, 자꾸 기대하는 마음이 생긴다는 이유에서다. 말로 하는 반성문을 받았다. 엄마들은 최선을 다해 아이를 키우면서도 매일 반성문을 쓴다.

어느 날 밤, 월터가 물었다.

"엄마, 바람은 왜 행복하지 않을까요?"

앤이 대답했다.

"그건 바람이 이 세상이 시작된 순간부터 생겨난 모든 슬픔을 기억하고 있기 때문이란다."

"Why isn't the wind happy, Mummy?" asked Walter one night.

"Because it is remembering all the sorrow of the world since time began," answered Anne.

월터는 앤과 길버트의 둘째 아들이다. 이제 겨우 여섯 살인 데도 온화하고 부드럽고 친절하다. 상상력이 풍부하고 조용한 곳에서 혼자 책 읽는 것을 좋아한다. 자기 안의 조그만 세계를 동화처럼 의인화한다. 반면 겁이 많고 예민하다. 남자아이들의 흔한 싸움에 절대 끼는 법이 없으며, 비릿하고 거칠고 사납고 추한 것을 몹시 싫어한다. 엄마를 꼭 닮아서 자연을 느끼고 그것을 자기만의 언어로 표현할 줄 안다. 문학적 감수성이 뛰어난 월터는 자라면서 시인을 꿈꾼다. 11월이 가까이 온 어느 날 밤, 대서양 바람이 슬픈 노래를 부르며 들이닥쳤다. 월터는 엄마에게 묻는다. 바람은 왜 행복하지 않은지…. 월터의 질문은 사뭇 진지하면서도 천진난만하고 앤의 대답은 엄마가 되어서도 변함없이 시적이다.

어릴 적 나는 늦가을에 부는 서늘한 바람이 외롭고 쓸쓸해서 친구를 찾아 헤매는 거라 생각했다. 창문을 때리고 문을 '꽝' 치면서 가는 바람은 심술이 나서 우리에게 분풀이를 하는 게 틀림없다고 생각했다. 자라면서는 그런 문학적 상상을 하거나 사물과 자연 현상을 의인화해서 표현하지 않았지만 종종 을씨년스러운 바람이 부는 날에는 월터의 영향을 받아서인지 바람이 행복하지 않은 것처럼 느껴지기도 했다. 그리고 바람이 행복하지 않은 이유는 이 세상이 시작된 순간부터 생겨난 모든 슬픔을 기억하고 있기 때문인 것 같다는 말에 동화된 적도 있다.

만약 우리가 이 세상의 모든 슬픔을 기억하고 산다면 얼마나 고통스러울까? 부모 교육을 하러 가서 앤이 아이들과 나눈 대화를 들려주곤 한다. 그리고 부모들께 아이와 자주 시적인 대화를 나눌 것을 부탁한다. 모든 아이는 시인이다. 그래서 모든 부모가 '우리 집에는 시인이 살고 있다' 이렇게 생각하면 좋겠다.

"엄마! 곧 크리스마스예요. 올해도 산타 할아버지가 오실까요?"

"아직도 산타클로스를 믿는 건 아니겠지?" 메리 마리아 고모님이 말씀하셨다.

앤이 길버트에게 놀란 눈빛을 보내자 그도 정색하며 말했다.

"고모님, 우리는 아이들이 가능한 한 오랫동안 동화나라의 유산을 간직하면서 살기를 바란답니다."

"Oh, Mummy, it will soon be Christmas now and Santa Claus will be coming!"

"You surely don't believe in Santa Claus still?" said Aunt Mary Maria. Anne shot a glance of alarm at Gilbert, who said gravely: "We want the children to possess their heritage of fairyland as long as they can, Aunty."

아이들의 고모할머니가 잉글사이드에 머물고 있다. 메리 마리아는 앤을 처음부터 탐탁지 않게 여겼다. 길버트가 더 괜찮은 아가씨와 결혼할 수 있었을 텐데 앤을 선택한 게 이해되지 않는다. 메리 마리아는 까다로운 성미를 지녔다. 모든 면에서 예민하고 냉소적이다. 아이들이 말하는 것에서부터 식성, 식사 예절, 심지어 월터의 감수성까지 트집을 잡는다. 길버트도 그런 고모가 싫지만 집안 어른이니까 내색하지 않고 참는다. 모두들 그녀가 하루빨리 집으로 돌아가기를 바라고 있다.

11월이 지난 어느 날, 밤새 눈이 하얀 마법을 부린 날 아침에도 메리 마리아는 동심에 찬물을 끼얹는다. 환호성을 지르며 달려온 젬이 크리스마스를 기다리자 아직도 산타클로스의 존재를 믿느냐고 말해 길버트와 앤을 놀라게 한다. 다행히도 젬은 그 말을 흘려들었다. 빨리 아침을 먹고 멋진 세계를 보러 밖으로 달려 나가는 데만 정신이 팔려 있다.

눈 덮인 아침은 어른에게도, 아이에게도 기쁨을 준다. 그러나 곧 어른들은 정신을 차리고 출근길 정체를 걱정하고, 아이들은 그저 동화 나라에 머물며 좋아한다. 어른과 아이의 차이다. 어른들은 나중을 걱정하지만 아이들은 현재에 충실하다. 그런데 산타클로스에 대한 생각은 어른과 아이가 바뀐 것 같다. 어른들은 아이에게 거짓을 가르칠 수 없다고 해놓고선 산타클로스는 있다고 말한다. 2011년 12월 5일 미국의 한 방송 뉴스를 진행하던 앵커가 "아이들에게 산타가 있다고 믿게 하는 것을 그만둬야 한다"라고 말해서 시청자들로부터 거센 항의를 받았다. 결국 다음 날 그는 자신의 경솔함을 사과하고, 크리스마스에 대한 아이들의 동경심을 의도적으로 깨려는 생각이 없었음을 해명했다.

그런데 그 뉴스를 본 건 아이들이 아닌 어른들인데 앵커가 한

말이 그렇게까지 비난받을 일인가 싶은 생각이 들었다. 요즘 아이들
은 일찍부터 산타클로스가 없다는 사실을 알고 크리스마스를 맞이한
다. 중학교 2학년인 조카가 언젠가 이런 말을 했다. 유치원에 온 산타
할아버지가 빨간색 옷 안에 흰색 티셔츠를 입었는데 그때 가짜라는
사실을 알았다고 했다. 한번은 초등학교에 강의하러 가서 산타 할아
버지가 없다는 사실을 몇 살에 알았냐고 물었더니 아이들이 이렇게
말했다. "일찍 알았는데요. 선물 받고 싶어서 믿는 척했어요." 선물 때
문에 동화 나라의 유산을 간직한 척하느라 애썼을 아이들, 그리고 지
금도 애쓰고 있을 아이들을 생각하면 웃음이 난다.

"멜라카이 선장님, 어떻게 하면 저렇게 멋진 배를 조각할 수 있는 지 좀 가르쳐주세요." 젬이 애원했다. (…)

"애야, 그건 배운다고 되는 게 아니란다. 30~40년 동안 바다를 항해하면 그때서야 배에 대해 충분히 알게 될 거다. 바로 이해와 애정이지. (…)"

"Will you teach me how to carve ships like that, Captain Malachi?" pleaded Jem. (…)

"It doesn't come by teaching, son. Ye'd have to sail the seas for thirty or forty years and then maybe ye'd have enough understanding of ships to do it . . . understanding and love. (…)"

열 살이 된 젬은 여느 남자아이들과 마찬가지로 동네를 휘젓고 다니며 논다. 위대한 승리를 뽐내는 장군이 되고 싶다. 친구들과 해적 놀이를 하고 이따금 항구 바로 옆에 있는 멜라카이 러셀 선장의 오두막에 앉아 선장의 젊은 시절 경험담을 듣는다. 선장이 직접 조각한 배 하나하나가 모험 이야기처럼 느껴진다. 어느 날 젬은 멜라카이 선장에게 어떻게 하면 멋진 배를 조각할 수 있는지를 묻는다. 열 살

아이가 이해하기에는 어렵다 해도 한 분야에서 30~40년 넘게 일한 사람들은 멜라카이 선장의 말이 최고의 답이라는 것을 안다. 배는 마음으로 소중하게 대해주지 않으면 절대로 비밀을 털어놓지 않는다고 선장은 덧붙인다.

장인匠人은 손으로 물건을 만드는 일을 업으로 하는 사람, 부분적으로 또는 전적인 수작업으로 물건을 만드는 숙련된 작업자를 뜻한다. 그런데 여기에 '정신'이라는 두 글자가 더해지면 의미가 사뭇 달라진다. '자기가 하고 있는 일에 전념하거나 한 가지 기술을 전공하여 그 일에 정통하려고 하는 철저한 직업 정신'을 장인 정신이라 한다. 한 가지 분야에 종사한 경력만 길다고 해서 장인이라 부르지는 않는다. 세월과 함께 기술의 발전과 깊이가 더해져야 하며, 자신의 분야에서 최고 경지를 위해 끊임없이 배워나가는 정신을 가진 사람이 장인이다.

그래서 멜라카이 선장은 장인이고, 장인 정신을 가진 사람이다. 오랜 세월 배로 바다를 누비며 항해 기술을 익혔고, 인내심, 이해와 애정으로 배에 관한 모든 것을 알게 되었다. 그리고 지금은 자신의 오두막에서 시간을 보내며 그가 항해할 때 탔던 배들을 모형으로 조각해서 전시하고 있다. 그런데 아무리 노력해도 도저히 만들 수 없는 고집스러운 배가 있다고 젬에게 말한다.

종종 내게 지금의 일을 얼마나 오래 해왔는지 물어오는 이들이 있다. 글을 쓰고 강의하면서 상담이라는 테두리 안에서 일을 한 지는 20년 남짓이고, 이전의 직장 경력까지 포함해도 나의 제대로 된 이력은 30년이 채 되지 않는다. 그래서 어디 가서 몇 년을 일했다고 자신 있게 말하지 못한다. 30년이 되면 수줍게 얘기할 수 있을 것 같다. 하지만 나의 일에 대한 애정만큼은 차곡차곡 쌓아왔다고 자부한다. 애정은 사랑하는 마음이다. 애정은 하루아침에 생겨나는 것이 아니라 시간이 흐르면서 서서히 쌓인다. 앤 이야기도 오랜 시간 차곡차곡 쌓아온 애정의 대상이다. 그래서 언젠가부터 앤의 문장으로 사람과 삶에 대한 애정을 얘기하고 싶었고, 지금 이렇게 풀어놓고 있다.

(…) 모두로부터 사랑받는 꼬마 아가씨가 어찌하여 행복하지 않을까? 하고 묻는 사람이 있다면, 그는 자신의 어린 시절을 잊어버린 것이 분명하다. 어른들에게는 사소한 일일지 몰라도 아이에게는 어둡고 끔찍한 비극으로 여겨질 수 있는 법이다.

(…) And if anyone asks why a petted little puss should be unhappy that inquirer must have forgotten her own childhood when things that were the merest trifles to grownups were dark and dreadful tragedies to her.

　이번에는 길버트와 앤의 막내딸 릴라의 이야기다. 젬, 월터, 낸과 다이, 셜리에 이어 태어난 막내로 가족 모두의 사랑을 독차지하고 있다. 릴라는 초록지붕집 마릴라 할머니의 이름을 따서 지은 이름이 마음에 들지 않는다. 자기가 어릴 때 돌아가신 마릴라 할머니를 향한 애틋한 감정도 없는 데다 '릴라'는 너무 촌스럽게 들리기 때문이다.

　어느 날, 수잔이 보육원 기부 모임에 내놓을 '금과 은 케이크'를 글렌세인트메리 교회에 가져다주라고 말하자 릴라는 깊은 절망감에 빠진다. 케이크를 들고 가는 모습을 남들에게 보이는 것이 부끄러운 일이라고 생각한다. 이는 릴라가 다섯 살 때 본 일 때문인지도 모른다. 틸티 페이크 할머니가 케이크를 들고 길을 내려가는데 마을의 남자아이들이 따라가면서 놀려댔다. 그 아이들은 "틸티 할머니가 남의 집 케이크를 훔쳐 먹고 배탈이 났대요"라는 노래를 합창했다. 그래서 릴라는 자신도 혹시 그런 일을 당하게 될까 봐 걱정이 이만저만 아니다.

　　이처럼 어린아이들은 때때로 이상한 생각을 하곤 한다. 항구 어귀에 사는 틸티 할머니는 잘 씻지 않아서 더러운 데다 누더기 옷을 입고 다녔다. 그러니 남자아이들이 할머니를 놀린 것은 단순히 케이크를 들고 가는 모습 때문만은 아니었다. 어쨌든 남자아이들이 한 행동은 나쁘다. 전후 맥락을 모르고 본다면 누구나 '아, 그렇지. 맞다 맞아!' 하면서 아이들의 마음을 들여다보게 할 문장이다. 어른들의 기억 속에는 없지만 분명 어린 시절, 우리는 릴라와 같은 경험을 했고 그것을 까맣게 잊은 채 살고 있다.

　　내 유년기를 통틀어 가장 어둡고 끔찍했던 기억이 하나 있다. 초등학교 2학년 2학기 늦가을로 기억한다. 시골 초등학교 아이들은 시간만 나면 학교 곳곳을 어슬렁거리고 다니며 시간을 때우는 게 일상이었다. 한번은 일요일에 친구랑 학교에 놀러 갔다가 갑자기 소변이 마려워서 화장실로 달려갔다. 그때는 재래식 화장실이 건물 밖에 있어서 놀다가도 볼일을 보기에 참 편했다. 그 많은 칸 중에서 하나를 골라 문을 열었는데 앉아서 큰 볼일을 보고 있는 교장 선생님과 눈이 딱 마주친 거다. 그때만 해도 타지에서 온 교장 선생님은 학교 안 사택에 머물며 생활하셨다. 너무 놀라고 당황한 나머지 사과는커녕 줄행랑을 쳤다. 달리면서 생각했다. '내 인생은 끝났다.'

월요일 아침을 맞이할 바에는 차라리 죽는 게 낫다고 생각했다. 그때는 한 주를 시작하는 월요일이면 선생님들과 전교생이 운동장에 모여서 전체 조회를 했다. 만약 교장 선생님이 나를 앞으로 불러내어 '너는 오늘로 퇴학이다. 곧장 집으로 가거라.' 이렇게 말씀하시면 어떡하지? 별의별 생각을 다하면서 주말을 보냈다. 밥도 먹기 싫고 TV 만화영화도 재미없고 숙제도 하기 싫었다. 아무것도 손에 잡히지 않았다. 나쁜 꿈도 꾸었다.

드디어 월요일 아침이 되었다. 다행히 교장 선생님은 조회시간에 아무 말씀도 하지 않으셨지만, 나는 교장 선생님을 피해 다니느라 용을 썼다. 찾아가서 용서를 구할까 생각하다가도 무서워서 마음 접기를 수백 번도 더 했다. 그러다가 어느 날 복도에서 교장 선생님과 정면으로 마주쳤는데 심장이 내려앉는 줄 알았다. 그런데 교장 선생님은 아무 일도 없었던 것처럼 나를 보며 환하게 웃으셨다. '도대체 뭐지? 뭐야?' 생각하고 또 생각했다. 그게 더 불안했다.

그렇게 몇 달을 보내고 새 학년이 되었고, 교장 선생님은 다른 학교로 가셨다. 그제야 나는 불안의 굴레에서 벗어나 웃음을 되찾았다. 가끔 그때 일이 생각난다. 그리고 이제는 안다. 교장 선생님은 눈이 많이 나빠서 안경을 끼셨는데 화장실에서 마주친 날은 안경을 벗고 계셨다. 그 잠깐 순간에도 나는 안경을 안 낀 모습을 보았다. 그러니 화장실 문을 덜컥 연 '범인'의 얼굴을 제대로 못 보셨던 게 아닐까.

아! 괜히 마음 졸였다.

"(…) 상상하는 건 정말 즐거운 일이지. 엄마도 잘 알고 있단다. 하지만 현실과 공상 사이의 경계를 잘 알고 지키는 것을 배워야 해. 그러면 너만의 아름다운 세상으로 잠시 피할 수 있는 힘이 길러지고, 그것은 인생의 고비를 넘을 때마다 놀라울 만큼 널 도와줄 거야. 엄마도 마법의 섬으로 한두 번 항해했다가 돌아오면 언제나 힘든 문제를 조금 더 쉽게 해결할 수 있었단다."

"(…) Oh, it's delightful . . . I know that rapture. But you must learn to keep on this side of the borderline between the real and the unreal. Then the power to escape at will into a beautiful world of your own will help you amazingly through the hard places of life. I can always solve a problem more easily after I've had a voyage or two to the Islands of Enchantment."

앤의 유년기를 이야기할 때 '상상'을 빼고는 설명이 불가능하다. 그 시작은 열한 살의 6월, 브라이트리버역에서 매슈 아저씨를 기다리면서부터다. 지붕 널빤지 위에서 매슈를 기다리는 앤에게 역장이 대합실 안에서 기다리라고 하자 앤은 밖이 상상할 거리가 훨씬 많다고 얘기한다. 초록지붕집에서 사는 동안 끊임없이 즐거운 상상, 터무니없는 상상, 무서운 상상을 하고, 어른이 되어서도 종종 상상의 세계로 떠났다가 현실로 돌아오곤 했다.

앤은 상상하는 일이 인생을 얼마나 즐겁게 하는지를 잘 알기에 여섯 아이들이 그리는 상상의 세계를 지켜주려고 노력한다. 하지만 이제 낸은 열 살이고 상상의 세계가 산산이 부서지는 경험을 함으로써 스스로 그 세계에서 빠져나오려고 한다. 정성껏 가꿔온 상상의 나라가 모조리 사라져버린 것을 슬퍼하며 상상 같은 건 두 번 다시 하지 않을 거라고 말하는 어린 딸의 마음을 다독이면서도 현실적인 조언을 곁들인다.

앤이 말한 대로 상상은 힘이 세다. 웃음과 신의 구원과 유머처럼 상상하는 일도 공짜다. 유치원이나 초등학교에 가서 그림책을 펼쳤을 때 시선이 창밖으로 향하는 아이들이 있다. '지금 어떤 세계에 가 있을까?' '무슨 상상을 하고 있을까?' 궁금해서 물어보고 싶어도 그 즐거운 세계를 망치고 싶지 않아서 현실로 돌아올 때까지 기다린다. 신기하게도 아이들은 놀 만큼 놀면 제자리로 돌아온다. 아이들이 상상하는 일은 동화 나라의 유산을 간직하고 사는 것만큼이나 중요하다. 마법의 섬으로 한두 번 항해했다가 돌아오면 언제나 힘든 문제를 조금 더 쉽게 해결할 수 있게 해준다는 말이 마음에 크게 와닿는다. 그것은 상상이 주는 치유의 힘이다.

Anne's
Winter
4장 겨울

주요 인물

앤이 동의했다. "그랬지요. 오랜 꿈을 이뤘으니까요. 유럽도 무척 매력적이고 훌륭하지만 돌아와보니 역시 고향이 최고네요. 코닐리어, 캐나다는 세상에서 가장 좋은 나라예요."

코닐리어가 흡족해하며 맞장구를 쳤다.

"아무렴, 그렇고 말고요."

"프린스에드워드섬은 캐나다에서 가장 아름다운 지역이고, 포윈즈는 이 섬에서 가장 사랑스러운 곳이지요."

앤은 글렌 마을과 항구, 만 너머의 황홀한 석양을 애정 어린 눈길로 바라보며 미소 지었다.

"We had," agreed Anne. "It was the fulfilment of years of dreams. The old world is very lovely and very wonderful. But we have come back very well satisfied with our own land. Canada is the finest country in the world, Miss Cornelia."

"Nobody ever doubted that," said Miss Cornelia, complacently.

"And old P.E.I. is the loveliest province in it and Four Winds the loveliest spot in P.E.I.," laughed Anne, looking adoringly out over the sunset splendour of glen and harbour and gulf.

세월이 흘러 코닐리어가 결혼한 지 13년이 지났다. 그런데도 오랜 친구들은 여전히 그를 친근하게 '미스 코닐리어Miss Cornelia'라고 부른다. 봄기운이 완연한 5월의 어느 날 저녁, 그녀는 유럽에서 막 돌아온 블라이드 부부를 만나러 잉글사이드를 방문한다. 앤과 길버트는 런던에서 열린 유명한 의학 회의에 참석하러 간 김에 유럽을 둘러보고 석 달 만에 집으로 돌아온 터였다. 앤은 오랫동안 간직해온 꿈을 이룬 것이 기뻤다. 코닐리어가 **여행 이야기**●/를 들려달라고 하자 앤은 유럽도 좋지만 캐나다와 프린스에드워드섬, 그리고 포윈즈가 최고라고 얘기한다.

몽고메리는 두 사람의 대화를 빌려 캐나다를 사랑하는 마음과 자신이 태어나고 자란 고향에 대한 애정을 한껏 드러냈다. 그녀는 자서전에서 "나는 프린스에드워드섬의 클리프턴에서 태어났다. 유서 깊은 이 섬은 태어나 어린 시절을 보내기에 좋은 곳이다. 이보다 아름다운 곳이 세상에 또 있을까?"라고 썼다. 몽고메리는 그가 쓴 21편의 장편 소설 중에서 한 권을 제외하고는 모두 프린스에드워드섬을 배경으로 삼았을 정도로 고향을 깊이 사랑했다.

몽고메리 덕분에 캐나다 남동부 세인트로렌스만에 있는 반월형 모양의 프린스에드워드섬은 오래전부터 '앤의 고장' '자연박물관' '휴일의 섬'으로 불리며 세계의 관광객을 불러 모으고 있다. 세계적으로 유례를 찾아보기 힘든 문학 테마파크로 유형과 무형의 가치가 공존하는 섬이다. 제주도 세 배 정도 크기의 섬 곳곳에 몽고메리의 삶이 스며 있고, 앤 이야기의 배경이 된 곳에는 의미 있는 볼거리들로 가득하다. 그러나 관광객의 속도로 명소만 둘러보면 섬의 매력이 온전히 느껴지지 않는다. 앤 시리즈를 모두 읽고 몽고메리 작가의 생애를 공부한 다음 음미하듯 걸으면 보이고 느껴지는 게 정말 많다. "아는 만큼 보인다"라고 했던 유홍준 교수의 말은 프린스에드워드섬에서도 통한다.

2017년 7월 10일, 나는 캐나다 수도인 오타와에 있었다. 그날 밤 국회의사당 앞 광장에는 캐나다가 영국 자치령에서 벗어난 지 150주년을 기념하는 행사로 수많은 인파가 몰렸다. 얼떨결에 그 경건한 축제 현장의 일원이 되었고 국회의사당 건물 외벽 전체를 스크린 삼아 캐나다의 역사를 한눈에 볼 수 있도록 기획한 레이저 쇼에 마음을 빼앗겼다. 캐나다 국가가 울려 퍼지자 경건하게 따라 부르며 감동의 눈물을 흘리는 시민들도 있었다. 행사가 끝날 때는 서로를 포옹하고 축복하며 흩어졌다. 참으로 멋진 행사였다.

한편으론 개천절 기념 행사에 한 번 참석한 적 없고 TV로도 보지 않는 내가 남의 나라 건국 기념 행사를 보면서 감탄하고 있으니 이게 뭐하는 건가 싶은 생각도 들었다. 프린스에드워드섬 곳곳에서 만난 지역민들은 몽고메리를 잘 알고 있었고, 외국인 관광객인 나에게 자신의 고향을 자랑했다. 그때 나는 다짐했다. 어딜 가더라도 한국인이라는 자부심을 가질 것이며, 내가 나고 자란 고향을 잊지 않고 사랑하겠다고. 해외에 가면 저절로 애국자가 되는데 돌아오면, 굳게 한 다짐을 금방 잊어버린다.

●✎여행 이야기

당시 미국과 캐나다, 유럽의 학자들은 해외에서 열리는 학회 참석과 강연을 위해 부부가 여행을 겸해 함께 가는 일이 흔했다. 몽고메리와 동시대를 살았던 알프레트 아들러의 삶을 기록한 『아들러 평전』(글항아리)에도 해외 강연을 겸한 여행 이야기가 여러 번 언급되어 있다. 또 그 시절 부유층에서는 세계 여행이 유행했다. 2권에서 미스 라벤더는 태평양 연안으로 장기간 신혼여행을 떠나고, 3권에서 '패티의 집' 주인은 3년 동안 세계를 둘러보느라 집을 비운다. 4권에서 캐서린은 세계여행을 하고 싶어한 오랜 꿈을 이룬다.

잉글사이드의 아이들은 마을과 가까우면서도 깊은 숲 속처럼 고요한 무지개 골짜기를 무척 좋아했다. 사랑스러움이 가득한 골짜기에는 정겹게 오목한 곳이 많았는데 그중 가장 넓은 곳은 아이들이 즐겨 노는 놀이터였다.

There was a certain wild woodsiness and solitude about Rainbow Valley, in spite of its nearness to the village, which endeared it to the children of Ingleside. The valley was full of dear, friendly hollows and the largest of these was their favourite stamping ground.

'무지개 골짜기(Rainbow Valley)'라는 이름은 월터가 지었다. 여름 폭풍우가 지나간 어느 날, 잉글사이드의 아이들은 다락방에 모여 놀다가 자기들이 좋아하는 골짜기에 걸린 무지개를 본다. 한쪽 끝은 연못에 잠겼고, 다른 끝은 골짜기 아래쪽 끝에 닿은 무지개가 눈부시게 아름답다. 월터가 기쁨에 겨워 말한다. "우리 저곳을 무지개 골짜기라고 부르자." 그 뒤로 '무지개 골짜기'가 되었다. 엄마의 문학적 재능을 물려받은 월터도 이름 짓기를 즐겨한다. 무지개 골짜기에 있는 은빛 자작나무에는 '흰옷 입은 숙녀'라는 이름을, 가까이서 자란 가문비나무와 단풍나무 가지가 서로 얽혀 있는 모습을 보고는 '연인의 나무'라는 이름을 지어준다.

젬은 무지개 골짜기의 나무와 꽃, 풀과 열매, 새에 대해 모르는 게 없다. 자연을 관찰하고 실험하면서 지식을 쌓아나간다. 때로는 무지개 골짜기의 연못에서 작은 송어를 잡아 자기만의 방법으로 요리하곤 했다. 붉은 돌을 동그랗게 쌓아 만든 화로와 고작 납작하게 편 양철통을 이용해서 구웠을 뿐인데 제법 그럴싸한 음식이 만들어진다. 낸은 파티에 쓰는 널빤지를 꺼내 신문지를 식탁보로 깐 다음, 수잔이 쓰다가 버린 이 빠진 접시와 손잡이가 없는 찻잔을 올린다. 집에서는 쓸모없는 것들이 무지개 골짜기에서는 축제의 도구가 된다. 생선구이가 완성되기를 기다리는 동안 아이들은 각자가 본 천사의 모습과 하늘을 나는 꿈을 이야기한다. 감사 기도는 젬의 의견에 따라 월터가 맡고, 아이들은 각자의 역할과 책임에 충실하게 파티를 준비한다.

이처럼 '레인보 밸리Rainbow Valley'는 단순히 아이들의 놀이터가 아닌, 자연 이상의 의미를 갖는 상징적 공간이다. 몽고메리는 아이들의 상상과 자유가 가득한 곳, 인생의 교훈을 배우는 장소로 무지개 골짜기를 설정했다. 잉글사이드 아이들은 이곳에서 상상하고 마음껏 뛰어놀며 평화를 누린다. 아늑한 골짜기는 마을 아이들과의 우정을 쌓고 협력하며 성장해나가는 놀이터이자 아이들의 순수한 마음이 지켜지고 어른들의 간섭 없이 그들만의 이상적인 세계를 펼칠 수 있는 장소이다.

한편 무지개 골짜기는 잉글사이드의 여섯 남매뿐만 아니라 목사관 아이들의 놀이터이기도 하다. 존 메르디스 목사의 아이들은 엄마가 죽은 뒤로 바쁜 아빠를 대신해 스스로를 돌보느라 자기들끼리 고민하고 해결해야 할 일이 많았다. 아이들은 걱정과 고민이 있을 때, 슬프거나 외로울 때, 속상한 일이 있을 때면 이곳에 모여 의논하고, 때로는 혼자만의 비밀과 슬픔을 가만히 털어놓았다. 이처럼 무지개 골짜기는 아이들에게 놀이터이자 치유의 공간이다.

누구에게나 자기만의 놀이터이자 치유 공간이 있다. 그런 장소는 삶에 윤기를 더하고 때로는 살아갈 힘을 준다. 자연이 아니어도 괜찮다. 다른 사람의 방해가 없는 곳, 침묵의 상담사가 있는 곳이면 더 좋다. 아이들에게도, 청소년들에게도, 청년들에게도, 어른들에게도 필요하다. 내게는 일직면 조탑마을에 있는 권정생 선생님 살던 집이 그런 곳이다. 결혼하고 안동에 살기 시작했을 때 아는 사람이라곤 시가 식구들뿐이라 문득문득 쓸쓸하고 외로웠다. 그래서 담장도 대문도 없는 작은 집 마당에 불쑥 들어가 친구를 찾았다. 낯선 이가 집 주변을 기웃거리는 데도 경계하지 않고 가만히 반겨주는 흙벽 집과 금세 친해졌다.

어떤 날에는 빌뱅이 언덕에 올라가 마을을 내려다보며 생각에 잠겼고, 사계절의 변화를 카메라에 담았다. 생각이 복잡할 때, 개나리꽃이 필 때, 마당 앞 아름드리 나무가 짙은 그늘을 드리울 때, 낙엽이 쌓일 때, 눈이 올 때, 회색 구름이 낮게 내려온 날, 바람 부는 날, 비 오는 날에도 들렀다. 어떤 날은 권정생 선생님의 『황소 아저씨』를, 어떤 날에는 『엄마 까투리』를 떠올렸다. 내 인생의 터닝포인트가 되어준,

문학치료사라는 직업으로 나를 이끈 동화 『강아지똥』이 탄생한 마을이니 내게는 조탑리가 무지개 골짜기다.

낸이 말했다. "집으로 돌아와서 정말 기뻐! 에이번리 어디에도 무지개 골짜기만큼 멋진 곳은 없잖아."

그렇지만 아이들은 모든 면에서 에이번리를 좋아했다. 초록지붕 집 방문을 언제나 큰 즐거움으로 여겼다. 마릴라 할머니는 아이들에게 무척 잘해주었고, 레이첼 린드 부인도 마찬가지였다. 린드 부인은 앤의 딸들이 언젠가 새로운 출발을 할 때 필요한 조각보 이불을 만들며 노년을 한가로이 보내고 있었다.

"How nice it is to be back!" said Nan. "After all, none of the Avonlea places are quite as nice as Rainbow Valley."

But they were very fond of the Avonlea places for all that. A visit to Green Gables was always considered a great treat. Aunt Marilla was very good to them, and so was Mrs. Rachel Lynde, who was spending the leisure of her old age in knitting cotton-warp quilts against the day when Anne's daughters should need a 'setting-out.'

앤과 길버트가 유럽을 여행하는 동안 초록지붕집에서 지낸 아이들이 잉글사이드로 돌아왔다. 낸은 집으로 돌아온 기쁨을 그 옛날

의 엄마처럼 말한다. 말하는 투가 영락없이 작은 앤이다. 에이번리의
초록지붕집이 아무리 좋아도 아이들에게는 잉글사이드가 최고다. 그
러나 아이들 모두 에이번리를 좋아한다. 무지개 골짜기는 없지만 그
들을 진심으로 예뻐해주는 할머니 두 분이 계신다. 즐거운 놀이 친구
들도 있다. 다이애나 아주머니와 데이비 아저씨의 아이들이다.

마릴라가 잉글사이드의 아이들을 귀애하는 건 당연한 일이라
해도 린드 부인이 앤의 어린 딸들을 위해 바느질을 하는 건 뜻밖의 감
동을 준다. 'setting-out'이기 때문이다. 'setting-out'은 19세기 후반에
서 20세기 초반의 북미 문화에서 흔하던 개념으로 이는 젊은 성인, 특
히 남녀가 결혼하고 부부가 되어 독립적인 가정을 시작할 때 필요한
기본적인 가정용품들을 말한다. 침구류, 주방용품, 타월, 식탁보 등이
포함되며 퀼트 이불은 특히 중요한 품목 중 하나였다. 그러나 이는 단
순히 물건들의 집합이 아닌, 새 가정의 시작을 상징하기에 특별하다.
결혼뿐만 아니라 독립적인 생활의 시작을 의미하기도 한다. 그러므로
린드 부인의 바느질은 앤을 향한 넓고 깊은 애정의 표현이다.

마릴라의 사랑은 친정 엄마 이상이다. 세월이 흐르면서 마릴라
와 앤의 관계는 더욱 끈끈해진다. 서로가 없는 삶은 상상이 불가능하
다. 독거 노인으로 외롭게 살다 갈 뻔한 마릴라의 노년은 앤 덕분에 풍
요롭다. 그녀는 친정 엄마이자 할머니의 마음으로 앤의 가족이 초록
지붕집에 오는 날을 기다렸다. 손자들을 위해 온갖 맛있는 음식을 준
비하고, 저마다의 귀여움과 개성이 넘치는 아이들을 세상에서 가장
다정한 눈빛으로 바라보았다.

마릴라는 앤이 초록지붕집에 오기 전까지 좀처럼 웃는 법이 없었다. 마치 웃는 방법을 모르는 사람처럼 어색한 미소를 지을 뿐이었다. 앤과 함께한 세월은 마릴라에게 자연스럽게 웃는 법을 가르쳐주었다. 앤도 마릴라 덕분에 웃으며 살 수 있었다. 누군가를 웃게 하고 웃는 법을 가르쳐주는 사람은 귀하고 아름답다.

그는 멋쩍게 웃으며 말을 이었다.

"고요한 날에는 백일몽에 빠지곤 합니다. 웨스트 양도 저에 대한 평판을 들어 알고 있을 테지요? 그러니 다음에 만날 때 혹여 제가 알아차리지 못하더라도 예의 없는 사람이라 여기지 말아 주세요. 그냥 멍하니 있는 거라 생각하고, 이해하고 용서해주기 바랍니다. 그리고 저에게 먼저 말을 걸어주세요."

He gave a conscious laugh. "On a calm day I fall into day-dreams. No doubt you know my reputation, Miss West. If I cut you dead the next time we meet don't put it down to bad manners. Please understand that it is only abstraction and forgive me—and speak to me."

그는 글렌세인트메리 마을 교회에 새로 부임한 존 녹스 메르디스 목사이다. 아내와 사별한 뒤 홀로 네 아이를 키우며 살고 있다. 신학적인 문제나 다른 무언가에 골몰하느라 자녀 교육에 무심하고 집안일을 제대로 돌보지 않아 마을에서 평판이 좋지 않다. 아내를 잊지 못하기에 자신의 인생에서 사랑은 끝났다고 생각한다. 그러던 어느 날, 그의 앞에 로즈메리가 나타난다.

　　로즈메리 웨스트는 '언덕 위의 집'에서 열 살 위 언니인 엘런 웨스트와 살고 있다. 아름답고 교양 있으며, 상냥하고 다정하다. 당당한 자신감을 소유한 여성에게 으레 따라다니는 평판으로 '거만하다'라는 말을 듣는 경우가 거의 없다. 옛날 포윈즈 항구에서 출발하는 배를 타고 떠난 약혼자가 돌아오지 않자 그 뒤로 연애를 하지 않는다. 사랑하는 연인은 침몰하는 배와 함께 영원히 사라졌다. 그리고 절대로 결혼하지 않겠다고 언니와 약속한다. 그러던 어느 날, 메르디스 목사가 그녀의 앞에 나타났다.

　　두 사람은 각자의 이유로 무지개 골짜기 아래쪽에 있는 샘에 왔다가 서로를 발견하고는 깜짝 놀란다. 교회에서 마주친 적은 있어도, 다른 곳에서 만난 건 처음이다. 과거에 갇혀 있는 두 사람의 인생에 새로운 장이 열렸다. 그들은 샘의 물을 함께 마시고 숲길을 걷는 동안 많은 이야기를 나눈다. 로즈메리의 집까지 바래다주면서 메르디스 목사는 마을 사람들이 자신에 대해 한 말을 의식한 듯 오해를 살 법한 자신의 행동에 대해 양해를 구한다. 메르디스 목사의 말은 수줍어하면서도 최선을 다해 자신의 마음을 내보이는 소년의 고백 같다. 고요한 날에는 백일몽에 빠지고, 주위에 사람이 있는지 없는지도 모를 정도로 깊은 생각에 잠기니 이런 행동이 새로 시작하는 사랑에 걸림돌이 될 수도 있겠다.

　　앤 시리즈를 다 읽은 지인은 이 장면이 무척 마음에 든다고 했다. 올해 중학교 3학년인 아들의 장래에 도움이 될 것 같아서 줄을 긋고 따로 메모해두었다고 하기에 그 이유를 물어보았다. 아들이 어릴 적부터 지금까지 한결같이 말수가 적고 골똘히 생각에 잠기는 버릇이 있는데, 사람들로부터 괜한 오해를 산다는 이유였다. 누가 옆에서 불러도, 누가 지나가도 모를 정도로 생각에 빠지는 버릇이 있어서 사람들로부터 예의 없고 건방지다는 말을 자주 들으니 엄마 입장에서는 속이 상할 수 밖에…. 그러면서 자기 아들은 나중에 여자친구 속 터지게 만들 스타일이라고 해서 같이 웃었다.

나는 혼자 생각에 잠긴 어른의 모습을 좋아한다. 백일몽이 한낮에 꾸는 헛된 꿈, 현실에서 도피하려는 심리적 기제라 해도 가끔씩 백일몽에 빠지는 건 매력 있는 마음 세계라고 생각한다. 타인에게 물리적·신체적·정신적 손해를 입히는 게 아니니까. 불러도 대답을 안 하면 가서 말을 걸면 된다. 아니면 앞에 가서 '똑똑' 하고 노크를 하면 될 일이다.

한 가지 재미있는 생각이 떠오른다. 로댕의 조각상처럼 '생각하는 사람'이 되고 싶다면 이렇게 해 보면 어떨까. "저는 지금 생각하고 있습니다. 혹여 제가 알아차리지 못하더라도 예의 없는 사람이라 여기지 말아주세요. 그냥 멍하니 있는 거라 여기고 이해하고 용서해주기 바랍니다. 필요한 경우 저에게 말을 걸어주면 고맙겠습니다"라고 쓴 깃발을 옆에 세워두는 방법을 제안한다.

"월터, 누구랑 싸운 모양이구나?"

"네, 목사님." 월터는 혼날 각오로 말했다.

"무슨 일로 싸운 거니?"

"월터는 솔직하게 대답했다.

"댄 리스가 우리 엄마는 거짓말쟁이고, 페이스한테는 돼지 계집애라고 해서요."

"음, 그럴 만한 이유가 있었구나, 월터."

"목사님은 싸워도 된다고 생각하세요?"

월터가 의아해하며 물었다.

"It seems to me that you have been fighting, Walter?"

"Yes, sir," said Walter, expecting a scolding.

"What was it about?"

"Dan Reese said my mother wrote lies and that that Faith was a pig-girl," answered Walter bluntly.

"Oh—h! Then you were certainly justified, Walter."

"Do you think it's right to fight, sir?" asked Walter curiously.

월터는 엄마를 모욕하고 친구 페이스를 놀린 댄 리스와의 싸움에서 멋지게 이긴다. 댄의 선제 공격으로 시작된 싸움은 월터의 승리로 끝이 났다. 아무도 예상하지 못한 결과다. 결투의 정당한 이유가 있었고 보란 듯이 이겼지만 월터에게 싸움은 이기고 지고를 떠나 역겹고 불쾌한 것이다. 월터는 남자아이들의 환호를 뒤로한 채 그 자리에서 벗어나 무지개 골짜기로 뛰어갔다. 마침 그곳에서 집으로 돌아가던 메르디스 목사와 마주친다.

그는 입술과 한쪽 눈이 터져서 부은 월터를 엄숙하게 바라본다. 월터는 싸운 것을 들켰으니 혼이 날 거라고 생각했다. 그런데 메르디스 목사는 싸움의 이유를 듣고는 고개를 끄덕인다. 어떤 이유로든 싸움은 안 된다고 설교할 것 같던 목사님으로부터 의외의 말을 들은 월터는 의아해하며 묻는다. "목사님은 싸워도 된다고 생각하세요?"

어린 평화주의자에게 이는 매우 중요한 문제이다. 메르디스 목사는 월터의 질문에 가끔은 괜찮다고 대답한다. 예를 들어 이번처럼 누군가 여성을 모욕할 때는 용감히 나서야 하는데, 월터가 그렇게 했으니 훌륭한 행동이라며 칭찬한다. 그리고 "반드시 그래야 한다는 확신이 생길 때까지는 싸우지 않는다. 그러나 싸움이 시작되면 혼신의 힘을 다한다"라는 자신의 좌우명을 말해준다.

월터의 질문은 가볍지 않고 메르디스 목사의 대답은 신중하다. 옛날에 어른들이 이렇게 말했다. 아이들은 싸우면서 크는 거라고. 그래서 어지간한 싸움은 눈을 감아주었다. 하지만 요즘은 그랬다간 큰일 난다. 싸우지도 말고 남들 싸움에 끼어들지도 말라고 가르친다.

누가 시비를 걸어도, 내 것을 빼앗아도 크게 손해보지 않는다면 그냥 넘어가라고 한다. 이는 어른들에게도 해당하는 말이다. 마음속에 낚싯바늘 모양의 혹을 감춘 사람들이 많아서 어떤 공격을 받게 될지 모른다. 자칫하다가는 크게 다칠 수도 있다. 그런데 만약 누군가가 나의 부모와 형제를 모욕한다면 어떻게 해야 할까? 이건 싸움의 정당한 이유가 된다.

그런데 요즘은 정당한 이유와 명분 없는 싸움도 많이 일어난다. 누구를 위한 싸움인지 모르겠다. 싸움이 꼭 필요하다면 단순하고 솔직한 자세를 취하면 좋겠다. 남의 생각에 좌우되지 말고 자기 확신으로, 남이 알려주는 싸움 방식이 아닌, 스스로 옳다고 생각하는 방법으로 정정당당하게. 월터는 거짓을 바로잡기 위해 싸웠지만 승리에 도취하지 않았다. 댄은 순순히 패배를 인정했다. 싸움의 이유와 기술은 다양하지만 어린 월터가 싸움에 임한 자세는 배울 필요가 있다.

월터는 그녀를 꼭 껴안으며 물었다. "세상의 모든 어머니가 엄마처럼 다정할까요? 엄마는 제가 목숨 바쳐 지킬 만한 분이에요."

"Are all mothers as nice as you?" asked Walter, hugging her. "You're worth standing up for."

　　월터는 엄마에게 오늘 싸운 일을 모두 이야기한다. 앤은 월터의 마음을 헤아리고, 자기와 페이스를 위해 용기 있게 나서주어 기쁘다고 말한다. 그리고 아픈 곳에 연고를 발라주고 쑤시는 머리를 연한 향수로 문질러준다. 앤은 아이들로부터 존경과 사랑을 듬뿍 받는 엄마다. 월터뿐만 아니라 젬과 셜리도 누군가가 엄마를 모욕한다면 월터처럼 용기 있게 나설 것이다. 자신을 위해 용감하게 나선 아들을 품에 안고 앤은 얼마나 든든함을 느꼈을까?

　　엄마인 독자들은 6권과 7권에서 할 말이 많아 보인다. 7권까지 읽은 지인이 마지막 8권을 남겨두고 이렇게 말했다. "결혼 이후의 앤은 솔직히 말해서 비호감이에요. 아이들과 자주 대화하고 상상력을 키워주려고 하는 건 좋아요. 그런데 아이들을 돌보는 일은 수잔이 거의 다 하는 것 같아요. 앤은 사람들과 어울려서 수다나 떨고, 초록지붕집에 가면 일주일씩 있다가 오고, 손에 물 한 방울 안 묻히고 말이죠. 길버트가 아무리 돈을 잘 버는 의사라 해도 그렇죠. 부잣집 사모님 놀이하며 사는 거 아닌가요?"

요약하면 앤이 엄마로서 한 일이 뭐냐는 거다. 지인의 말을 들으니 그렇게 보일 수도 있겠다는 생각이 들었다. 8권을 마저 읽고 다시 얘기하자고 했다. 어쨌든 앤은 결혼 이후 길버트의 아내, 아이들 엄마로서의 역할에 머물지 않고 스스로 옳다고 생각하는 일, 하고 싶은 일을 하면서 자신의 개성을 잃지 않고 살아간다. 이는 몽고메리가 이상적으로 생각한 여성상이 반영되었기 때문인데 8권까지 읽고 나면 생각이 달라질 거라고 했다.

아무튼, 안동에 자주 가는 놀이터가 하나 더 있다. 권정생 동화나라 앞에 있는 하얀색 건물의 갤러리 카페이다. 사장님이 오래전에 앤 시리즈를 모두 읽었다는 사실을 알고부터 더욱 가까워졌다. 그런데 올해 초부터 앤 읽기를 다시 시작한 사장님이 하루는 이런 궁금증을 풀어놓으셨다. "앤이 여섯 명의 아이를 낳아 기르는 동안 임신의 기쁨을 표현하고 태교에 정성을 쏟는 얘기가 어디에도 없네요. 앤의 모습과는 거리가 멀리 보여요. 어느새 아이들이 태어나 있고 이만큼 자라 있는데 왜 그럴까요?"

이는 몽고메리의 생애와 개인적인 경험, 현실과 창작 사이의 괴리, 작가에 대한 출판사와 독자들의 기대, 1800년대 후반 캐나다의 시대적 배경 등의 요소들이 복합적으로 작용한 결과인데, 설명하자면 무척 길다. 분석적인 앤 읽기를 하는 지인들 덕분에 사례 부자가 되고 있다. 어릴 적에 본 만화영화의 추억만으로 "앤이 좋아요!"라고 말하는 이들과 달리 여덟 권을 끝까지 읽어낸 독자이기에 그들의 견해는 내게 관점의 변화를 가져다주고, 또 다른 각도로 앤을 보게 한다. 성실하게 책을 읽는 벗들이 있어서 참 좋다.

"(…) 수잔, 우리가 작은 꿈의 집을 떠나올 때 내가 얼마나 슬퍼했는지 기억해요? 난 결코 잉글사이드를 그만큼 사랑할 수 없을 거라고 생각했어요. 하지만 지금은 이 땅의 구석구석, 모든 나뭇가지와 돌멩이 하나하나까지 사랑하고 있어요."

"(…) Do you remember how badly I felt when I left our little House of Dreams, Susan? I thought I could never love Ingleside so well. But I do. I love every inch of the ground and every stick and stone on it."

젬이 태어난 '꿈의 집'에서 잉글사이드로 이사한 앤은 이곳에서 월터, 낸과 다이, 셜리와 릴라를 낳아 키우며 삼십 대부터 오십 대까지 시절을 보낸다. 2023년 7월, 『잉글사이드의 앤 *Anne of Ingleside*』, 『무지개 골짜기 *Rainbow Valley*』, 『잉글사이드의 릴라 *Rilla of Ingleside*』의 배경이 된 상원 의원 도널드 몽고메리(1808~1893)의 집을 찾았을 때 탄성이 절로 나오는 풍경에 넋을 잃었다. '농촌처럼 소박하고 평화로우며 서정적인 또는 그런 것'을 목가적이라고 한다면 그에 딱 어울리는 모습이었다. 전망 좋은 하얀 집은 너른 언덕 위에 있었다.

탁 트인 사방에서 바람이 불어오니 지명 그대로 '포윈즈Four Winds'였다. 고즈넉함으로 가득한 집 아래에는 수령을 알 수 없는 아름드리나무가 짙은 그늘을 드리웠다.

몽고메리는 1931년 6월 2일 자 일기에 "어릴 적 나는 할아버지 댁에 자주 가곤 했는데 그것은 나에게 큰 기쁨이었다"라고 썼다. 그녀는 자신의 추억이 깃든 또 하나의 장소를 소설 속으로 가져와 생명력 넘치는 공간을 탄생시켰다. 이처럼 앤 이야기의 주요 무대가 된 장소들은 단순히 한 작가의 편리한 상상만으로 만들어진 곳이 아니기에 직접 가서 보면 그 공간이 살아 숨 쉬는 것처럼 느껴진다.

앤이 가장 긴 세월을 보낸 곳으로 설정된 장소여서 그런지 익숙한 풍경처럼 다가왔다. 지금도 이곳에서 앤과 길버트의 아이들이 '까르르' 웃으며 뛰어놀 것 같은 착각에 빠졌다. 묘사의 힘이 마술을 부린 것이다. 앤을 좋아하는 이들은 입을 모아 말한다. 프린스에드워드섬에 꼭 가보고 싶다고. 책에 쓰인 것처럼 정말 아름다운 곳인지 궁금하다고. 그래서 나는 경비가 많이 드니까 지금부터 매달 조금씩 돈을 모아 언젠가 마음 맞는 이들과 꼭 다녀오라고 한다. 그렇게 떠난 이들의 흔적은 프린스에드워드섬 곳곳의 방명록에 남아 있다. 한국인의 이름을 볼 때마다 반가움이 절로 일었고, 그들의 도전과 용기에 박수를 보냈다. 캐나다에 사는 한국인이 아닌, 'From Korea'라고 적힌 한 줄 소감에 자꾸만 눈길이 갔다.

언젠가는 프린스에드워드섬에 머물며 겨울나기를 해볼 생각이다. 10월 초부터 주도인 샬럿타운을 제외한 관광 명소들이 모두 문을 닫으니 제아무리 멀리서 온 관광객이라 해도 겨울에는 앤 이야기의 무대를 돌아보는 게 불가능하다. 눈 덮인 풍경을 보려면 그곳에서 겨울을 나야 한다. 그러자면 지금껏 경험해본 적 없는 추위를 견뎌야 하고, 불편함을 견딜 수 있어야 한다. 눈에 갇히면 생필품을 사러 가는 것조차 힘들다. 한국처럼 빠르고 편리한 택배 서비스를 기대해서는 안 된다. 웬만큼 아픈 건 참고 견뎌야 한다. 형부한테 나의 계획을 얘기했더니 처제는 일주일도 못 버틸 거라고 했다. 물론 이를 낭만적인 모험쯤으로 여기는 건 아니다. 나는 앤을 좋아하고 낭만을 추구하지만 현실에 단단히 발을 딛고 사는 사람이어서 철저하게 계획한 다음, 충동적으로 움직인다.

앤과 몽고메리의 모든 것을 알고 느껴보고 싶다. 그 옛날 고립된 섬에서 지역 공동체를 이루며 살아간 이들의 끈끈한 연대와 독특한 정서를 책에서 읽었기에 에이번리와 포윈즈, 서머사이드, 글렌세인트메리 마을의 겨울을 보고 싶은 것이다. 아무도 밟지 않은 눈밭으로 살며시 걸어 들어가 "Thank you so much, My dear Anne"이라고 크게 적어놓고 싶다.

페이스와 우나, 제리와 칼, 젬과 월터, 낸과 다이 그리고 메리 밴스가 골짜기의 작은 빈터에 모여 앉았다. 그들은 특별한 축하 파티를 열고 있다. 무지개 골짜기에서 젬과 함께하는 마지막 저녁이기 때문이다. 내일이면 젬은 퀸즈 아카데미에서 공부하기 위해 샬럿타운으로 떠난다. 그들의 매력적인 모임이 깨어지기에 축제의 즐거움에도 모두의 마음속에 한 가닥 슬픔이 자리했다.

They were all there, squatted in the little open glade—Faith and Una, Jerry and Carl, Jem and Walter, Nan and Di, and Mary Vance. They had been having a special celebration, for it would be Jem's last evening in Rainbow Valley. On the morrow he would leave for Charlottetown to attend Queen's Academy. Their charmed circle would be broken; and, in spite of the jollity of their little festival, there was a hint of sorrow in every gay young heart.

학교에서도, 마을에서도 대장 노릇을 했던 젬은 이제 무지개 골짜기를 뛰어다니고 자연을 탐색하며 송어를 잡던 어린아이가 아니다. 장차 의사가 될 꿈을 안고 그 옛날 부모님이 다닌 퀸즈 아카데미에 공부하러 간다. 오랫동안 함께 어울린 마을 아이들은 젬의 입학 축하 겸 송별 파티를 열며 축제를 즐기지만, 더는 매력적인 모임이 지속되지 못한다는 사실을 알기에 쓸쓸함을 느낀다. 아이들은 그동안 몸과 마음이 자랐다. 누군가의 새로운 시작이 아쉬운 작별이 되고 자신들이 언제까지나 어린이에 머물러 있을 수 없다는 현실을 자각한다.

페이스와 우나, 제리와 칼은 어머니의 부재 속에서 자라는 동안 수없이 많은 시행착오를 겪는다. 자신들의 작은 잘못과 실수를 사사건건 트집 잡아 가십거리로 삼는 마을 사람들의 시선을 견뎌야 했고, 아버지를 향한 수군거림에 속이 상한다. 스스로를 돌보며 반듯하게 자라는 방법을 찾느라 몸부림친다. 젬은 이들의 고민을 귀담아듣고 진심으로 공감하며 '선행 클럽'을 만들어서 자신들을 돌보는 힘을 기르는 방법을 알려준다. 때로는 친구들의 안타까운 상황을 엄마에게 전했다.

메리 밴스는 항구 건너편 와일리 부인 집에서 도망쳐 나온 아이다. 혹독한 노동과 굶주림에 시달리며 툭하면 매를 맞았는데 테일러 씨네 목장 헛간에서 웅크리고 있다가 마침 그곳에 놀러 온 제리와 페이스, 우나에게 구조되었다. 메리는 남의 집에서 일꾼으로 자라느라 제대로 된 훈육과 돌봄을 받지 못했기에 이익에는 밝지만 옳고 그름에 대한 판단력이 부족해서 거짓된 행동으로 자주 친구들을 기만한다. 하지만 아이들은 가여운 메리에게 그들이 가진 것을 아낌없이 나누어주고 그들의 놀이 세계에 흔쾌히 끼워준다. 다행히 메리는 코닐리어 부인과 함께 살게 되면서 나쁜 행동을 하나씩 고쳐나간다. 여기까지가 7권에서 펼쳐진 아이들의 짧은 인생 서사이다.

　어린 영혼들은 견디기 힘든 고난과 슬픔, 외로움 속에서도 자기들만의 즐거움을 찾는다. 그래서 이들의 마지막 축제가 애틋하게 느껴진다. 7권을 읽으면서 허5파6 작가의 만화 『아이들은 즐겁다』(비아북)가 겹쳐 떠올랐다. 여덟 살인 다이는 다정하고 책을 좋아한다. 그러나 집에는 읽을 책이 별로 없다. 아무도 돌봐줄 사람이 없어서 혼자 밥을 챙겨 먹고 학교에 간다. 엄마는 병으로 입원한 지 오래다. 아빠는 일하러 가면 한참 동안 집에 들어오지 않는다. 동네 사람들은 다이의 불쌍한 처지를 수군거린다. 안경이는 시험에서 1등 하지 못하면 틀린 개수대로 매를 맞는다. 화가가 되고 싶은 유진이는 가난이 버겁다.

　가여운 아이들은 세상의 냉정한 표정을 마주한다. 가치가 큰 일에는 눈을 감고 핀 끝처럼 하찮은 일만 실눈으로 지켜보는 어른들 때문이다. 이런 어른들은 과거에도 있었고, 지금도 아이들 세계에 끼어들어 방해한다. 즐거울 일 하나 없는 아이들의 일상을 그려놓고 제목을 '아이들은 즐겁다'로 지었다. 역설적인 제목이 아프면서도 잘 어울린다는 생각이 든다. 아이들은 자신을 보듬으며 그들의 즐거움을 찾기 때문이다. 항상 아이들이 즐거운 세상이면 좋겠다. 그래야 어른들도 행복하다.

거대한 전쟁의 그림자는 아직 그 어디에도 차가운 전조를 드리우지 않았다. 훗날 프랑스와 플랑드르, 갈리폴리와 팔레스타인의 싸움터에 나가 그곳에서 쓰러지게 될지도 모를 젊은이들은 여전히 장난꾸러기 학생들로 그들 앞에는 공명정대한 인생이 기다리고 있었다. 앞으로 가슴 찢기는 슬픔을 감싸 안게 될 소녀들은 아직 희망과 꿈을 품은 별 같은 소녀들이었다.

The shadow of the Great Conflict had not yet made felt any forerunner of its chill. The lads who were to fight, and perhaps fall, on the fields of France and Flanders, Gallipoli and Palestine, were still roguish schoolboys with a fair life in prospect before them: the girls whose hearts were to be wrung were yet fair little maidens a-star with hopes and dreams.

마지막 축제를 즐기면서 젬은 아이들에게 "다시 옛날로 돌아가 큰 전쟁터에서 위대한 승리를 거두는 장군이 되는 게 꿈"이라고 말한다. 젬은 군인이 되어 지금까지 이 세상에서 일어난 그 어떤 싸움보다 더 큰 전쟁을 보게 될 것이다. 하지만 그것은 미래의 일이다. 앤은 세 아들을 바라보면서 젬이 동경하는 그 옛날 '용사들의 시대'가 영원히 지나가버린 것을 신께 감사드리곤 했다. 그런데 월터는 예언자처럼 '피리 부는 사나이'가 가까이 오고 있음을 직감한다. 페이스와 우나, 낸과 다이, 메리는 무서워서 몸을 떨었으나 젬은 손을 흔들며 외친다. "피리 부는 사나이여, 오라! 환영하며 온 세상 어디든 기꺼이 당신을 따라가리라."

7권은 전쟁을 예고하며 끝을 맺는다. 제1차 세계 대전에 영국이 연합국으로 참전하면서 영국 연방의 한 나라로서 캐나다 젊은이들도 기꺼이 전쟁터로 나갔다. 여전히 장난꾸러기인 남학생들은 훗날 먼 나라에서 일어나는 싸움에서 죽거나 쓰러질 것이다. 연인과 오빠, 동생을 전쟁터로 보내고 슬픔을 견디며 긴 시간을 보내야 할 여학생들은 아직 꿈과 희망을 간직한 소녀들이다. 그들만의 낙원에서 즐거운 시간을 보내고 있는 아이들에게 전쟁이란 그들이 사는 동안 결코 일어나지 않을, 아득히 멀리 있는 비현실적인 얘기일 뿐이다.

잉글사이드의 아이들은 좋은 부모를 만나 더할 나위 없이 넉넉한 행복을 누리고 있다. 메르디스의 아이들은 곧 로즈메리를 새엄마로 맞이하게 된다. 지혜롭고 아름다우며 다정한 그녀는 말썽꾸러기 아이들을 진심으로 아낀다. 메리도 코닐리어의 원칙 있는 돌봄과 사랑 속에서 성장하고 있다. 얼마 살지 않은 이들의 인생에 찾아온 황금기이자 완벽한 행복이다. 그다음 닥칠 일에 대한 보상처럼 말이다. 행복과 불행은 서로 손을 잡고 같이 온다고 하지 않던가.

앤 이야기가 7권으로 대단원의 막을 내렸다면 어땠을까? 하고 생각해보았다. 열린 결말도 그다지 좋아하지 않지만, 이후의 이야기는 독자들의 상상에 맡겨주기를 바랐다. 그랬다면 나는 무지개 골짜기에서 뛰어놀던 아이들의 미래를 한 명씩 그려보았을 테다. 곧 글로 풀어야 할 8권의 비극을 생각하니 슬픔이 울컥 솟구친다.

릴라가 웃으며 외쳤다. "인생을 맛보게 된다고요? 전 그것을 먹어 버리고 싶어요. 여자로서 누릴 수 있는 모든 걸 해보고 싶어요. 한 달 후에 열다섯 살이 되면 더 이상 누구도 저를 아이 취급하지 않을 거예요. 누군가가 열다섯부터 열아홉 살까지가 여자의 인생에서 가장 찬란한 시기라고 말하는 걸 들었어요. 나는 그 시절을 완벽하게 빛나도록 만들 거예요. 재미있는 것들로만 가득 채워서요.

"무엇을 하겠다고 마음먹는 일이 소용없을지도 몰라. 뜻대로만 살아지는 건 아니거든."

"아, 하지만 생각하는 것만으로도 즐거운걸요." 릴라가 외쳤다.

"Taste life! I want to eat it," cried Rilla, laughing. "I want everything—everything a girl can have. I'll be fifteen in another month, and then nobody can say I'm a child any longer. I heard someone say once that the years from fifteen to nineteen are the best years in a girl's life. I'm going to make them perfectly splendid—just fill them with fun."

"There's no use thinking about what you're going to do—you are tolerably sure not to do it."

"Oh, but you do get a lot of fun out of the thinking," cried Rilla.

릴라의 대화 상대는 거트루브 올리버이다. 1년 전부터 잉글사이드에서 하숙하고 있는 스물여덟 살의 올리버는 지금까지 굴곡진 인생을 살아왔다. 얼굴은 예쁘지 않지만 사람들의 관심을 끄는 매력과 신비로움이 깃들어 있다. 가끔씩 피곤할 때 보이는 우울한 표정과 냉소적인 분위기조차 릴라에게는 매력적으로 느껴졌다. 하지만 올리버는 언제나 재미있고 유쾌해서 잉글사이드 아이들은 그녀의 나이조차 잊은 채 어울렸다. 특히 릴라는 올리버를 좋아하는 것을 넘어 숭배하므로 자신의 비밀까지 털어놓으며 모든 것을 공유한다. 올리버 또한 릴라를 '개구쟁이 아가씨'라 부르며 진심으로 귀여워한다.

릴라는 이제 자기도 어른이 다 되어가는데 가족들이 여전히 어린아이 취급하면서 끼워주지 않는 게 불만이다. 그런 릴라에게 올리버는 서둘러 어른이 되려고 할 필요가 없다고 말한다. 어느새 훌쩍 자라 곧 인생을 맛보게 될 테니까. 그저 재미있는 것만 찾아다니는 열네 살의 부잣집 막내딸은 그동안 순탄치 않은 인생을 살아온 올리버의 말을 가볍게 받아들이는 걸까? 그렇지 않다. "Taste life! I want to eat it." 릴라는 인생을 맛만 보지 않고 먹어버리고 싶다고 소리친다. 올리버의 말에 장난스럽게 대꾸하는 깃 같아 보여도 그렇지 않다. 이는 인생을 온전히, 깊이 있게 경험하고 싶다는 욕망의 표현이다. '맛보기'에서 '먹기'로 진전되는 것은 경험의 강도와 깊이가 증가함을 의미한다.

모두로부터 사랑받는 것만이 자신에게 주어진 역할이기에 예쁘고 허영심 많은 릴라는 올리버와는 다른 관점에서 앞으로 펼쳐질 인생을 기대하고 받아들인다. 모든 것이 마음먹은 대로 될 거라는 꿈에 부풀어 있다. 그 옛날의 엄마처럼…. 릴라의 경쾌함은 앤의 소녀 시절을 닮았다. 재미있는 일로 가득한 인생을 생각하며 즐거움을 느끼는 것도 엄마가 했던 일이다.

인생의 여러 가지 맛을 아는 어른과 단순하고 해맑기만 한 소녀의 대화는 젊은 세대의 조급한 열정과 어른 세대의 신중함을 대비하여 보여준다. 그러나 각자의 경험 안에서는 다 맞다. 어쨌든 릴라는 인생에 대한 기대를 한껏 품고 있으나 올리버의 예언이 현실이 되는 시간 속으로 걸어 들어가고 있다. 이야기를 다 알고 있는 독자이기에 이 환한 장면에서도 웃지 못한다.

전쟁은 지옥 같고 처참하며 추한 것이다. 그것도 20세기 문명국들 사이에서 일어난다니 너무도 무섭고 끔찍하다. 생각만 해도 소름 끼치기에 아름다운 삶을 위협하는 전쟁은 월터를 슬프게 했다. 그래서 생각하지 않으려 했고, 마음속에서 단호히 몰아내려고 애썼다.

War was a hellish, horrible, hideous thing—too horrible and hideous to happen in the twentieth century between civilized nations. The mere thought of it was hideous, and made Walter unhappy in its threat to the beauty of life. He would not think of it—he would resolutely put it out of his mind.

독일이 프랑스에 선전 포고했다는 소식을 젬한테서 전해들은 월터는 전쟁에 대한 혐오와 참전에 대한 불안감에 휩싸인다. 월터는 피를 보는 게 무서워서 어릴 적에 앓는 이를 뽑는 것조차 망설였다. 젬이 발을 다쳤을 때는 속이 울렁거려서 기절할 뻔했다. 월터는 자신의 통증도 싫지만 다른 사람이 다치는 것도 견디기 힘들다. 전쟁만큼 그에게 추하게 여겨지는 것은 없다.

끔찍한 전쟁은 20세기를 지나 21세기에도 일어나고 있다. TV 뉴스와 기사로 전쟁의 참상을 접하는 우리는 안타까워하고 아파하면서도 먼 나라의 일이기에 금방 잊어버린다. 인간의 존엄을 짓밟고 위협하는, 아름다운 삶을 위협하는 전쟁이 세계 평화에 어떤 기여를 하는지 때때로 물음표가 붙는다. 언젠가부터 나의 언어에서 '일상이 전쟁이야.' '사는 게 전쟁이지 뭐!' 이런 식의 비유법이 사라졌다. '행복한 전쟁'이라는 역설적 표현도 멀리한다. 바쁨을 전쟁에 빗대어 말하는 건 한가한 소리 같다. 그래서 부모 교육에서도 '아이들이랑 매일 전쟁 치르면서 살아요.' 이런 표현을 되도록 쓰지 말라고 당부한다.

"어머니, 저는 가야만 해요. 그게 옳습니다. 그렇죠, 아버지?" 젬이
말했다.

블라이드 선생이 일어섰다. 그의 얼굴은 무척 창백했고 목소리는
쉬었다. 그러나 그는 주저하지 않았다.

"그래, 젬, 그래. 네가 그렇게 생각한다면, 그게 옳은 거야."

"I must, mother. I'm right—am I not, father?" said Jem.

Dr. Blythe had risen. He was very pale, too, and his voice was husky.
But he did not hesitate.

"Yes, Jem, yes—if you feel that way, yes—"

젬은 스물한 살이다. 1913년에 레드먼드 대학에서 문학사 학
위를 받고 의과대학 1학년 과정을 막 마쳤다. 그런 젬이 시내에 붙은
지원병 모집을 보고 참전을 결정한다. 어머니의 만류에도 젬은 뜻을
굽히지 않는다. 너무나 갑작스러운 통보이기에 앤은 받아들일 마음의
준비가 되어 있지 않다. 블라이드는 아들을 붙잡을 수 없다는 사실을
안다. 그것을 자기 의무라고 생각하는데, 다른 청년들도 전쟁터로 가
는데 어떻게 젬의 마음을 돌릴 수 있단 말인가? 그러나 젬은 맏아들

이다. 굳이 가지 않아도 된다. 아무리 앤이 캐나다를 사랑하고 여전히 높은 이상을 품고 있지만 아들의 뜻을 선뜻 지지할 수 없다.

이 장면에서 '만약 나라면 어떻게 했을까?'를 생각해보았다. 'if 가정법'을 적용하는 독자로서의 나는 아들을 붙잡기 위해 수단과 방법을 가리지 않을 것이다. 내 아들이 이기적이고 소심한 사람이 되더라도, 설령 그런 취급을 받더라도 말릴 수 있는 데까지 말리고 보겠다. 속으로는 '네가 그렇게 생각한다면, 그게 옳은 거야'라고 하겠지만 그 말을 끝까지 입 밖으로 내지 않을 테다.

(…) 나 말고는 모두가 바빠 보인다. 나도 할 일이 있으면 좋겠다고 생각하지만, 아무것도 없다. 어머니랑 낸과 다이는 온종일 바쁜데 나만 혼자 외로운 유령처럼 배회한다. 하지만 나를 정말 아프게 하는 건 어머니와 낸의 억지로 만들어 붙인 듯한 미소이다. 이제 어머니의 눈은 웃지 않는다. 나도 웃으면 안 될 것 같은 기분이 든다. 웃고 싶어지는 것조차 나쁜 일처럼 느껴진다. (…)

(…) Everybody seems busy but me. I wish there was something I could do but there doesn't seem to be anything. Mother and Nan and Di are busy all the time and I just wander about like a lonely ghost. What hurts me terribly, though, is that mother's smiles, and Nan's, just seem put on from the outside. Mother's eyes never laugh now. It's makes me feel that I shouldn't laugh either—that it's wicked to feel laughy (…)

젬의 결정을 받아들인 이후, 블라이드 부인과 낸은 미소 띤 얼굴로 용기 있고 의연하게 움직인다. 부인은 코닐리어와 함께 적십자사를 조직하기 시작하고, 블라이드 선생과 메르디스 목사는 애국자협회를 결성하기 위해 남자들을 모은다. 릴라가 할 수 있는 일이라곤 군복 입은 젬을 멋있게 바라보며 나라의 부름에 응하지 않은 오빠를 둔 소녀들 사이에서 고개를 치켜들고 다니는 것뿐이다.

릴라가 지금 상황의 낭만적인 면을 찾는다고 해서 슬프지 않은 건 아니다. 큰 충격을 받았고 여전히 괴롭지만 자신이 끼어서 할 수 있는 일이 없다. 그동안 집안일도, 바느질도, 요리도, 비스킷 굽는 법도 배우지 않았다. 가족 중에서 누구도 막내딸에게 그런 것들을 바라지 않았다. 그러나 눈치가 빠른 릴라는 어머니와 언니의 어색한 미소를 알아차린다. 할 줄 아는 게 없어서 외로운 유령처럼 혼자 배회하는 것보다 어머니의 얼굴에서 미소가 사라졌다는 사실이 못 견디게 마음 아프다. 무엇 하나 부족한 것 없이 사랑만 받으며 자란 릴라에게 닥칠 시련과 지독한 외로움, 그로 인한 변화와 성장은 이제 시작이다.

나는 8권을 읽는 내내 『몽실 언니』(창비)를 읽을 때만큼이나 힘들었다. 릴라는 가족이라는 울타리와 물질적인 풍족함 속에서 컸기에 몽실 언니가 겪은 시련에 비하면 상황이 훨씬 낫다. 두 사람이 겪은 아픔과 고난의 기간을 비교하는 것은 쓸데없는 일이지만, 어쩔 수 없이 지켜야 하는 약속과 의무가 그들에게 주어졌다는 점에서 공통점이 있다. 두 사람은 최선을 다해서 그것을 해낸다. 그리고 두 권을 읽는 동안 내가 흘린 눈물의 양은 비슷하다.

그 시절에 태어나 그런 시련을 겪지 않은 것에 감사한다. 그 시절에 태어나 그런 고난을 겪어야 했던 세상의 모든 어머니들의 노고

를 헤아려보았다. 그들이 살아보지 못한 좋은 시절을 누리고 있다는
것을 잊지 말아야겠다고 때때로 다짐한다.

릴라는 태어나서 처음으로 시트의 단을 시침질하고 있었다. 젬이 가야 한다는 소식이 왔을 때 릴라는 무지개 골짜기에 있는 소나무들 사이에서 실컷 운 뒤, 어머니에게 갔다.

"어머니, 저도 뭔가 하고 싶어요. 나는 여자라서 전쟁터에 갈 수는 없지만 집에서라도 도움이 될 만한 일을 해야겠어요."

Rilla was basting the hem of a sheet for the first time in her life. When the word had come that Jem must go she had her cry out among the pines in Rainbow Valley and then she had gone to her mother.

"Mother, I want to do something. I'm only a girl—I can't do anything to win the war—but I must do something to help at home."

시트와 붕대를 만들 재료가 잉글사이드의 넓은 거실에 하얀 눈처럼 쌓여 있다. 적십자사 본부에서 필요하다는 연락을 받고 낸과 다이, 릴라는 부지런히 움직인다. 릴라는 태어나서 처음으로 시트의 단을 시침질한다. 젬은 내일 발카르티에로 떠난다. 이미 예상한 일이지만 막상 닥치고 보니 말할 수 없을 정도로 괴롭다. 그 옛날 엄마가 소나무로부터 위로를 받은 것처럼 릴라도 무지개 골짜기에 있는 소나무를 찾았다. 이런 상황에서 집안의 누구도 릴라의 울음을 환영하지 않을 것이기에 아무도 보지 않는 곳에서 실컷 울고 난 후, 굳게 다짐한 듯 어머니에게 간다.

뭔가 도움이 되고 싶어하는 릴라에게 블라이드 부인은 해야 할 일을 가르쳐준다. 나이 든 사람들 틈에 끼는 것보다 여자아이들을 모아서 청소년 적십자단을 조직해보라고 제안한다. 릴라는 해본 적 없는 일이지만 시작해보겠다고 마음먹는다. 용감하고 영웅적이며 이타적인 사람이 되겠다는 다짐과 함께…. 여전히 과장되고 낭만적인 접근이다. 그런데 이 열다섯 살의 소녀는 전쟁이 지속되는 4년 6개월 동안 침대 시트를 만드는 일, 청소년 적십자단을 조직하는 것과는 비교도 되지 않을 정도로 용감하고 영웅적이며 이타적인 일을 해낸다. 한번 마음먹은 일은 해내고야마는 굳은 의지와 근성도 그 옛날의 앤을 꼭 닮았다.

(…) 수잔, 난 내일 웃으며 아이를 보내기로 결심했어요. 젬은 전쟁터에 나가겠다는 용기를 냈는데 아들을 보낼 용기도 없는 나약한 어머니의 기억을 안고 떠나게 할 순 없잖아요. 우리 중 누구도 울지 않기를 바라고 있어요."

"(…) Susan, I am determined that I will send my boy off tomorrow with a smile. He shall not carry away with him the remembrance of a weak mother who had not the courage to send when he had the courage to go. I hope none of us will cry."

블라이드 부인은 젬이 처음으로 조그만 손을 내밀며 "엄마"라고 했던 날을 떠올린다. 21년 전, 젬이 태어난 지 몇 달밖에 안 되었을 때 자신을 찾으며 울었던 날 밤의 일을 생각한다. 별 문제가 없는데도 자꾸만 살피러 가면 버릇이 나빠진다는 이유로 말리는 길버트를 뿌리치고 앤은 가서 아기를 안아 올렸다. 젬이 작은 팔로 자신의 목을 꼭 잡았을 때의 느낌이 아직도 생생하다. 이 모든 일을 수잔도 기억하고 있다. 수잔은 잉글사이드 아이들 일이라면 무엇이든 죽는 날까지 잊지 못할 사람이다. 앤은 젬에 관한 모든 추억을 공유하고 있는 수잔에게 만약 그날 밤 젬을 안아주지 않았더라면 도저히 내일 아침을 맞이할 수 없을 거라고 말한다. 그러나 두 여인에게 첫사랑인 젬은 내일 아침 떠난다.

아들을 군대 보내면서 울지 않으려고 애쓰던 지인들이 생각났다. 자신이 울면 아들이 마음 편히 못 떠나니까 속으로 울음을 삼키고 돌아서서 눈물을 쏟은 대한민국의 어머니들을 숫자로 헤아리면 몇 명이나 될까? 아들만 셋인 지인이 첫째 아들을 군대 보낼 때는 차라리 남편이 대신 가면 좋겠다는 생각이 들었다고 했다. 아들이 좋아하는 반찬을 일부러 만들지 않았고, 매일 기도하면서 제대 날짜를 달력에 체크하는 게 일상이었다고 한다. 둘째와 셋째까지 군 복무를 무사히 마치고 복학해서 졸업하고, 이제는 어엿한 사회인으로서 자기 몫을 하고 있다는 얘기를 들으면 그저 지인일 뿐인 나도 이렇게 마음이 흐뭇한데 자식을 이만큼 키운 엄마의 기쁨은 오죽할까. 인생의 큰 숙제를 해결한 것 같아서 홀가분하고 삶이 평화롭다고 말하는 지인에게 크고 작은 복이 우수수 쏟아지기를 바란다.

(…) 어머니와 엘리엇 아주머니도 마찬가지로 적십자사 부녀회에서 이런저런 문제를 겪고 있을까? 아마도 그럴 거라고 생각한다. 그러나 두 분은 어떤 일에도 침착하게 대처할 것이다. 나도 해나가고 있지만 침착하지는 않다. 화를 내고 울기도 한다. 그러나 나는 화나는 감정을 몰래 일기장에만 쏟아내고 다른 사람들에게는 내보이지 않는다. 나는 절대 삐치지 않는다. 난 샐쭉한 사람을 싫어한다. 어쨌든 우리는 청소년 적십자단을 출범시켰고 일주일에 한 번씩 모임을 갖기로 했다. 우선은 모두 함께 뜨개질하는 방법을 배우기로 했다.

(…) I wonder if mother and Mrs. Elliott have problems in the Senior Society too. I suppose they have, but they just go on calmly in spite of everything. I go on—but not calmly—I rage and cry—but I do it all in private and blow off steam in this diary; and when it's over I vow I'll show them. I never sulk. I detest people who sulk. Anyhow, we've got the society started and we're to meet once a week, and we're all going to learn to knit.

릴라는 전쟁이 시작되면서 자신의 속마음을 털어놓을 수 있는 비밀 친구를 하나 더 만든다. 바로 일기장이다. 어느 날은 청소년 적십자단 결성을 준비하면서 겪은 고충을 적었다. 릴라는 이런저런 복잡한 문제에 부딪혀서 마음고생을 한다. 뜻깊은 일을 함께하면서도 샐쭉 토라지고 변덕을 부리는 아이들 때문이다. 릴라가 오랫동안 믿고 따른 아이린 하워드가 가장 큰 방해자다. 모임 때마다 식사를 준비하느냐 마느냐를 놓고 논쟁을 벌인 이후로 아이린은 릴라를 차갑게 대하며 릴라와 회원들 사이를 이간질한다.

자신의 뜻대로 되지 않는 일을 경험하면서 릴라는 적십자 부녀회에서 마음고생을 하고 있을 어머니와 엘리엇 아주머니를 생각한다. 릴라는 허영심이 많고 높은 이상이나 꿈이 없었을 뿐 누군가를 의심하거나 속이는 법이 없고 삐치지 않기에, 작은 일에도 샐쭉 토라져 부어 있거나 앞뒤가 다른 아이들의 본디 모습을 볼 줄 모른다. 그래서 친구들이 아이린 하워드가 질투심이 많다고 했을 때도 그 말을 믿지 않았다. 릴라는 이제 사람들의 마음이 한결같지 않으며 모두를 위하는 일에서도 자신의 이익을 챙기며 겉과 속이 다르게 구는 아이들이 있다는 사실을 안다.

어쨌든 아무리 속상하고 화가 나도 남들 앞에서는 내색하지 않고 일기장에 감정을 쏟아낸 릴라의 대처는 무척 현명하다. 청소년 적십자단 결성은 릴라가 기획하고 주도한 일이니 내 뜻대로 일이 되지 않는다고 해도 할 말이 없다. 그러나 우나 같은 친구가 있어서 다행이다. 공식적으로 일을 맡든 그렇지 않든 직책에 상관없이 무엇이건 묵묵히 열심히 한다. 릴라는 우나의 천사 같은 면이 참 좋다. 월터와 사귀었으면 하고 바란다.

　이 몇 줄 일기에도 쓰디쓴 인생 경험이 녹아 있다. 그동안 수십 명이 함께하는 교육 프로젝트와 문화 행사를 기획하고 이끌면서 릴라와 같은 일을 많이 겪었다. 그렇게 사람을 알아갔고 인생을 배웠다. 그리고 내게는 15년째 함께하는 우나 같은 동료가 있다. 무쇠만큼이나 무거운 입을 가진 나의 벗은 절대 서두르거나 조급증을 내지 않는다. 종종걸음치는 나의 보폭을 맞추느라 많이 힘들었을 텐데 한 번도 내색한 적이 없다. 이 글을 빌려 나의 굿 파트너인 박수영 씨에게 감사의 마음을 전한다.

그렇게 화를 내며 날뛴 것은 어리석고 유치한 행동이었다. 앞으로 좀 더 현명해지겠지만, 그러는 동안 릴라는 크고 매우 맛없는 굴욕의 파이 한 조각을 삼켜야 했다. 그러나 릴라 블라이드도 모든 사람들과 마찬가지로 건강에 좋은 이 음식을 좋아하지 않았다.

It was foolish and childish to fly out as she had done—well, she would be wiser in the future, but meanwhile a large and very unpalatable slice of humble pie had to be eaten, and Rilla Blythe was no fonder of that wholesome article of diet than the rest of us.

아이린은 자신이 청소년 적십자단의 단장이 되지 못한 것에 화가 나 있다. 그것을 릴라 때문이라고 생각하는 아이린은 모임이 있는 날, 한 시간이나 일찍 잉글사이드에 도착한다. 릴라에게 싸움을 걸려고 일부러 일찍 온 것이다. 월터가 입대하지 않은 것을 놓고 사람들이 수군거리는 말들을 고스란히 옮긴다. 들은 얘기라면서 전하지만 그것은 아이린의 생각이기도 하다. 경박하고 천박한 복수에 릴라는 폭발하고 만다. 릴라는 자신의 오빠를 모욕하는 아이린의 행동에 통쾌하게 응수한다. "아이린 하워드, 감히 어떻게 여기 와서 내 오빠에 대해 그렇게 말할 수 있지? 절대로 용서 못 해! 네 오빠도 입대하지 않았잖아. 군에 갈 생각조차 없을걸."

장티푸스를 앓아서 건강이 좋지 않은 데다 청년들이 앞다투어 전쟁터로 나아가는 모습을 보고 양심과 두려움 사이에서 갈등하는 월터의 남모를 고통을 릴라는 잘 알고 있다. 사과를 받아야 하는 쪽은 릴라인데 아이린은 자신이 모욕을 당했다고 생각하며 다른 적십자단으로 가버린다. 그리고 청소년들 사이를 돌아다니며 자신을 상처 입은 피해자로 포장해놓는다. 그래서 몇 명을 빼고는 모두 릴라가 잘못했다고 생각한다.

그런데 벨기에를 돕는 음악회 준비에도 차질이 생겼다. 개최 전날 노래를 맡은 채닝 부인이 폐렴을 앓는 아들을 면회하러 킹스포트로 가야 한다며 불참을 알려왔다. 방법은 노래를 잘하는 아이린 하워드에게 부탁하는 것뿐이다. 릴라는 인생에서 쓰디쓴 굴욕의 파이를 삼켜야 하는 순간을 맞이한다. 자존심을 버리고 지난번에 화낸 일을 사과하고 도와달라는 부탁을 해야 한다. 죽기보다 하기 싫지만 릴라는 음악회의 성공을 위해 기꺼이 굴욕을 참아내기로 마음먹고 아이린의 집을 찾아간다. 릴라의 사과와 도와달라는 요청에도 아이린은 비아냥과 거들먹거림, 또 다른 형태로 모욕을 되돌려주며 자신의 우월함을 과시한다. 음악회에서 노래 부르고 싶은 강렬한 욕망을 감추고서…. 릴라는 아직 열일곱 살이 되지 않았고 아이린은 스무 살이다. 1년 사이 릴라는 부쩍 성숙해졌다. 아이린은 그대로다. 아마도 영원히 지금에 머물러 있을 것이다.

굴욕을 경험하지 않고 사는 사람이 있을까. 길든 짧든 우리 인생 곳곳에는 굴욕이라는 파이가 있다. 파이는 맛있는 음식이지만 굴욕이라는 파이는 한 조각이라 해도 먹기 힘들다. 사람을 겸손하게 만든다는 점에서 건강에 좋은 음식일 수 있으나 크고 맛없는 것을 꿀꺽 삼키고 싶은 사람은 없을 테다. 갑자기 엉뚱한 생각이 떠올랐다. '이 아이린 같은 인간아!' 이 말은 지독한 욕이 될 것 같다.

"릴라, 내가 없는 동안 어머니를 잘 모셔줘. 전쟁 속에서 어머니로 살아간다는 건 무척 괴로운 일이야. 어머니와 누이, 아내와 연인 모두가 힘든 시간을 보내고 있겠지."

"Rilla, be awfully good to mother while I'm away. It must be a horrible thing to be a mother in this war—the mothers and sisters and wives and sweethearts have the hardest times."

고통과 추한 것을 누구보다 싫어하는 월터는 두려움을 극복하고 자신의 신념에 따라 입대를 결정한다. 속이 깊은 월터는 앞으로 자신이 겪게 될 일보다 어머니를 더 걱정한다. 떠나기 전날 릴라와 함께 무지개 골짜기에서 마지막 산책을 하며 어머니를 부탁한다. 블라이드 부인은 이제 둘째 아들을 보내야 한다. 말하지 않아도 그동안 아들이 어떤 고뇌와 번민으로 괴로워했는지 어머니로서 모를 리 없다. 그래서 월터의 선택을 담담히 받아들이고 울부짖는 릴라를 설득한다.

월터는 릴라에게 세상에서 가장 소중한 사람이다. 자신을 '거미'라고 놀리는 큰오빠와 달리 작은오빠는 한 번도 그런 말을 하지 않았다. 릴라가 전쟁고아를 데려와 키우겠다고 했을 때도 충격받은 가족들과는 달리 월터는 릴라의 용기를 칭찬했다. 그런 월터가 전쟁터로 떠난다. 언젠가 릴라는 젬에 이어 월터마저 떠나면 죽어버릴지도 모른다고 생각했다. 월터가 기차를 타고 떠나는 모습을 바라보는 릴라에게 우나가 다가왔다. 우나는 오래전부터 남몰래 월터를 좋아하고 있었다. 이 사실을 릴라만 눈치챘다. 두 사람은 차가운 서로의 손을 잡고 나무가 우거진 언덕 모퉁이를 돌아가는 기차를 하염없이 바라본다.

역사 속에서 수없이 발발한 전쟁은 어머니와 누이와 아내와 연인의 마음을 울리고 가슴 무너지게 했으며, 강하게 했고 인내하게 했다. 시대적인 아픔을 겪지 않은 사람으로서 그때의 어머니와 누이, 아내와 연인의 심정을 감히 헤아리지 못한다. 기록으로, 영화로, 드라마로, 그림으로, 책으로 보면서 문학적이고 예술적인 묘사로 만날 뿐이다. 오래전 아버지의 잠깐 실종과 공무로 하루 남짓 연락이 두절된 남동생을 기다리던 시간조차 제정신으로 버티지 못한 내가 전쟁을 겪는 어머니이고 누이이고 아내이고 연인이라면…. 생각만 해도 가슴이 아리다.

나중에 아이린 하워드가 올리브 커크에게 말했다. "월터가 오늘 아침에 전쟁터로 떠났다고 누가 믿겠니? 감정이 무딘 사람들이 정말 있긴 한가 봐. 나도 가끔은 릴라 블라이드처럼 모든 일을 가볍게 받아들일 수 있으면 좋겠어."

"You would never suppose," said Irene Howard to Olive Kirk afterwards, "that Walter had left for the front only this morning. But some people really have no depth of feeling. I often wish I could take things as lightly as Rilla Blythe."

릴라는 월터를 배웅하고 무지개 골짜기에서 한 시간을 머문 뒤, 집으로 돌아와 평소와 다름없이 자기에게 주어진 의무를 다한다. 자신보다 더 아파할 어머니를 위해 누구에게도 아픔을 내색하지 않는다. 짐스의 놀이옷을 만들고 저녁에는 청소년 적십자단 위원회의에 참석한다. 릴라에게는 의무가 하나 더 생겼다. 끝까지 집에 남아서 어머니를 지키는 일, 그것은 월터와 약속한 것이기도 하다.

로브리지의 적십자단으로 갔던 아이린은 그곳과도 틀어져 돌아온다. 릴라는 음악회 사건을 겪으면서 겉으로 보이는 다정함 뒤에 숨겨진 옹졸함과 복수심, 위선과 천박한 아이린의 본성을 정확하게 꿰뚫어 본다. 아이린은 빌런이다. 물론 그 말을 전한 올리브 커크의 행동도 바람직하지는 않지만. 만약 내가 올리브였다면 아이린에게 어떻게 했을까? 이렇게 말했을 테다. "그 입을 다물라!"

앤은 작게 한숨을 내쉬며 현실로 돌아왔다.

"길버트, 꿈속에서 쉬며 견디기 힘든 현실을 잠깐 피하고 있었어. 아이들이 모두 집으로 돌아오고, 어린아이가 되어 무지개 골짜기에서 노는 꿈 말이야. 지금 그곳은 너무 조용해. 예전처럼 아이들의 맑고 명랑한 목소리가 들리는 걸 상상했어. 젬의 휘파람 소리, 월터가 부르는 요들송, 쌍둥이의 웃음소리도 들려왔지. 축복받은 그 시간만큼은 거짓이라 해도 서부 전선에서 들려오는 총소리를 잊고 달콤한 행복을 누렸어."

Anne came back with a little sigh.

"I was just taking relief from intolerable realities in a dream, Gilbert—a dream that all our children were home again—and all small again—playing in Rainbow Valley. It is always so silent now— but I was imagining I heard clear voices and gay, childish sounds coming up as I used to. I could hear Jem's whistle and Walter's yodel, and the twins' laughter, and for just a few blessed minutes I forgot about the guns on the Western front, and had a little false, sweet happiness."

나이가 들어서도 변함없이 높은 이상을 간직한 앤은 정신이 깨어 있기에 여전히 눈은 빛난다. 그러나 더 깊어진 눈에는 슬픔이 가득하다. 계단에 앉아 봄꽃이 만발한 세상을 멍하니 바라보고 있다. 예전이라면 온갖 언어로 봄을 노래했을 앤이다. "나의 앤, 어딜 헤매고 있는 거야?" 블라이드 선생이 물었다. 결혼한 지 24년이 지났지만 그는 주위에 아무도 없을 때면 아내를 그렇게 부르곤 했다. 앤은 깊은 생각에서 빠져나온다.

낸이 열 살이었을 때 자신이 정성껏 가꿔온 상상의 나라가 모조리 사라져버린 것을 슬퍼했다. 그때 앤이 어린 딸을 위로하며 했던 말이 있다. "상상하는 건 정말 즐거운 일이지. 엄마도 잘 알고 있단다. 하지만 현실과 공상 사이의 경계를 잘 알고 지키는 것을 배워야 해. 그러면 너만의 아름다운 세상으로 잠시 피할 수 있는 힘이 길러지고, 그것은 인생의 고비를 넘을 때마다 놀라울 만큼 널 도와줄 거야. 엄마도 마법의 섬으로 한두 번 항해했다가 돌아오면 언제나 힘든 문제를 조금 더 쉽게 해결할 수 있었단다."

지면 낭비 같지만 앞에 썼던 문장을 다시 옮겨보았다. 지금 앤에게 상상하는 건 즐거운 일이 아니다. 괴로움을 잊기 위해, 잠시나마 현실에서 도피하기 위해 무지개 골짜기에서 놀고 있는 아이들의 모습을 상상한다. 아이들이 떠나고 텅 비어 휑한 집을 지키며 다시 찾아올 평화를 간절히 기다린다. 다시 돌아오지 않을 아름다운 시절을 꿈꾸는 건 오히려 슬픔을 곱씹는 일이다. 하지만 그마저 하지 않는다면…. 앤의 모든 것이 애처롭다.

"지난 2년을 즐거운 일로 가득 찬 시간과 바꿀 수 있다면 그렇게
하겠니?"

릴라가 천천히 말했다. "아니요. 바꾸지 않겠어요. 그런데 참 이상
하죠? 끔찍한 2년이었는데도 고맙다는 생각이 들어요. 그 시간이
고통스럽긴 했지만 소중한 것을 내게 가져다준 것 같아요. 만약 그
럴 수 있다고 해도 나는 2년 전의 소녀로 돌아가고 싶진 않네요.
(…)"

"Would you exchange them—now—for two years filled with fun?"
"No," said Rilla slowly. "I wouldn't. It's strange—isn't it? —They
have been two terrible years—and yet I have a queer feeling of
thankfulness for them—as if they had brought me something very
precious, with all their pain. I wouldn't want to go back and be the
girl I was two years ago, not even if I could. (…)"

전쟁이 시작된 지 2년이 지난 어느 날, 릴라와 올리버는 이제
두 살이 된 짐스의 재롱을 보면서 얘기를 나눈다. 릴라는 지난 2년 동
안 책임감 강하고 성숙한 여성으로 성장했다. 월터와의 약속, 어머니

앞에서 했던 다짐을 지켜나가고 있다. 젬이 떠난 후 비관적인 소식이 들리던 날, 릴라는 용감하고 영웅적이며 이타적인 사람이 되겠다고 한 결심을 옮기기 위해 집을 나섰다. 사람들이 기부한 물품을 모으기 위해 애브너 크로퍼드의 늙은 회색 말을 빌려 타고 글렌세인트메리 마을과 포윈즈를 돌아다니다 마지막으로 찾아간 집에서 2주 전에 태어난 아기를 운명적으로 만난다.

아기 아빠는 영국으로 가버렸고 엄마는 오늘 막 죽었고, 고약한 할머니는 아기를 돌볼 생각이 없다. 창백해 보이는 아기를 이대로 뒀다가는 죽을 것 같다. 아기의 앞날을 생각하니 도저히 발걸음이 떨어지지 않아 릴라는 커다란 수프 그릇에 담아 집으로 데려온다. 안 그래도 힘든 어머니와 수잔에게 짐이 되어서는 안 된다는 약속을 아버지에게 한 후에야 릴라는 아기를 키워도 좋다는 허락을 받는다. 가족 누구도 릴라가 한 행동을 나무라지 않지만 아기를 돌보는 방법만 알려줄 뿐 선뜻 도와주지 않는다. 릴라가 자신이 저지른 행동에 책임지기를 바랐고 그렇게 할 수 있을 거라고 믿었기 때문이다. 릴라는 오기가 생겼다. 죽는 한이 있어도 쭈글쭈글하고 못생긴 아기를 잘 돌보겠다고 마음먹는다. 『모건식 육아법』책을 참고하고 수잔에게 하나씩 물어보며 아기 돌보는 방법을 배운 끝에 이제는 엄마처럼 자연스러워졌다. 아기 아빠가 돌아올 때까지 잘 키울 생각이다. 이름을 짐스라고 지어주었다.

이 정도면 전쟁터로 떠난 젬과 월터를 제외하고 잉글사이드에서 가장 용감하고 영웅적이며 이타적인 사람이 릴라임을 알 수 있다.

공부를 위해 집을 떠난 낸과 다이는 자신의 미래를 준비하는 일에 힘을 쏟는다. 시험 준비로 바쁠 때면 쪽지처럼 짧은 편지를 보내올 뿐이다. 그런데도 릴라는 지난 시간을 즐거운 일로 가득한 2년과 바꾸고 싶지 않다고 말한다. 고통 속에서 릴라는 영혼이 훌쩍 자랐고, 더는 허영심 많고 이기적인 아이가 아니기 때문이다.

그런데 나는 릴라의 성장이 대견하면서도 아프게 느껴진다. 용감하고 영웅적이며 이타적으로 사는 사람들은 외롭기 때문이다. 가족 내에서도 마찬가지다. 한 명의 희생과 헌신은 묻히기 쉽다. 릴라가 어머니를 걱정하고 집안일을 하면서 짐스를 키우는 동안 릴라를 걱정하고 미래를 함께 설계해주고 힘이 되어준 사람은 없다. 올리버만이 말벗이 되어주었다. 물론 4년이 훌쩍 지난 어느 날, 앤이 길버트에게 릴라가 없었다면 지난 세월을 견뎌내지 못했을 거라고 하는 말을 릴라가 우연히 듣지만 그 말은 아주 작은 보상일 뿐이다. 이야기가 대단원의 막을 내릴 때 릴라에게는 어떤 행복이 주어질까? 궁금해하며 책장을 넘겼다. 반드시 있어야 하고 있기를 바라면서.

"가여운 월터, 불쌍한 월터" 리스 부인이 한숨을 쉬었다.

수잔이 부엌에서 나오며 분개해 소리쳤다. "가여운 월터라는 말이나 할 것 같으면 이 집에 오지 말아요. 월터는 불쌍하지 않아요. 당신들 누구보다 행복해요. 집에 있으면서 아들들을 전쟁터에 내보내지 않은 당신이야말로 가엽고 불쌍한 사람이라고요. 나약하고 인색하고 옹졸하고 가난하기 짝이 없는 당신의 아들들도 마찬가지예요. 번창한 농장과 살찐 소들을 가졌지만 그들의 영혼은 벼룩보다도 작아요. 그것도 크게 쳐주는 거예요." 더는 참기 어렵다고 생각하던 바로 그때였기에 릴라는 속이 후련해졌다.

"Pore, pore Walter," sighed Mrs. Reese.

"Do not you come here calling him poor Walter," said Susan indignantly, appearing in the kitchen door, much to the relief of Rilla, who felt that she could endure no more just then. "He was not poor. He was richer than any of you. It is you who stay at home and will not let your sons go who are poor—poor and naked and mean and small—pisen poor, and so are your sons, with all their prosperous farms and fat cattle and their souls no bigger than a flea's—if as big."

수잔 아주머니, 파이팅! 멋지다. 그러나 맥락을 모르고 보면 위로를 전하러 온 이웃에게 수잔이 무례하게 행동했다고 생각할 수 있다. 월터가 쿠르셀레트에서 전사했다. 블라이드 부인은 충격과 비탄에 빠져 몇 주 동안 자리에서 일어나지 못한다. 릴라는 금방 털고 일어나 낮에는 어머니를 위해 차분함과 인내라는 옷을 걸치고 자신에게 주어진 의무를 다한다. 그러나 밤이 되면 침대에 누워 눈물이 말라버릴 때까지 비통하게 운다. 릴라는 고통 속에서도 삶이 계속되어야 하는 한, 살아가는 일이 가능하다는 것을 안다.

이웃 아주머니들이 위로하러 왔다. 시간이 지나면 다 잊힐 거라고 릴라를 위로하는 리스 부인은 그녀의 세 아들 중 누구도 전쟁터로 보내지 않았다. 함께 온 새러 클로는 젬이 아닌 월터가 죽어서 다행이라고 한다. 월터는 교회 회원이지만 젬은 그렇지 않기 때문이다. 수잔은 평생을 검소하고 정직하게 살아왔기에 도덕적으로, 영적으로, 인간적으로 타락한 사람들을 싫어한다. 그래서 리스 부인을 경멸조로 비난한 것이다. 수잔은 누구든 잉글사이드 가족에 대해 나쁜 말을 하면 참지 않는다. 가족이라 해도 예외가 아니다. 앤이 언젠가 릴라에 대해 야망이 없고 허영심 많고, 그저 재미있게 사는 데만 관심 갖는 아이라고 말했다가 수잔으로부터 쓴소리를 들었다. 블라이드는 그 언젠가 어린 셜리를 찰싹 때린 일로 수잔한테서 한동안 파이를 얻어먹지 못했다. 수잔은 아이들이 태어나는 걸 지켜봤고 직접 입히고 먹이고 재우며 돌봤다. 자식이나 다름없는 아이가 죽었는데 잉글사이드의 일꾼이라고 해서 아픔의 크기가 작을까. 수잔은 가벼운 위로로 릴라를 아프게 한 사람들에게 할 말을 했다. 우리 집에도 수잔 같은 아주머니가 있으면 참 좋겠다. 수잔처럼 할 말을 하는 사람이 많으면 세상이 한결 정의로워질 것 같다.

"(…) 저는 지난 20년간 시내에서 하루 이상을 있어본 적이 없어요. 게다가 요즘 사람들이 많이 얘기하는 영화라는 걸 하나 보는 것도 괜찮겠다는 생각이 드네요. 시대에 완전히 뒤떨어진 사람이 되면 곤란하니까요. 하지만 제가 그것에 흠뻑 빠질 거라는 걱정은 하지 마세요, 사모님. 괜찮다면 2주 정도만 집을 비웠으면 해요."

"(…) I have not been in town for over a day for twenty years and I have a feeling that I might as well see one of those moving pictures there is so much talk of, so as not to be wholly out of the swim. But have no fear that I shall be carried away with them, Mrs. Dr. dear. I shall be away a fortnight if you can spare me so long."

수잔 베이커. 육십을 훌쩍 넘긴 인생에서 25년 세월을 블라이드 부부와 함께했다. 온 마음을 기울여 잉글사이드를 지키고 앤을 도왔으며 아이들을 키웠다. 가족이나 다름없는 사람들이 있었기에 결혼에 대한 아쉬움 없이 살아왔다. 그런 수잔이 앤에게 '신혼여행'을 떠나겠다며 2주간 휴가를 달라고 조심스럽게 말한다. 깜짝 놀라는 앤에게 수잔은 확고하게 'honeymoon'을 강조한다. 이제와 남편을 맞이할 일은 없지만 모든 걸 손해 보고 살 수는 없으니 신혼여행 삼아 샬럿타운의 남동생 집에 다녀오려는 것이다. 그제야 '신혼여행'의 의미를 안 앤은 수잔에게 충분히 그럴 자격이 있다며 한 달 동안 쉬다 오라고 한다.

잉글사이드에 희망이 찾아왔기에 수잔에게도 마음의 여유가 생겼다. 1918년 9월 24일, 네덜란드에서 젬의 생존 전보가 왔다. 10월 4일에는 그동안 있었던 일을 상세히 적은 젬의 편지가 도착했다. 캐나다군이 지키던 전선에서 소규모 전투가 벌어졌을 때 젬은 허벅지에 중상을 입고 실종되어 가족을 애타게 했다. 영국 국군병원에서 치료를 받은 후 회복하면 집으로 돌아갈 거라는 소식에 잉글사이드의 모든 게 달라졌다. 11월 독일과 오스트리아가 휴전을 선언했고, 형들에 이어 항공부대에 자원 입대한 셜리도 집으로 돌아올 날이 머지 않았다. 그래서 수잔은 마음 놓고 '신혼여행'을 계획한다.

수잔은 처음에는 잉글사이드에 고용된 가정부였지만 세월이 흐르면서 가족 같은 존재로 발전했다. 앤과 길버트의 아이들, 그리고 그들의 일상에 깊이 관여해도 그것을 불쾌하게 여기는 사람은 린드 부인뿐이다. 수잔에게 너무 많은 권한을 주는 것 같아 보여서다. 그렇지만 한 번도 부작용이 없었다. 수잔은 실용적인 사람이어서 감성적이고 상상력이 풍부한 앤에게 현실적인 조언을 자주 하고 가정의 일상적인 문제를 해결하는 데 큰 도움을 준다. 종종 매우 직설적이고 자기 생각을 분명히 표현하지만, 항상 그 속에는 진정한 사랑과 헌신이 깃들어 있기에 블라이드 부부도 수잔이 하는 일이라면 전적으로 믿고 말겄다. 서로의 배려와 노력에 의해 만들어진 관계이다.

수잔이 '신혼여행'을 얘기했을 때 나도 놀랐다. 숨겨놓은 비밀이 있나 싶었다. 수잔도 은근히 유머 감각이 있다. 재미있게 사람을 놀라게 한다. 귀를 열어두고 시대에 뒤처지 않으려고 노력한다. 수잔은 그 영화란 것에 흠뻑 빠질 일은 없다고 했지만 그 영화란 것에 흠뻑 빠져 있는 그녀의 모습을 상상해보았다. 나는 수잔이 참 좋다. 남편이 이 장면을 보고는 8권의 숨은 주인공은 수잔이라면서 한마디로 '충직한 사람'이라고 정의했다. 나에게는 셈 같은 아들도, 릴라 같은 딸도 없지만 충직한 남편이 있다. 글쓰기를 위해 쉼 없이 달리는 동안 나의 수잔은 남편이었다. 앗, 또 행복을 과시하는 걸까?

(…) 먼데이는 수천 대의 기차를 맞이했지만 기다리는 소년은 돌아오지 않았다. 하지만 변함없이 희망에 찬 눈빛으로 기차를 바라보았다. (…)

(…) Thousands of trains had Dog Monday met and never had the boy he waited and watched for returned. Yet still Dog Monday watched on with eyes that never quite lost hope. (…)

먼데이●는 잉글사이드에서 기르는 개이다. 젬의 개이지만 월터도 무척 잘 따른다. 월터가 월요일에 『로빈슨 크루소』를 읽고 있을 때 가족이 되었다. 품종이라고 할 것도 없는 그야말로 평범하고 흔해빠진 개인 먼데이는 볼품없는 모습에다 싸움도 못하지만 어떤 개보다 사랑이 많고 충성스러워서 잉글사이드 가족 모두가 사랑한다. 그리고 이 충직한 개는 젬이 기차를 타고 떠난 날부터 기차역에서 주인을 기다리기로 결심한 듯 꼼짝도 하지 않는다. 아무리 집으로 데리고 오려고 해도 말을 듣지 않자 결국 가족은 역 근처 운송 창고에 먼데이의 보금자리를 만들어주었다.

그렇게 먼데이는 4년 6개월 동안 역으로 들어오는 모든 기차를 맞이하며 주인을 기다렸다. 심지어 수잔은 젬이 실종됐다는 소식이 전해진 이후에도 먼데이가 여전히 기차를 기다리는 걸 보고 젬이 살아 있을 거라 확신한다. 이 터무니없는 믿음이 가족을 버티게 하는 힘이 된다. 먼데이도 이제 늙어서 털이 빠지고 관절염으로 다리를 절룩거린다. 주인이 내리지 않은 기차를 떠나보내고 꼬리를 축 늘어뜨린 채 힘없이 걷는 모습을 매일 지켜보며 역장은 눈물을 흘린다. 먼데이의 이야기는 감동적인 사연으로 지역 신문에 실리고 심지어 캐나다 전역에 알려진다.

　　먼데이 역시 8권의 숨은 주인공이다. 먼데이의 기다림이 나올 때마다 눈물을 닦고 코를 풀면서 울었다. 사람의 기다림 못지않은 간절함이 애처로웠다. 젬의 귀환을 보지 못하고 죽으면 어떡하나? 이 충직한 개에게도 마땅히 행복이 찾아와야 한다고 생각했다. 앤을 읽으면서 '충직'이라는 단어가 좋아졌다. 충성스럽고 정직하다. 요즘은 이런 단어를 쓸 일도, 들을 일도 없는 것 같다. 책에서 아주 드물게 만나는 낱말이다. 아직 사어死語는 아니지만 언젠가는 그렇게 되지 않을까?

●✐ 먼데이

영국 소설가 대니얼 디포Daniel Defoe(1660~1731)의 작품 『로빈슨 크루소』에서 주인공은 금요일에 만난 원주민에게 '프라이데이'라는 이름을 붙여준다. 아마도 월터가 여기서 아이디어를 얻어 개에게 '먼데이Monday'라는 이름을 붙여주었을 것이다. 책에는 없는 내용이지만 짐작 가능하다.

(…) 좋은 재료를 찾아 식료품 저장실에서 지하실까지 미친 듯이 뛰어다니던 수잔의 모습을 나는 절대 잊지 못할 것 같다. 식탁 위에 무엇이 놓여 있는지 아무도 신경 쓸 겨를이 없는 데다 어차피 우리 중 누구도 먹지 않을 텐데도 말이다. 그저 젬을 바라보는 것만으로도 고기를 먹고 술을 마신 듯했다. 어머니는 젬이 시야에서 사라지기라도 할까 봐 한시도 눈을 떼지 않았다. 젬이 돌아와서, 먼데이도 함께여서 정말 기쁘다. 먼데이는 젬과 잠시도 떨어지려 하지 않는다. (…)

(…) I shall never forget the sight of her, tearing madly about from pantry to cellar, hunting out stored away goodies. Just as if anybody cared what was on the table—none of us could eat, anyway. It was meat and drink just to look at Jem. Mother seemed afraid to take her eyes off him lest he vanish out of her sight. It is wonderful to have Jem back—and little Dog Monday. Monday refuses to be separated from Jem for a moment. (…)

릴라가 쓴 일기의 한 대목이다. 젬이 소리 소문 없이 집으로 돌아왔다. 귀환 날짜를 알리지 않았기에 아무도 몰랐다. 여느 날처럼 주인이 돌아오기를 기다리던 먼데이가 재회의 감동을 독차지한다. 그날 저녁 남은 음식으로 대충 한 끼를 때우려고 하던 차에 젬이 나타나서 수잔은 혼비백산했다. 먼 길 오느라 배고프고 지쳤을 젬에게 조금이라도 더 맛있는 음식을 만들어주고 싶은 수잔의 마음을 릴라는 안다.

식탁에 빙 둘러앉은 잉글사이드 가족 한 명 한 명의 표정과 행동을 머릿속으로 그려보았다. 아들이 시야에서 사라지기라도 할까 봐 한시도 눈을 떼지 않는 어머니를 젬은 행복하면서도 애잔한 눈빛으로 바라보았을 테다. 오직 자신에게 쏠리는 시선이 부담스러우면서도 지금 이 순간이 얼마나 그리웠을까. 릴라는 이제 시름에 잠긴 어머니의 모습을 보지 않아도 된다. 오빠가 돌아와서 좋기도 하지만 어머니의 얼굴에 다시 미소가 번질 수 있다는 사실이 기쁘다. 아버지는 농담 잘하고 웃음이 많던 예전의 모습을 되찾을 것이다. 이제 애처롭게 주인을 기다리는 먼데이를 보며 슬퍼할 일도 없다.

그런데 젬은 어떨까? 십 대에는 그 옛날로 돌아가 전쟁에서 큰 승리를 거두는 장군이 되고 싶었다. 주저하지 않고 자진 입대를 했으나 막상 전장에서는 극심한 두려움을 느꼈다. 부상을 입은 채로 붙잡혀 포로수용소에서 있다가 탈출했다. 전우들의 죽음을 지켜보았다. 지난 4년 6개월 동안 공부를 내려놓고 승리와 생존을 위해 처절하게 싸우다 돌아왔다. 부상당한 다리는 아직 불편하다. 아끼고 사랑한 동생 월터를 이제 다시는 만날 수 없다. 하나씩 적응하고 극복해나가야 한다. 전쟁의 잔인함을 몸소 겪은 젬의 영혼은 어디로 향하고 있을까? 책에는 없는, 나 혼자 해본 너머의 생각이다.

문학치료사로서 젬에게 '침묵의 상담사' 역할을 해줄 책 한 권을 처방한다면 어떤 게 좋을까? 생각하고 또 생각해보아도 선뜻 떠오르는 책이 없다. 그 많은 책들은 다 어디로 갔을까?

118

(…) 모두들 자기의 삶을 다시 일으켜 세울 특별한 목표와 야망을 가진 듯 보였다. 하지만 릴라에게는 아무것도 없었다. 그래서 릴라는 무척 외롭고 끔찍하게 쓸쓸했다. 젬은 돌아왔지만 1914년 집을 떠날 때의 잘 웃던 그 오빠가 아니다. 그리고 이제 페이스의 사람이다. 월터는 영원히 돌아오지 않는다. 짐스마저 떠났다. (…)

(…) All the rest seemed to have some special aim or ambition about which to build up their lives—she had none. And she was very lonely, horribly lonely. Jem had come back—but he was not the laughing boy-brother who had gone away in 1914 and he belonged to Faith. Walter would never come back. She had not even Jims left. (…)

어느 날 밤, 월터는 무지개 골짜기에서 시간을 보내며 릴라에게 굳은 다짐처럼 말했다. 전쟁이 일어날 수 없는 세상을 만들어야 한다는 걸 깨달았으니 이제 낡은 정신을 버리고 새로운 정신을 가져야 한다고. 젬은 예전과 확실히 달라졌다. 알아듣기 어려운 얘기를 하고 잘 웃지도 않는다. 그리고 이제 옆에 페이스가 있다. 언제나 자신의 편이던 월터는 영영 돌아오지 않는다. 정성을 다해 키운 짐스도 아빠가 데리고 갔다. 젬은 가을에 대학으로 돌아가고 제리와 칼, 셜리도 마찬가지다. 낸과 다이는 아이들을 계속 가르칠 것이다. 9월에 페이스도 돌아오면 교사가 될 것 같다. 우나는 킹스포트에서 가정 과학을 공부하기로 결정한 듯하다. 올리버는 사랑하는 사람과의 결혼을 앞두고 마음껏 행복해하고 있다.

비록 몇 해를 잃어버리긴 했지만 모두들 그 시간을 만회하려는 듯 예전보다 더 진지하고 열심히 살아가려는 열의를 보인다. 평화 속에서 누린 일상의 소중함을 깨달았고 전쟁을 겪으면서 영혼이 더욱 깊어지고 튼튼해졌기 때문이다. 그러나 지금 릴라에게는 아무것도 없다. 다른 사람들이 그들의 꿈을 재건하고 앞으로의 삶을 설계하며 희망에 찬 모습을 바라볼 뿐이다. 다행스러우면서도 헛헛함을 느낀다. 전쟁이 끝나고 모든 게 제자리를 찾을 때 릴라에게 찾아올 지독한 외로움은 예상 가능한 일이었다.

그래서 나는 릴라에게 어떤 보상이 주어질지 궁금해하며 한 장씩 읽어나갔다. 자신이 선택하고 행한 일에 따를 보상을 기대하는 건 소견 좁은 사람들의 속성인지 모르겠으나 대부분 사람들이 그렇지 않을까. 나의 경험치도 그렇고 많은 사람이 이타적인 삶 뒤에 찾아오는 허탈감을 토로하는 것을 자주 봤다. 물론 릴라는 지난 세월에 대한 그 어떤 대가도 바라지 않는다. 자신의 내면이 깊어진 것만으로도 만족하기에 진정으로 이타적 행동이라 할 수 있는 일들에 최선을 다

했다. 그렇지만 릴라의 마음도 한결같기만 할까. 그래서 고생한 릴라
에게도 다시 봄이 찾아와야 한다.

케네스가 특별한 뜻을 담아 물었다.

"릴라, 마이 릴라 맞지?"

순간 릴라는 감동에 겨워 머리끝부터 발끝까지 온몸이 떨렸다. 기쁨, 행복, 슬픔, 두려움…. 길고 긴 4년 동안 마음을 짓누르던 모든 감정이 잠시나마 가슴 깊은 곳을 휘저으며 그녀의 영혼에서 솟구치는 듯했다. (…)

"Is it Rilla-my-Rilla?" he asked, meaningly.

Emotion shook Rilla from head to foot. Joy—happiness—sorrow—fear—every passion that had wrung her heart in those four long years seemed to surge up in her soul for a moment as the deeps of being were stirred. (…)

전쟁터에서 무사히 돌아온 케네스가 릴라를 찾아오는 장면으로 앤 이야기는 대단원의 막을 내린다. 스스로 포부가 없다고 여기는 릴라에게도 오래전부터 아무도 모르게 품어온 바람 한 가지가 있다. 케네스 포드의 아내가 되는 것이다. 4년 6개월 전, 등대 파티에서 케네스와 모래톱에서 이야기를 나눈 일을 행복한 추억으로 간직하고 있다. 릴라는 힘들 때마다 그 추억의 책갈피를 살짝 꺼내 보며 마음을 달랬다. 마을 청년들이 돌아온다는 소식이 들릴 때마다 귀환자 명단에서 케네스의 이름을 찾았다.

한 사람에 대한 그리움을 품고 있으면서도 비밀로 간직했다. 월터만이 알고 있었다. 떠나기 전에 월터가 릴라에게 연인이 있는지 물었기 때문이다. 월터는 사랑하는 연인을 떠나보내고 힘들어할 동생을 가엾게 여겼다. 그러나 릴라는 어머니와 오빠를 걱정하느라 다른 마음을 가질 겨를이 없었디. 길고 긴 4년 동안 릴라는 기쁨도, 슬픔도, 행복도, 두려움도 표현하지 못한 채 가슴속 깊은 곳에 꾹꾹 눌러놓았다. 그러나 케네스가 "릴라, 마이 릴라" 하고 부르는 순간 모든 감정이 살아 숨 쉬기 시작했다.

내가 기대한 만큼의 흡족한 보상은 아니지만 나쁘지는 않다. 나는 릴라도 우나와 함께 진학하기를 바랐다. 근성이 있으니 공부도 마음먹고 하면 잘할 것 같아서다. 이제 집은 아버지와 어머니, 수잔에게 맡겨두고 또 다른 세상에서 자유로움을 만끽하며 훨훨 날았으면 했다. 몽고메리의 진취적 성향과 쉼 없이 하던 공부가 릴라에게만 적용 되지 않았다. 한평생을 우울증에 걸린 남편 뒷바라지와 두 아들을 키우느라 결혼 생활의 즐거움을 누리지 못했으면서도 릴라가 한 남자의 아내가 되는 것을 암시하며 이야기를 마무리한 이유가 뭘까?

아 참, 제인과 다이애나, 프리실라와 스텔라의 아들도 무사히 돌아왔는지 궁금하다.

Anne's
Spring again

5장 그리고 다시 봄

주요 인물

3권 『레드먼드의 앤 *Anne of the Island*』(1915)
앤 셜리 레드먼드 대학교를 다니는 동안 앤은 여름방학이면 초록지붕집으로 돌아온다.
꽃병에 제비꽃을 꽂아두며 한 해를 한 권의 책에 비유한다.

"(…) 한 해는 마치 한 권의 책과 같아요. 그렇죠, 마릴라 아주머니? 봄의 페이지에는 메이플라워와 제비꽃으로, 여름은 장미꽃, 가을은 붉은 단풍잎, 그리고 겨울은 호랑가시나무와 상록수로 채워질 거예요."

"(…) The year is a book, isn't it, Marilla? Spring's pages are written in Mayflowers and violets, summer's in roses, autumn's in red maple leaves, and winter in holly and evergreen."

레드먼드 대학 시절, 여름방학을 보내러 초록지붕집에 온 앤이 꽃병에 제비꽃을 꽂으며 마릴라에게 한 말이다. 앤은 한 해를 한 권의 책에 비유하며 계절별로 채울 꽃을 생각해둔다. 흔히 인생을 사계절에 비유한다. "당신의 인생은 지금 어느 계절에 있나요?" "인생의 계절마다 어떤 꽃으로 채우고 싶은가요?" 이 두 가지 질문을 하면서 앤과 함께한 긴 이야기에 마침표를 찍는다.

초록지붕집 다락방에서 바라본 풍경

모든 다락방이 그렇듯 초록지붕집의 이 방도 그늘지고 신비로움이 감도는 즐거운 장소였다. 앤이 걸터앉은 창문으로 8월 오후의 따뜻한 햇살을 머금은 달콤하고 향기로운 바람이 불어 왔다. 밖에서는 포플러나무 가지들이 바람에 흔들리며 바스락거렸고, 그 너머 숲에는 연인의 오솔길이 마법에 걸린 것처럼 이어졌으며 오래된 사과 과수원은 변함없이 풍성한 장밋빛 결실을 보여주었다. 그 위의 푸른 남쪽 하늘에는 눈처럼 하얀 구름들로 이루어진 거대한 산맥이 펼쳐져 있었다.

The garret was a shadowy, suggestive, delightful place, as all garrets should be. Through the open window, by which Anne sat, blew the sweet, scented, sun-warm air of the August afternoon; outside, poplar boughs rustled and tossed in the wind; beyond them were the woods, where Lover's Lane wound its enchanted path, and the old apple orchard which still bore its rosy harvests munificently. And, over all, was a great mountain range of snowy clouds in the blue southern sky.　　　　　『앤의 꿈의 집 *Anne's House of Dreams*』 1장 첫 페이지

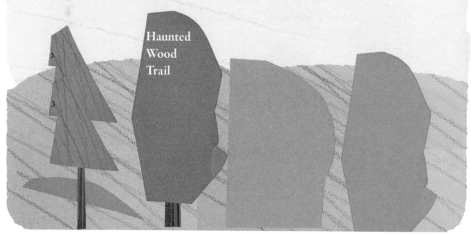

◀ **눈의 여왕** 초록지붕집 다락방 창밖에 있는 벚나무. 벚꽃이 만발한 계절에 초록지붕집으로 온 앤은 새하얗게 핀 꽃을 보며 '눈의 여왕'이라는 이름을 지어준다.

◀ **연인의 오솔길** 초록지붕집 뒷문에서 왼쪽으로 조금 올라가다 보면 전나무와 단풍나무가 우거져 그늘을 드리운 작은 오솔길이 나온다. 몽고메리 작가가 생전에 애정을 가진 장소이다. 앤과 다이애나는 함께 이 길을 걸어 학교를 오갔고, 앤은 연인이 된 길버트와도 이 길을 함께 걸었다.

▼ **유령의 숲** 초록지붕집 정문에서 100m쯤 아래에 넓고 깊게 펼쳐진 숲이다. 온갖 크고 작은 나무들이 자라고 있으며 고사목과 풀들이 어지럽게 엉켜 있다. 『그린 게이블스의 앤 *Anne of Green Gables*』 20장에서 앤은 이 숲을 지나치게 무서워한 나머지 환상을 만들어낸다.

사진 출처 김희준

337

참고 자료

앤 관련 단행본
그린게이블즈 빨강머리 앤(1~10권), 루시 모드 몽고메리 지음, 계창훈 그림, 김유경 옮김,
동서문화사, 2014.
루시 모드 몽고메리 자서전, 루시 모드 몽고메리 지음, 안기순 옮김, 고즈윈, 2007.
루시 몽고메리의 빨강머리 앤 스크랩북, 엘리자베스 롤린스 에펄리 지음, 박혜원 옮김, 더모던,
2020.
레드먼드의 앤, 루시 모드 몽고메리 지음, 마크 그래함 그림, 공경희 옮김, 시공주니어, 2015.
빨간 머리 앤, 루시 모드 몽고메리 지음, 조디 리 그림, 김경미 옮김, 시공주니어, 2019.
빨간 머리 앤, 루시 모드 몽고메리 지음, 김지혁 그림, 김양미 옮김, 인디고, 2008.
빨강머리 앤, 루시 모드 몽고메리 지음, 고정아 옮김, 윌북, 2019.
빨강머리 앤(1~8권), 루시 모드 몽고메리 지음, 유보라 그림, 오수원 옮김, 현대지성사, 2023.
빨강머리 앤이 사랑한 풍경, 캐서린 리드 지음, 정현진 옮김, 터치아트, 2019.
빨강머리 앤의 정원, 박미나 지음, 루시 모드 몽고메리 원작, 김잔디 옮김, 지금이책, 2021.
에이번리의 앤, 루시 모드 몽고메리 지음, 김서령 옮김, 허밍버드, 2017.
에이번리의 앤, 루시 모드 몽고메리 지음, 김지혁 그림, 정지현 옮김, 인디고, 2014.
에이번리의 앤, 루시 모드 몽고메리 지음, 클레어 지퍼트 그림, 김경미 옮김, 시공주니어, 2015.
초판본 빨강머리 앤, 루시 모드 몽고메리 지음, 박혜원 옮김, 더스토리, 2020.
초판본 에이번리의 앤, 루시 모드 몽고메리 지음, 박혜원 옮김, 더스토리, 2020.

그 외 단행본
구상 시선, 구상 지음, 오태호 옮김, 지식을만드는지식, 2012.
꽃, 김춘수 지음, 지식을만드는지식, 2012.
꽃을 보듯 너를 본다, 나태주 지음, 지혜, 2015.
내가 알고 있는 걸 당신도 알게 된다면, 칼 필레머 지음, 박여진 옮김, 토네이도, 2024.
누구의 인생을 살고 있는가, 미스다 이히로 지음, 민경욱 옮김, 드림셀러, 2024.
로빈슨 크루소, 다니엘 디포 지음, 류경희 옮김, 열린책들, 2011.

사티어 모델 - 가족치료의 지평을 넘어서, 버지니아 사티어 지음, 한국버지니아사티어연구회 옮김, 김영애가족치료연구소, 2000.

상담학 사전, 김춘경 외 4인, 학지사, 2016.

소년과 두더지와 여우와 말, 찰리 맥커시 지음, 이진경 옮김, 상상의힘, 2020.

숨어서 우는 노래, 조병화 지음, 미래4, 1991.

아들러 평전, 에드워드 호프먼 지음, 김필진·박우정 옮김, 글항아리, 2019.

아리스토텔레스의 인생 수업, 아리스토텔레스 지음, 정영훈 엮음, 김익성 옮김, 메이트북스, 2024.

앤과 함께 프린스에드워드섬을 걷다, 김은아·김희준 지음, 담다, 2024.

역사, 헤로도토스 지음, 김봉철 옮김, 길, 2016.

웃음의 힘, 반칠환 지음, 지혜, 2023.

존 볼비의 안전기지-애착이론의 임상적 적용, 존 볼비 지음, 김수임·강예리·강민철 공역, 학지사, 2014.

파랑새, 모리스 마테를링크 지음, 허버트 포즈 그림, 김주경 옮김, 시공주니어, 2015.

픽윅 클럽 여행기, 찰스 디킨스 지음, 허진 옮김, 시공사, 2020

원서

Anne of Avonlea, L. M. Montgomery, Bantam Books, 1991.

Anne of Avonlea, L. M. Montgomery, Hachette, 2019.

Anne of Green Gables, L. M. Montgomery, Bantam Books, 1991.

Anne of Green Gables, L. M. Montgomery, Hachette, 2019.

Anne of Ingleside, L. M. Montgomery, Bantam Books, 1991.

Anne of Ingleside, L. M. Montgomery, Hachette, 2019.

Anne of the Island, L. M. Montgomery, Bantam Books, 1991.

Anne of the Island, L. M. Montgomery, Hachette, 2019.

Anne of Windy Poplars, L. M. Montgomery, Bantam Books, 1991.

Anne of Windy Poplars, L. M. Montgomery, Hachette, 2019.

Anne's House of Dreams, L. M. Montgomery, Bantam Books, 1991.

Anne's House of Dreams, L. M. Montgomery, Hachette, 2019.

L. M. Montgomery: The Norval Years 1926~1935 wordbird press, 2006.

Pat of Silver Bush Sourcebooks, Lucy Maud Montgomery, 2014.

Rainbow Valley, L. M. Montgomery, Bantam Books, 1991.

Rainbow Valley, L. M. Montgomery, Hachette, 2019.

Rilla of Ingleside, L. M. Montgomery, Bantam Books, 1991.

Rilla of Ingleside, L. M. Montgomery, Hachette, 2019.

The Anne of Green Gables The Original Manuscript Lucy Maud Montgomery, Edited by Carolyn Strom Collins, Nimbus Publishing(CN), 2019.

The Lucy Maud Montgomery Album Alexandra Heilbron, Kevin McCabe co-editing, Fitzhenry & Whiteside Ltd, 2008.

The Poetry of Henry Wadsworth Longfellow - Volume I: The Hanging of the Crane & Other Poems, Henry Wadsworth Longfellow, Portable Poetry, 2017.

The Poetry of Henry Wadsworth Longfellow - Volume II: The Belfry of Bruges & Other Poems, Henry Wadsworth Longfellow, Portable Poetry, 2017.

The Poetry of Lucy Maud Montgomery, John Ferns & Kevin McCabe, Fitzhenry & Whiteside, 1987.

The Selected Journals of L. M. Montgomery, Vol. I(1889-1910) Mary Rubio & Elizabeth Waterston co-editing, Oxford University Press, 2000.

The Selected Journals of L. M. Montgomery, Vol. II(1910-1921) Mary Rubio & Elizabeth Waterston co-editing, Oxford University Press, 2014.

The Selected Journals of L. M. Montgomery, Vol. III(1921-1929) Mary Rubio & Elizabeth Waterston co-editing, Oxford University Press, 2014.

웹사이트

https://lmmontgomeryliterarytour.com

https://cavendishbeachpei.com/members-operators/montgomery-park

https://parks.canada.ca/cavendish

http://lmmontgomerybirthplace.ca

https://www.annemuseum.com

http://www.montgomeryheritageinn.com

https://lmmonline.org/kindred-spirits

https://oldhomeweekpei.com

https://lucymaudmontgomery.ca

https://youtu.be/pBNKhCIkAww?si=i73YQ6lMXXVUDjb5

뉴스레터

Kindred Spirits, Spring Winter Issue 1993/94.

Kindred Spirits, Spring 1995.

Kindred Spirits of P.E.I. Autumn Issue 1991.

Kindred Spirits of P.E.I. Spring Issue 1992.

[한 길 사람 속은] 비슷하지만 차이가 있는 '시기'와 '질투'(임지숙), YTN사이언스,2022.11.22.

친애하는 나의 앤,
우리의 계절에게

저자	김은아
책임 편집	정지우
초판 1쇄 인쇄	2024년 12월 6일
초판 1쇄 발행	2024년 12월 13일
펴낸곳	What if, idea
	서울시 중구 동호로 272
	우편번호 04617
대표전화	02-2275-6151
팩시밀리	02-2263-6932
인스타그램	@what_if_idea
등록	1977년 8월 19일, 제2-208호
편집장	오정림
편집팀	박선영, 한미영
디자인	김근화
일러스트	전선명(파파워크룸)
영업부	문상식
제작부	민나영
교정·교열	이현숙
인쇄	대한프린테크

what if, idea는 ㈜디자인하우스 〈맘&앙팡〉의 임프린트입니다.

ISBN	978-89-7041-316-7(03810)